MEURTRES À MARÉE HAUTE

Publié sous le titre *Death at high tide* par Minotaur Books,
une division de St. Martin's Publishing Group.
Couverture : Studio City

ISBN : 978-2-8246-2091-6
Code Hachette : 63 6363 4

Collection dirigée par Christian English & Frédéric Thibaud.
Catalogue et manuscrits : city-editions.com

Dépôt légal : Août 2022

MEURTRES À MARÉE HAUTE

HANNAH DENNISON

Traduit de l'anglais (Royaume-Uni)
par Karine Forestier

City
Poche

Ce livre est dédié, avec amour et affection,
à Barbara Ballard,
alias Scout Barbara.

1

— Pardon, mais je ne comprends pas ce que vous voulez dire.

L'anxiété qui me nouait le ventre devait se refléter sur mon visage, car ma sœur, Margot, me prit la main pour y exercer une pression rassurante.

Nigel Hearst, comptable de mon mari récemment décédé, m'adressa un regard compatissant.

— J'ai le regret de vous annoncer que ces cinq dernières années, Robert rencontrait certaines difficultés, avec deux de ses sources de revenus majeures…

— Oui, acquiesçai-je. Je savais que le safari-parc le tracassait après… l'accident.

Margot écarquilla les yeux.

— C'était le safari-parc de Robert ? Là où un client a voulu se prendre en photo avec un bébé rhinocéros et dont la famille a intenté un procès ?

— C'était affreux, dis-je.

— Robert a refusé de se battre et trouvé un arrangement pour éviter le procès, ajouta Nigel. Mais j'espère que vous serez en mesure de conserver la maison et, bien sûr, votre voiture.

— Garder la maison ?! répétai-je, de plus en plus paniquée. Pourquoi est-ce que je ne pourrais pas garder la maison ? On n'avait pas de crédit immobilier… si ? Je sais que la somme versée à la famille était énorme, mais… Nigel, qu'est-ce qui se passe ?

Nigel ajusta sa cravate rose et repositionna le buvard sur son bureau impeccablement rangé. Il refusait de croiser mon regard.

— Ne vous inquiétez pas, répondit-il d'une voix suave. J'ai promis à Robert de m'occuper de vous…

— Je pense que ce qu'Evie essaie de vous demander, c'est ce qui est arrivé à tout son argent, bon sang !

Margot accompagna sa question d'un sourire Ultra Brite et ses dents d'un blanc étincelant firent ressortir le vert émeraude de ses yeux. Je grimaçai sous l'effet de la gêne. Décidément, je pouvais toujours compter sur ma grande sœur pour aller droit au but.

Nigel semblait mal à l'aise.

— Son divorce lui avait coûté cher.

— C'était il y a neuf ans, répliqua Margot. Bref, Evie m'a dit qu'il avait les moyens.

J'étais mortifiée. Certes, j'avais dit ça, mais sorti de son contexte, mon commentaire paraissait insensible.

— Ce n'est pas un souci d'argent, Margot, intervins-je. Je suis juste surprise, parce que…

— C'est toujours un souci d'argent, poursuivit ma sœur. Evie a abandonné une carrière lucrative pour Robert. Il avait un quart de siècle de plus qu'elle…

— Vingt-deux ans, en fait…

— Peu importe. Bref, il a bien dû penser à son avenir.

— Je suis parfaitement capable de trouver un travail, répliquai-je en lançant un regard furieux à Margot.

Elle me répondit par un clin d'œil. J'avais aussi oublié son sens de l'humour tordu. En fait, j'avais oublié beaucoup de choses concernant Margot et ses qualités, qui me revenaient maintenant à la vitesse grand V.

— On peut passer en revue les finances de Robert ? demanda-t-elle. Sans vouloir vous offenser, Nick…

— C'est Nigel.

— Je veux dire, c'est la vie de ma sœur dont on parle, là, et je ne sais pas comment vous pensez qu'on va se contenter de ce que vous lui annoncez.

Je voyais l'inquiétude sur ses traits et, malgré ma gêne, je lui étais extrêmement reconnaissante d'avoir sauté dans un avion, parcouru plus de sept mille kilomètres depuis la Californie, pour être avec moi. Je lui avais téléphoné à 10 heures du matin, heure anglaise (2 heures du matin, heure de la côte Ouest), et tout ce que je lui avais dit, c'était : « Robert est mort. » Dix-huit heures plus tard, elle débarquait sur le pas de ma porte, gros câlins et bagages Gucci.

— Bien sûr, vous pouvez tout à fait passer en revue tout ce que vous voulez, répondit Nigel. Cherie vous donnera ce que vous lui demanderez.

À cinquante-cinq ans, Nigel restait un homme extraordinairement séduisant, avec sa crinière poivre et sel, ses yeux marron foncé et un charisme qui exsudait de lui par vagues. Aujourd'hui, cependant, je lui trouvais un visage anormalement rubicond, son front haut parsemé de petites gouttes de transpiration. Il sortit un flacon de cachets d'un tiroir de son bureau et s'en avala deux, à sec.

— Tension artérielle, dit-il.

Puis il tendit la main vers son étui à cigarettes en argent orné de son monogramme, mais Margot le lui ôta.

— Vous venez de nous dire que vous aviez de la tension. Tu savais que fumer est devenu complètement illégal à Beverly Hills ? ajouta-t-elle à mon intention. Même à l'extérieur. Ne me regarde pas avec ces yeux-là, Evie. À la minute où j'ai commencé le footing, j'ai arrêté comme ça. *(Elle claqua des doigts.)* Je n'ai plus fumé depuis des années.

— Il fait chaud ici, non ?

Nigel se leva et ouvrit une fenêtre. Une bourrasque de l'air glacial de novembre balaya les papiers sur son bureau.

— Plus maintenant, commenta Margot.

Il referma la fenêtre d'un geste sec. S'ensuivit un silence inconfortable tandis qu'il réorganisait prestement ses documents. Il semblait vraiment à cran, aujourd'hui. L'iPhone de Margot tinta, annonçant l'arrivée d'un SMS.

— Désolée, c'est L.A., s'excusa-t-elle. J'en ai pour une seconde. Problèmes de talent.

— Elle est productrice de films à Hollywood, expliquai-je.

— Je dois gérer ça immédiatement. Veuillez m'excuser.

Margot se leva d'un bond et disparut à l'extérieur du bureau. Elle portait une veste en cuir prune ajustée, un jean moulant et des bottines Louboutin s'arrêtant au niveau de la cheville. Je remarquai qu'elle était devenue très mince. Et aussi qu'à l'évidence, ça faisait paraître ses seins beaucoup plus gros. Pendant un instant, je me demandai si elle avait eu recours à de la chirurgie esthétique – chose qu'elle avait juré ne jamais faire.

— Quelle heure est-il à Los Angeles ? demanda Nigel. À peu près 7 heures du matin, non ?

— Margot travaille tout le temps, répondis-je fièrement.

— Ah. Le Rêve américain.

— Mais je dois m'excuser : elle peut se montrer un peu directe. *(Je pris une profonde inspiration et me lançai.)* C'est vrai, il est possible que je perde la maison ?

— Je ferai tout ce qui est en mon pouvoir, vous le savez, m'assura Nigel. Robert était son propre juge. Il aimait prendre des risques et vous savez qu'une fois qu'il avait une idée en tête… *(Il haussa les épaules.)* Il écoutait mes conseils, mais ne les suivait jamais.

Nigel avait raison. Les combines farfelues de Robert destinées à faire de l'argent avaient souvent été imprévisibles. Pourtant, d'une manière ou d'une autre, il annonçait toujours la couleur… jusqu'à maintenant. Nigel était le seul ami de l'ancienne vie de Robert qu'il avait emporté avec lui dans sa nouvelle existence avec moi. Nigel avait été notre roc au cours d'une année que Robert qualifiait de son *annus horribilis*.

Il n'y avait pas eu que la tragédie du safari-parc. Il y avait aussi eu la compagnie de catamarans détruite dans un incendie et qu'on avait découverte dépourvue d'assurance et, plus récemment, un contrat immobilier situé sur un site Superfund[1]. Et pourtant, jamais Robert n'avait paru déstabilisé. Chaque fois, il avait rebondi, arguant que : « On gagne d'un côté, on perd de l'autre. » Un éternel optimiste.

Assise là, dans le bureau de Nigel, je n'arrivais pas à croire que je ne reverrais jamais Robert. J'avais l'impression d'être dans un mauvais rêve.

La porte s'ouvrit, mais ce fut Cherie, l'assistante de Nigel, qui passa la tête par l'embrasure.

— Mme Chandler avait besoin d'intimité, expliqua-t-elle d'une voix rauque, en resserrant le foulard rouge et or autour de son cou.

Mariée et mère d'un fils de dix ans, Cherie était au début de la quarantaine et travaillait pour Nigel depuis des années. Il disait souvent qu'elle était la pire assistante qu'il ait jamais eue, mais qu'elle le faisait rire. Robert m'avait raconté un jour que Nigel et elle avaient eu une aventure. Je trouvais ça difficile à croire. Avec ses longs cheveux raides drapés autour de son visage et de grosses lunettes rondes, Cherie ne ressemblait en rien aux nombreuses mondaines que Nigel ramenait souvent à dîner. Elle était une sorte d'énigme.

— Comment évolue ton rhume ? s'enquit Nigel.

— Il commence à passer, répondit-elle, ponctuant sa phrase d'une toux gracieuse en guise de preuve. Le grog bien chaud que tu m'as préparé au déjeuner a été très efficace.

---

1 Nom d'usage du Comprehensive Environmental Response, Compensation, and Liability Act (CERCLA) de 1980, une loi fédérale américaine visant à nettoyer les sites souillés par des déchets dangereux.

— C'est un foulard *Harry Potter* ? demandai-je.

— Gryffondor.

— Cherie connaît tout sur *Harry Potter*, la taquina Nigel.

— Moi aussi, répliquai-je. Je suis une énorme fan.

Pendant que nous attendions la fin du coup de fil de Margot, Nigel et Cherie faisaient la conversation. Toutefois, je voyais bien à la façon dont elle le regardait que Robert avait peut-être raison : elle l'adorait.

Je balayai des yeux le somptueux bureau citadin de Nigel, avec sa magnifique collection d'œuvres d'art qui en ornaient trois murs. Le quatrième était tout de verre et offrait une vue spectaculaire sur le Gherkin[1]. Bien qu'ayant rencontré Nigel à de nombreuses reprises, je n'étais jamais venue ici. Il nous rendait très souvent visite à Forster's Oast, notre chère touraille[2] reconvertie en maison juste à côté de Tunbridge Wells, dans le Kent.

L'amitié entre Robert et Nigel remontait à des années, mais c'était seulement depuis la dernière décennie que Nigel avait commencé à gérer les affaires de Robert. Des photos encadrées de leurs exploits s'alignaient sur un mur du bureau : courses de catamarans, bobsleigh, ski alpin. Tout ce qui impliquait la vitesse. Hélas, ces escapades avaient connu une fin abrupte avec la rupture de la coiffe des rotateurs de Robert et son opération peu après notre mariage, il y avait neuf ans.

Je ne savais presque rien de la vie de Robert avant notre rencontre et n'avais jamais eu envie de l'interroger

---

1 Le « cornichon », un bâtiment particulièrement haut de Londres.
2 Un bâtiment qui sert pour la brasserie.

dessus. Margot me traitait d'autruche, qui s'enfouissait la tête dans le sable, et ne comprenait pas pourquoi je montrais aussi peu d'intérêt pour sa première épouse. Mais j'avais mes raisons… que je ne partagerais jamais avec elle.

La porte s'ouvrit et Margot revint, écartant ses cheveux blonds de son visage. La dernière fois que je l'avais vue, ils étaient d'un châtain foncé profond, sa couleur naturelle. Gênée, je tapotais mes propres cheveux.

Margot n'avait pas tort : une petite coupe ne me ferait pas de mal.

Quand elle s'assit, cependant, je remarquai que ses mains tremblaient.

— Tout va bien ? lui demandai-je.

— Robert n'avait pas de contrat d'assurance-vie ? fit-elle, ignorant volontairement ma question.

— Margot…, protestai-je.

— Et si je préparais du thé pour tout le monde ? osa Cherie.

— Ou quelque chose de plus fort ? tenta Nigel, plein d'espoir.

— Surtout pas, répondit Margot.

C'était une première. À l'époque où elle vivait en Angleterre, les déjeuners arrosés étaient la norme avec ma sœur. Nous nous retrouvions systématiquement au pub quand nous travaillions toutes les deux à Londres – Margot dans la publicité pour une entreprise de relations publiques et moi comme archiviste au Red Fox, une galerie d'art à Soho. C'était avant qu'elle rencontre Brian et qu'il l'emmène avec lui à Hollywood.

— Je ne bois plus au déjeuner, dit-elle pour se justifier. Ça n'est pas cool à L.A. On vous envoie aussitôt en désintox. Je prendrai un thé vert.

Cherie marqua une hésitation, l'air perplexe.

— Vert ? Vous voulez dire à la menthe ?

— Elle boira ce que vous apporterez. Merci, Cherie, intervins-je.

— Il se peut qu'il y ait une petite assurance-vie d'environ soixante-quinze mille livres, mais je crains que ça n'aille pas bien loin. La succession de Robert est un peu compliquée et il faudra du temps pour tout démêler. Je tiens à vous assurer que je suis toujours là pour vous, Evie.

— Merci, répondis-je. Vous avez eu des nouvelles de Michael ?

— Qui est Michael ? voulut savoir Margot.

— Il vit en Australie, c'est le fils que Robert a eu de son premier mariage, lui expliquai-je. De toute évidence, il doit être présent pour les obsèques…

— Je peux m'occuper de toute l'organisation des funérailles, proposa Nigel. Le plus vite sera le mieux, il me semble.

— Merci, répondis-je encore. J'attends toujours des nouvelles du docteur Barnaby. Il était peut-être question d'une autopsie.

— Oui, j'ai entendu parler de ça aussi, confirma Nigel.

— Je me demande pourquoi, fit Margot. Je veux dire, une crise cardiaque, c'est une crise cardiaque.

Nigel parut déconcerté.

— Eh bien, c'est un peu plus compliqué que ça.

— Nous le savons, me hâtai-je d'intervenir.

J'adressai un regard noir à Margot, qui se montrait aussi insensible, pas seulement vis-à-vis de Nigel – qui avait découvert le corps de Robert – mais aussi envers moi. Aussi longtemps que je vivrais, je ne cesserais de me demander si j'aurais pu le sauver. Si seulement je n'avais pas quitté la maison ce matin-là. Si seulement je n'avais pas prononcé ces paroles affreuses. Tout à coup, l'atmosphère semblait étouffante dans la pièce.

— J'ai besoin d'un peu d'eau, dis-je.

— Je vais demander à Cherie…

— Non, ça va.

Je me levai d'un bond et sortis du bureau de Nigel en trombe pour me retrouver dans l'espace de travail de Cherie, où elle garnissait un plateau de tasses à thé en porcelaine sur un comptoir près du mur le plus éloigné.

Soudain, j'entendis tonner la voix de Margot :

— Evie ne posera pas la question, c'est donc la raison de ma présence ici.

Nous étions sur haut-parleur. Cherie eut un sursaut coupable. Elle nous épiait de l'autre pièce ! Ce fut à ce moment-là que je remarquai son iPhone planté sur la console et l'enregistreur Apple intégré qui tournait.

— Nigel aime bien que j'enregistre tous ses rendez-vous, se dépêcha-t-elle de m'indiquer.

J'étais surprise.

— Même avec ses amis ?

— Surtout avec ses amis. Pour le cas où il oublierait quelque chose.

— Et son horrible première femme ? entendis-je Margot poursuivre. Pourquoi ma sœur…

Je choisis cet instant pour appuyer sur le bouton de l'Interphone.

— Ça ne vous regarde pas.

Cherie leva le menton.

— Je ne fais que mon travail. *(Elle me tendit une bouteille de Perrier.)* Si vous voulez de l'eau plate, il faudra boire de l'eau du robinet.

— Un Perrier, ça ira très bien, merci.

— Oh, attendez une minute. J'ai fait du classement… J'ai quelque chose pour vous.

J'attendis patiemment pendant que Cherie fouillait une montagne de documents sur son bureau.

— C'est ici quelque part… Ah ! J'ai oublié de donner ça à Nigel, fit-elle en sortant une enveloppe en vélin crème. Mais en fait, elle vous est adressée.

Je pris l'enveloppe scellée et mon estomac se retourna quand je reconnus l'écriture en pattes de mouche que Robert avait tracée avec le stylo Montblanc qui était sa marque de fabrique.

Pour ma chère épouse, dans l'éventualité où je mourrais.

Je retournai dans le bureau de Nigel avec le Perrier et l'enveloppe, pressée de découvrir ce qu'elle contenait mais craignant en même temps de n'être pas capable de la lire sans pleurer.

— Qu'est-ce que tu apportes ? me demanda Margot.

— Cherie vient de me la donner. C'est de Robert.

— Laissez-moi voir ça, dit brusquement Nigel.

Je lui tendis l'enveloppe. Ses yeux s'écarquillèrent sous l'effet de la surprise et, immédiatement, il appuya sur le bouton de l'Interphone.

— Cherie ! Cette enveloppe, là… tu l'as trouvée où ?

— Dans ma boîte de courrier à classer, sous mon bureau, l'entendîmes-nous répondre. Pardon. Elle a dû être envoyée avec les papiers de Robert il y a une éternité. Je cherchais quelque chose d'autre, et voilà ! Je ne sais pas comment elle a atterri dans…

— Peu importe, l'interrompit sèchement Nigel, qui éteignit l'Interphone, coupant court à tout ce que Cherie aurait pu ajouter. Le rangement n'a jamais été son fort. Bon… et si on regardait ce qu'elle contient, cette lettre ?

— Je préférerais la lire en privé, si ça ne vous dérange pas. Margot, tu peux rester.

Nigel parut déconcerté.

— Ah. Oui, bien sûr.

Il se leva et quitta la pièce.

— Vas-y, ouvre, m'encouragea Margot. C'est sans doute une requête bizarroïde ou quelque chose du genre.

— Oui, je vais l'ouvrir. Mais à partir de maintenant, s'il te plaît, tu me laisses gérer Nigel. Tu t'es montrée impolie avec lui. C'est un ami cher.

— Il faut bien que quelqu'un pose les questions délicates, me répondit-elle, l'air incrédule. Je n'en reviens toujours pas que tu ne te sois pas rendu compte que Robert était à court d'argent. Moi, je m'en serais aperçue. Brian et moi, on partage tout.

— C'est Robert qui s'occupait de l'argent. Et ça me convenait très bien ainsi. Il s'est toujours montré très généreux avec moi.

— Généreux ! s'exclama-t-elle. J'espère bien ! On n'est plus dans les années 1950 ! *(Elle me reprit la main.)* Qu'est-ce qui est arrivé à ma petite sœur indépendante qui n'aurait jamais laissé un homme lui ouvrir sa portière ?

— Elle a vieilli.

— Tu n'as que trente-six ans ! O.K., pour la Californie, c'est vieux, mais ici ?

— Bon, d'accord, disons que j'ai grandi, corrigeai-je.

— *N'importe couac !*

Qu'elle utilise le juron-valise que nous avions créé enfants me tira un sourire.

— Tu as toujours été la rebelle de nous deux, poursuivit ma sœur. C'était toujours toi qui t'attirais des ennuis à l'école. Tu as même perdu ta virginité avant moi ! Et puis voilà qu'à la minute où tu as rencontré Robert, tu as changé. Pour devenir une discrète petite femme au foyer. Je veux dire… et ta passion pour la photographie ? Tu as tout abandonné !

Je ne répondis pas. Margot avait touché un point sensible. Tout était exact. J'avais mis mes rêves de photographie en pause pendant que Robert et moi nous concentrions sur la fondation de notre famille. Une famille ! Le souvenir des commentaires accablants de Michael avant la mort de son père me donnait la nausée.

— Bon… si tu ne comptes pas l'ouvrir, je vais le faire.

Margot m'arracha l'enveloppe des mains et se saisit du coupe-papier en argent sur le bureau de Nigel.

— Vas-y, l'encourageai-je. Je ne me sens pas en capacité de supporter quelque émotion supplémentaire, là. Lis-la, toi.

Alors Margot s'exécuta, passant rapidement les yeux sur le feuillet. Elle devint d'abord complètement muette, avant de se fendre d'un immense sourire.

— Bien, bien, voici une excellente nouvelle !

— Ne plaisante pas, s'il te plaît.

— Je ne plaisante pas. « Si tu lis cette lettre, lut-elle, cela signifie que tu es l'heureuse propriétaire de Tregarrick Rock. »

— Une peinture ? Quel est le nom de l'artiste ?

— Non, pas une peinture ! Tu ne vas jamais croire de quoi il s'agit…

Elle me tendit la lettre.

— Un hôtel.

2

— Un hôtel ? répétai-je, perplexe. Robert ne m'a jamais parlé d'acheter un hôtel. Où est-il situé ?

— Tiens-toi bien, me dit Margot. Sur une île au large de la péninsule sud-ouest.

— Aux Caraïbes ?

— En Angleterre, nunuche. Dans les îles Scilly. Jette un œil.

Margot me tendit la lettre. Elle était rédigée sur le papier à en-tête personnel de Robert, avec son ancienne adresse de Calverley Park, à Tunbridge Wells, et ne comportait ni formules de politesse, ni mots doux. Juste le rapport détaillé d'une transaction commerciale.

— Ça n'a pas de sens. Qu'est-ce qu'il entend par « collatéral » ?

— Il semblerait qu'il y a des années, Robert ait prêté… *(Margot fronça les sourcils.)* Son écriture est atroce. Je n'arrive pas à déchiffrer le nom… à un certain Jay Ferret ? Pas sûr. Bref, il a prêté de l'argent à ce Ferret… La somme est difficile à lire, mais on dirait cent mille livres, selon moi.

— Ce devait être avant moi. Quelle est la date ?

— Euh… en 2000.

Une pointe de jalousie me transperça.

— Oui, bien avant moi. Cette lettre doit être adressée à Joanna.

— La première femme ? *(Margot haussa les épaules.)* Pas du tout. Cherie a dit qu'elle avait été envoyée avec toutes les autres affaires de Robert quand Nigel a repris en charge ses affaires. Non, c'est évident. L'emprunt n'a jamais été remboursé. Enfin, tu es sa femme à présent. Joanna a touché de l'argent. Mais si tu veux vraiment savoir, tu peux l'appeler et lui poser la question.

— Tu es dingue ? m'exclamai-je. Pas question que je lui téléphone.

— Je croyais que tu avais dit que vous vous entendiez bien.

Joanna me méprisait, mais jamais je n'avouerais ça à Margot.

— Je ne l'appellerai pas. Nigel peut régler cette histoire. C'est son boulot.

— Il y avait aussi un témoin du prêt, continua Margot, pensive. Une certaine Millicent Small. Du moins, c'est ce que je lis. Quelle avidité de s'accaparer tous ces « l » !

Margot me redonna la lettre afin que je la lise.

— Ça paraît trop beau pour être vrai, commentai-je.

Mais je ressentais bel et bien une pointe d'excitation. Un hôtel ! Je ne serais donc pas sans toit.

— Voyons ce que Nigel en pense. Je vais lui demander de revenir.

Quelques minutes plus tard, Nigel reposait la lettre, une expression sidérée sur le visage.

— Alors ça, c'est une nouvelle pour moi aussi. Je n'ai commencé à m'occuper des finances de Robert qu'en 2010, mais je vais mener ma petite enquête.

— Vous n'avez jamais entendu parler d'un Jay Ferret ? lui demandai-je.

Nigel secoua la tête.

— Robert connaissait beaucoup de monde.

Margot haussa un sourcil.

— Des gens à qui il prêterait cent mille livres, comme ça ?

— Comme je vous l'ai dit, laissez-moi me renseigner.

— Étant donné qu'il s'agit d'une lettre formelle, commençai-je lentement, ne devrait-il pas y avoir une sorte de récépissé officiel pour prouver que l'argent a bien été remboursé ?

— Je m'en charge, persista Nigel, qui se passa la main dans les cheveux. Vraiment. Il y a beaucoup à trier.

— Oui, oui, bien sûr. Je sais que vous vous en chargerez. Merci. *(Une autre pensée me traversa.)* Il y a peut-être un moyen de sauver Forster's Oast ?

— Evie, reprit Nigel, l'air las. Je vous l'ai dit. Je vais m'en occuper, mais je pars pour Paris ce soir. Accordez-moi quelques jours, d'accord ? Je vais garder cette lettre, si vous permettez.

Ce fut sur notre trajet de retour dans le Kent, alors que nous étions prises dans un embouteillage pare-chocs contre pare-chocs sur l'A21 et sous une pluie battante, que je lâchai :

— Est-ce que je peux rentrer avec toi à Los Angeles pour quelque temps ?

— Quoi ? Pourquoi ? Tu as dit que tu détestais L.A.

— Je sais. Mais tout est tellement chamboulé ici.

— Ben oui, c'est normal ! répliqua Margot. Tu viens de perdre ton mari. Ça va prendre du temps, Evie. C'est pour ça que je suis ici.

— Pourquoi tu ne proposerais pas à Brian de m'embaucher comme photographe officielle pour Chandler Productions ? Je pourrais prendre les stars du cinéma en photo.

— On ne les appelle pas des stars du cinéma, corrigea Margot. Mais des talents. Et en plus, photographier des talents, ça n'a rien à voir avec prendre des oiseaux en photo.

— Ah… je ne suis pas d'accord. Je dirais que le « talent » est tout aussi gonflé d'orgueil qu'un paon. Au moins, les oiseaux, ils ont leurs plumes d'origine… et leurs yeux.

— Tu peux être vraiment garce, s'esclaffa Margot. Mais ça me permet de retrouver une étincelle de l'esprit acéré de ma sœur, sous tout ce chagrin. Et pour répondre à ta question, oui, ce sont des lentilles de contact teintées.

— Tu ressembles à Linda Blair de *L'Exorciste*.

— C'est l'esprit… sans mauvais jeu de mots. *(Margot me posa une main affectueuse sur l'épaule.)* Tu m'as manqué, sœurette.

— Tu m'as manqué aussi.

— C'est pourquoi *je* vais rester avec toi pendant quelques semaines.

— Avec moi ? Ce serait merveilleux ! m'enthousiasmai-je. Comment est-ce que tu as réussi à négocier ça ? Comment Brian va-t-il s'en sortir sans toi ?

— Je peux travailler à distance, du moment que j'ai de la WiFi. Et avec les huit heures de décalage horaire, j'aurai toute la journée pour jouer.

— C'est pour ça que tu as apporté autant de bagages ?

J'avais été surprise par les deux énormes valises que le chauffeur de taxi avait déposées dans mon entrée quelques jours plus tôt.

— Je ne voyage jamais léger.

— Tu voyageais léger, avant, lui rappelai-je. Mieux que ça, tu te vantais du nombre de jours pendant lesquels tu étais capable de porter la même culotte.

— J'avais neuf ans ! protesta-t-elle. C'est quoi, cette manie ? Pourquoi est-ce que tu dois toujours déterrer les souvenirs les plus embarrassants à mon sujet ?

— C'est l'hôpital qui se moque de la charité, ironisai-je.

Nous éclatâmes de rire en chœur et je me sentis un tout petit peu mieux.

— Quoi qu'il en soit, tu as besoin de mon aide, puisque, apparemment, tous tes amis t'ont abandonnée, reprit Margot.

— Aïe. Merci.

— Qu'est-ce qui est arrivé à Rachel ? insista-t-elle. Et à Sarah ? Et… comment elle s'appelait, l'autre ? La fille aux grandes oreilles… Paula ? Pam ?

Elle se mit à fourrager dans son sac, pour en sortir une lime à ongles et entreprendre de polir ses ongles déjà parfaits.

— Vous étiez cul et chemise.

Je gardai les yeux rivés sur la route, mais ma sœur avait touché un point sensible.

— Robert et moi avions une vie très occupée ensemble. Il n'y avait guère de place pour les autres, admis-je.

La vérité, c'était que mes amies s'étaient trouvées à fonder leur famille de leur côté, et vu que Robert et moi n'avions pas d'enfants, la vieille bande et moi nous étions éloignées. Je n'avais pas songé à avoir des enfants jusqu'à environ une année plus tôt et là, tout à coup, je ne pensais plus qu'à ça.

— Vous ne vous ennuyiez pas ? me demanda Margot. Moi, je me serais ennuyée.

— Robert était tout sauf ennuyeux, répliquai-je plus sèchement que je n'avais voulu. Il était mon meilleur ami, Margot. On faisait tout ensemble, et maintenant…

— Oh, mon Dieu, Evie, pardon. Je n'ose même pas imaginer ce que tu traverses.

— Ça va, la rassurai-je. Vraiment.

— Et c'est pour ça que je suis ici, se hâta-t-elle d'ajouter. Je pensais que tu aurais besoin de soutien pour emballer les affaires de Robert. Ce n'est pas bien de faire ça toute seule.

Nous nous tûmes et je me demandai si, comme moi, elle se rappelait la dernière fois qu'on s'était retrouvées ensemble à faire la même chose, après le décès de maman, tellement soudain et tellement proche de celui de papa. Les larmes montèrent, mais je les effaçai.

— Pardon, répéta Margot. Je ne voulais pas te blesser, mais… *(Elle me jeta un coup d'œil.)* J'ai une idée.

Mon cœur se comprima et je lâchai un « Ah » qui la fit éclater de rire.

— Ne prends pas cet air horrifié.

— Mais je suis horrifiée. Tes idées, je les connais.

— Tu te souviens de la promesse qu'on s'est faite l'une à l'autre quand on a toutes les deux quitté la maison ?

— Laquelle ? m'enquis-je, méfiante.

— Chaque année, on ferait en sorte de passer un week-end ensemble quelque part. Sauf qu'on ne l'a jamais fait. Pas une seule fois.

— Il faut croire que la vie nous en a empêchées.

— Et puis, maman nous a fait promettre de toujours veiller l'une sur l'autre, tu te souviens de ça aussi ?

Je hochai la tête.

— Alors… commençons maintenant ! s'exclama Margot.

— Euh… D'accord.

— Je pense qu'on devrait partir pour une sorte de week-end itinérant entre filles dans les îles Scilly.

— Tu veux dire au Tregarrick Rock ?

— Exactement, acquiesça-t-elle, tout sourire. On n'est pas obligées de tout leur dire. S'il se confirme que tu es toujours propriétaire de l'hôtel, tu pourras décider de le vendre ou pas. Et dans le cas contraire, eh bien, au moins, on aura passé un super week-end.

— En novembre ? Dans l'océan Atlantique ?

— Evie, les îles Scilly se trouvent dans la mer Celtique. Et apparemment, elles jouissent d'un climat semi-tropical semblable à celui du sud de la France.

— Comment tu le sais ?

— J'ai regardé sur Google pendant que tu étais aux toilettes. Et tu sais quoi ?

— Quoi ?

— Google m'informe que ces îles sont le paradis des ornithologues en ce qui concerne les oiseaux migrateurs. Des gens viennent du monde entier pour observer les pouillots jaunes à grands sourcils, les parulines jaunes masquées et les... bruants à sourcils jaunes. Enfin, plein d'oiseaux jaunes, quoi.

— Tu as mémorisé tout ça ?

— Tu oublies que j'ai une mémoire photographique. Ce qui me fait penser que tu pourrais prendre ton appareil photo. Je parie qu'il n'a pas vu le jour depuis des années.

Elle avait raison. Cela faisait un bail que je ne l'avais pas sorti.

— C'est loin comment, exactement ?

— Environ à quarante-cinq kilomètres au sud-ouest de la pointe de la péninsule de Lizard, en Cornouailles.

— Je ne sais pas... C'est trop tôt.

— Au contraire ! Ce pourrait être le lieu idéal pour te remettre la tête à l'endroit.

— Je ne suis pas de très bonne compagnie en ce moment, Margot. En plus, maintenant que me voilà sans le sou, je ne peux pas me permettre de m'envoler en week-end sur une île.

— Je paie, proposa Margot. C'est mon idée, donc c'est moi qui régale. Vois ça comme un week-end thérapeutique visant à te faire redécouvrir ton enfant intérieur.

Je grimaçai.

— Mon enfant intérieur ?

— Ah ah ! Je t'ai bien eue, s'esclaffa-t-elle. Tu devrais voir ta tête. Plus sérieusement, sœurette, partir en week-end te ferait du bien. Prendre de la distance. On pourra réfléchir et planifier ton prochain chapitre… Et rencontrer le Ferret. S'il est toujours en vie.

— Oui, j'imagine déjà la conversation : « Excusez-moi, mais est-ce que vous avez remboursé l'emprunt consenti auprès de feu mon époux ? »

— Tu n'es pas ne serait-ce qu'un peu curieuse de découvrir Tregarrick Rock ? me demanda ma sœur. Si ça se trouve, l'hôtel est sublime ! On pourra se faire faire des massages, des soins du visage et commander tout un tas de trucs en chambre.

— Oui, ça changerait de la pension de papa et maman sur le front de mer à Hove, ironisai-je.

— Ça sentait toujours le chou, se remémora Margot. Je n'ai jamais réussi à comprendre pourquoi, vu que maman nettoyait tout le temps. J'avais tellement hâte de quitter la maison.

— J'adorais vivre là-bas, moi. *La Pension du bécasseau…*

— Avec pas un bécasseau en vue. Que des mouettes.

— Il passait toujours des gens intéressants, cela dit…

— Que, déjà à l'époque, tu aimais prendre à la dérobée avec ton appareil photo, me rappela-t-elle.

— Papa m'avait confisqué l'appareil une semaine parce qu'il croyait que j'avais fait payer leurs photos à un couple de résidents… alors qu'en fait, c'était eux qui m'avaient offert cet argent…

— Parce qu'ils avaient une aventure extraconjugale, précisa Margot, les yeux levés au ciel.

— Ah ? Je n'en savais rien.

— Tu avais douze ans. Travailleuse mais tellement naïve.

— Toi, en revanche, tu en avais quatorze. Et tu ne pensais qu'aux garçons.

Je tournai au niveau du panneau indiquant Penshurst et nous brinquebalâmes sur les chemins campagnards que la boue rendait glissants à cause de la pluie qui n'en finissait pas de tomber depuis des semaines. Le vent s'engouffrait dans les feuilles automnales encore accrochées aux arbres, orange brûlé, rouille, marron et jaune doré.

— Les saisons me manquent, avoua Margot avec une pointe de mélancolie. Même si on a aussi quatre saisons en Californie : feu, boue, vent et… tremblements de terre.

— Et tu adores vivre là-bas, lui rappelai-je.

— Parfois, fit-elle tout bas.

D'un coup d'œil à la dérobée, je surpris une expression qui m'étonna. Margot avait l'air triste.

— Tu es certaine que ça va ?

— Oui, bien sûr, répondit-elle. Je vis le Rêve américain, tu n'as pas oublié ?

Nous entrâmes dans un corps de ferme indiqué par une planche de bois blanchie à la chaux, *Forster's Farm and Forster's Oast*, et roulâmes sur le grillage à bétail. En descendant l'allée marquée par des pots de fleurs, je ressentis l'excitation que j'éprouvais chaque fois que j'apercevais les capuchons jumeaux des toitures coniques du four à houblon devenu ma maison. Robert m'avait laissé le champ libre pour redessiner l'intérieur et j'avais adoré m'en charger.

— Quelle bâtisse curieuse ! remarqua Margot. Mais j'admets qu'elle a son charme. Je trouve qu'elle ferait un super décor pour un film… un film d'horreur.

Je dois admettre que la première fois que j'avais vu le bâtiment abandonné et quasi en ruine, je l'avais trouvé glauque aussi. Mais Robert débordait d'enthousiasme et, comme toujours, son exubérance avait été contagieuse. Il m'avait raconté comment le houblon était ratissé dans les champs, puis étalé sur le sol mince et perforé pour être séché par l'air chaud qui montait d'un feu de bois ou de charbon en dessous, dans le four.

— Mais pourquoi y a-t-il autant de cheminées ? poursuivit ma sœur.

— L'air chaud s'échappait par le capuchon du toit, qui tournait avec le vent. Ensuite, le houblon était ratissé dehors pour être refroidi et envoyé à la brasserie.

— Et paf, on a de la bière.

— Le processus est en grande partie industrialisé maintenant, lui dis-je. Mais à l'époque, on estimait qu'il venait deux cent cinquante cueilleurs de houblon de Londres jusque dans le Kent. Tu vois, il n'y a pas que toi qui aies une mémoire photographique.

Alors que nous prenions le dernier virage menant à la cour pavée, nous vîmes une BMW noire garée devant la maison.

— Tu attendais quelqu'un ? me demanda Margot.

Je secouai la tête pile au moment où une femme descendait du siège conducteur. Ses cheveux étaient attachés en queue-de-cheval, elle portait un manteau noir bien coupé et des chaussures à talon. Je lui donnais le début de la quarantaine.

Elle me tendit la main en guise de salutation.

— Bonjour, je suis Tina Leyland, de Sotheby's Immobilier. Vous êtes madame Mead ?

Je la dévisageai, en plein désarroi.

— Oui, c'est moi, mais je ne comprends pas ce que vous faites ici.

Tina parut surprise.

— Vous n'avez pas eu le message ?

— Non.

— J'ai parlé avec… *(Elle jeta un coup d'œil à son iPhone.)* Cherie. Au sujet d'un rendez-vous préliminaire aujourd'hui.

— Il doit y avoir un malentendu, intervint Margot. La maison n'est pas à vendre.

— Je vous prie de m'excuser, répondit Tina, l'air déroutée. Je vais appeler mon bureau et les mettre au courant.

— Bonne idée.

— Attendez, lui dis-je. Savez-vous quand Cherie a arrangé ce rendez-vous ?

— Je ne sais pas précisément. La semaine dernière, je présume. Mais voici ma carte, au cas où vous changeriez d'avis…

— Elle ne changera pas d'avis, assura fermement Margot, qui me poussa à l'intérieur.

Je me dirigeai tout droit vers le téléphone, le choc laissant place à l'irritation.

— J'appelle Nigel. Pourquoi n'a-t-il pas fait mention de ce rendez-vous aujourd'hui ?

Cherie décrocha à la première sonnerie. Elle ne me laissa pas le temps de lui poser la question.

— Sotheby's vient d'appeler il y a quelques minutes, me dit-elle. Pardon. Le rendez-vous était fixé pour lundi prochain. *(Elle rit.)* J'ai dû m'embrouiller dans les dates.

Pour ma part, je ne trouvais pas sa méprise drôle du tout.

— J'ai besoin de parler à Nigel.

— Il est déjà parti pour l'aéroport, m'informa-t-elle. Vous pouvez essayer sur son portable.

Margot s'excusa pour passer quelques coups de fil de son côté pendant que je tentais de joindre Nigel. Sa ligne était occupée, mais je finis par l'avoir. Il s'excusa abondamment.

— Cherie n'est pas la fille la plus maligne que je connaisse, dit-il. J'ignore pourquoi elle a pris sur elle de fixer ce rendez-vous. Néanmoins, il serait effectivement utile de se faire une idée de la valeur.

— Vous avez dit qu'on pourrait peut-être sauver Forster's Oast, lui rappelai-je.

— J'ai dit qu'on essaierait, Evie. *(Il marqua une hésitation.)* Les choses ne se présentent pas bien pour la maison. Je ne voudrais pas vous donner de faux espoirs. Il faut que je file, je dois passer les contrôles de sécurité. *(On annonçait en effet des vols en fond sonore.)* Je vous rappelle à mon retour. On dînera ensemble !

Quand je voulus rapporter ma conversation à Margot, elle était toujours au téléphone. Je passai la tête dans sa chambre, mais elle m'adressa un rapide geste de la main et se réfugia dans la salle de bains attenante dont elle ferma la porte.

Malgré mon chagrin, la peur de ce que l'avenir me réservait et la crainte qui était ma compagne constante au creux du ventre depuis quelques jours, j'éprouvais un minuscule espoir. La présence de Margot à mes côtés me faisait l'effet d'une bouffée d'air frais.

J'avais oublié à quel point sa nature énergique et optimiste m'avait manqué. Et même si elle pouvait être épuisante, jamais elle ne laissait quoi que ce soit l'abattre. Cependant, j'avais détecté aujourd'hui chez elle une touche de stress que je ne lui avais jamais connue.

Nous passâmes les trois jours suivants à empaqueter les affaires personnelles de Robert. J'avais souhaité repousser la corvée. Margot avait insisté pour que, au contraire, on s'en débarrasse.

J'étais contente de l'avoir avec moi. Elle était impitoyable dans sa façon de trier les vêtements de Robert en différentes piles pour différents organismes caritatifs. Je gardai quelques souvenirs : une écharpe en cachemire crème, sa collection de montres Rolex et un magnifique trench-coat long en cuir noir de chez Givenchy que Margot, à l'inverse, voulait jeter. « Trop Troisième Reich et pas politiquement correct », avait-elle argué.

Vider les cartons de vieilles photos fut particulièrement pénible, vu qu'elles dataient d'une vie remontant à avant moi, la plupart prises dans des lieux exotiques, le montrant en compagnie d'une femme sublime aux longs cheveux.

Joanna.

D'autres étaient les photographies panoramiques officielles effectuées chaque année par l'école. Robert était allé en classe à Tonbridge et de là à l'université de Cambridge, où il avait ramé dans l'équipe d'aviron des Bleu clair. Sa passion pour l'aviron et tous les sports nautiques avait continué, jusqu'à ce qu'il soit forcé d'arrêter, peu après son opération. Il avait alors porté son attention sur d'autres formes de vitesse, comme la course de chevaux par exemple.

Je le revoyais remballant ses trophées d'aviron et les ranger dans le grenier, n'en conservant qu'une photo en noir et blanc qu'il avait mise sur une étagère dans son bureau. Apparemment prise durant des vacances au bord de la Méditerranée, elle montrait deux adolescents, dont l'un était Robert, bronzés et heureux devant un canoë en bois à six places.

— Il t'emmenait ramer parfois ? me demanda Margot.

— Ramer, non, mais faire de la voile, oui.

— Je croyais que les bateaux te donnaient le mal de mer.

— C'est le cas. Je n'ai essayé que deux fois. J'ai vomi à l'instant où on a quitté le port et navigué en pleine mer.

Je me rappelais combien Robert avait été déçu quand je lui avais dit que non contente d'avoir le mal de mer, j'avais une peur bleue de l'eau – c'était après qu'il avait acheté et donné mon nom à un nouveau catamaran comme cadeau d'anniversaire surprise.

— Je parie que ça l'a bien ennuyé, dit Margot.

— Si c'était le cas, il n'en a rien montré. Robert m'a juste dit que c'était pour ça que Dieu avait inventé les avions.

Je désignai les six cartons remplis des souvenirs personnels de Robert remontant à avant notre rencontre.

— Je ne sais pas quoi faire de tout ça.

— Tu as dit qu'il avait un fils, non ? Donne-lui tous ces trucs, suggéra Margot. Il est comment ?

— Michael ? Trente ans. Sûr de son bon droit. Il me déteste. Qu'est-ce que tu veux savoir d'autre ?

Je regrettai mes paroles à la seconde où elles sortirent. L'opinion de Margot quant aux circonstances de ma rencontre avec Robert n'avait pas dévié d'un iota au cours de toutes les années que mon mari et moi avions passées ensemble. Pour une femme aussi libérale dans tellement de domaines, sa vision des vœux de mariage démodés « pour le meilleur et pour le pire » était immuable. Jamais je ne lui avais raconté la véritable version des événements, car je savais ce qu'elle dirait et aujourd'hui n'était certainement pas le jour pour changer son opinion.

— Alors, quand est-ce qu'on se met en route pour Tregarrick Rock ? lançai-je gaiement tandis que nous faisions notre pause-thé de l'après-midi.

— Demain. J'ai tout organisé.

Ma sœur me tendit une pochette en plastique bleu transparent, dont elle sortit une liasse de feuillets agrafés ensemble.

— Voici notre itinéraire.

— Je me demandais où passait tout mon papier.

— J'aime imprimer les choses.

Elle étala les feuilles sur la table de la cuisine. Elle avait surligné une demi-douzaine de paragraphes dans différentes couleurs fluorescentes.

— Parfois, je te regarde et je me demande si on avait la même mère, commentai-je.

— Je suis juste à cheval sur les détails, c'est tout. O.K., écoute ça : les îles de Scilly – ou les Scilly tout court, mais jamais les îles Scilly – sont renommées pour leurs narcisses Soleil d'or, sortes de jonquilles merveilleusement parfumées. Avec le tourisme saisonnier, ces fleurs constituent la principale source de revenus des îles depuis plus d'un siècle.

— On dirait un guide de voyage.

— J'ai pris ça sur Wikipédia, en fait. Copié-collé. Écoute plutôt… Les habitants sont appelés les Scilloniens, bla bla bla, climat subtropical avec des températures hivernales comparables – je te l'avais dit – au sud de la France.

— Continue.

— Avec une population de 2 200 habitants, veiller sur les 142 îles peut se révéler compliqué. Les forces de police sont basées sur l'île la plus grande, St Mary's, et consistent en un brigadier, deux gendarmes, un agent de police de proximité et un bénévole. Et les rondes se font… écoute ça… à vélo !

— Quoi ? Pour les 142 îles ?

— Oui, mais la plupart sont inhabitées. Certaines ne sont guère que de petits îlots. Tregarrick est toute petite : à peine quatre kilomètres de long sur un kilomètre et demi de large. Il y a un magasin général, un bureau de poste et un pub, le Salty Boatman. Il n'y a pas d'hôpital ni de docteur sur l'île et, en cas d'urgence médicale, on envoie quelqu'un de St Mary's…

— Tu risques d'avoir du mal à dégoter un spa de luxe…, la taquinai-je. On se croirait au Moyen Âge.

— Ça fait partie du charme, surtout ce détail, écoute : il n'y a pas de voiture ni d'éclairage de rue à Tregarrick.

— Comment on y va ?

— Par train jusqu'à Penzance, puis une rapide traversée en ferry de deux heures et demie…

— En ferry ! *(Je grimaçai.)* Non merci. On ne peut pas faire le trajet en avion ? Il doit bien y avoir un aéroport ?

— Oui, mais à cette époque de l'année, ça ne vaut pas la peine à cause des risques de retard dans les vols, voire leur annulation à cause de la météo, m'informa-t-elle avec un long soupir. Or, on n'y va que pour le week-end.

— Je préfère prendre le risque, insistai-je.

— Ne sois pas ridicule ! s'exclama-t-elle. C'est un gros bateau, Evie. Tout se passera bien.

3

— Je ne monterai plus jamais sur un ferry, chuchotai-je. Je te jure, j'aurais préféré mourir.

— Je suis d'accord, acquiesça Margot, qui était pâlichonne elle aussi. Et pourtant, je ne suis pas sujette au mal de mer.

— Vous vous y habituerez, intervint une femme avec un bébé dans les bras. C'est votre première fois dans les Scilly ?

— Et la dernière… du moins là-dessus, répliqua Margot en désignant le *Scillonien III*, un navire quatre-ponts de cinquante mètres amarré le long du quai de pierre. Je ne comprends pas. J'aime les bateaux normalement.

— C'est un navire à fond plat, ma chère. Sans stabilisateurs. Et puis, il y a toujours un peu de houle sur cette traversée. On appelle ça la Grande Pompe stomacale blanche, nous, les locaux, fit-elle en s'esclaffant. Le truc, c'est de ne rien manger du tout. Comme ça, on n'a rien à évacuer, pas vrai ?

Je me détournai, sous l'effet d'un haut-le-cœur, vers l'une des plantes en pot alignées sur le quai du port, fort joli au demeurant.

— Vous êtes descendues où ? s'enquit la jeune femme.

— On continue jusqu'à Tregarrick, l'informa Margot.

— Vous avez de la chance, vous n'aurez pas de bateau tout de suite : le brouillard monte.

— Oh que si, on en aura un, rétorqua Margot sur un ton que je ne connaissais que trop bien.

Si quelqu'un avait le malheur d'annoncer à ma sœur que quelque chose était impossible, elle se mettait en quatre pour prouver le contraire.

— La traversée ne fait que quinze minutes et, selon TripAdvisor, il y a plein de locaux qui sont ravis de gagner un peu d'argent en faisant traverser les touristes.

— Comme je vous l'ai dit, le brouillard monte. Il peut être traîtreux, par là-bas.

— Je suis prête à payer ce qu'il faudra, insista Margot. Vous connaissez forcément quelqu'un qui a besoin d'argent liquide.

— Non, non.

La femme se tourna vers son compagnon, un homme qui arborait une barbe impressionnante, et je l'entendis commenter :

— Quel culot.

— Elle vient d'Amérique, dis-je, comme pour excuser le comportement de Margot.

— Vous pouvez essayer de demander à Sandra, à la billetterie. Elle est peut-être encore ouverte. *(Le compagnon désignait un petit bâtiment carré en pierre, un peu plus loin sur le quai.)* Son mari a un bateau.

Sur quoi, il donna du coude à sa partenaire et tous deux échangèrent un rire de conspirateurs.

— Merci, répondis-je.

Et je me mis en route avec ma petite valise et ma sacoche photo, sans prendre la peine de vérifier si Margot me suivait. Au bout de quelques minutes, je compris que notre première interlocutrice avait raison au sujet du brouillard. Il s'avançait comme une tempête de sable et, quand je me tournai pour voir si Margot était derrière moi, elle n'était plus qu'un point flou.

Hélas, il semblait que Sandra ait fini sa journée. La persienne vénitienne de la porte était baissée, malgré le panonceau indiquant que le bureau restait ouvert de 9 heures à 17 heures. Margot vérifia sa montre.

— Il n'est même pas 17 heures, il est 16 h 30. Quel genre de boutique ferme à 17 heures ?

— Les boutiques normales.

— On voit de la lumière, il doit bien y avoir quelqu'un. *(Elle frappa à la porte.)* Bonjour ?

— Lis ça.

Je lui montrai un petit mot dans le coin inférieur droit du carreau, juste en dessous de la persienne descendue.

— Ça dit d'aller au *Calico Jack* si ce guichet est fermé.

— On se croirait dans *Pirates des Caraïbes,* commenta Margot, songeuse. Hmm, j'ai une idée.

— Et moi, un mauvais pressentiment, répliquai-je. Je ne pense pas qu'on puisse aller où que ce soit ce soir et, pour être honnête, je ne me vois pas affronter une autre traversée en bateau, de toute façon. Allons nous trouver un B&B.

— Non. J'ai réservé au Tregarrick Rock et c'est là qu'on dormira. Attends, j'ai vu une lumière. Il y a quelqu'un là-dedans. *(Elle cogna contre la porte.)* Ohé ! Je sais que vous êtes là. Il est 16 h 53. Vous avez sept minutes avant…

La porte s'ouvrit sur une femme, la cinquantaine, en manteau bleu marine et chargée d'un sac en plastique. Ses yeux étincelaient de rage.

— Qu'est-ce que c'est que ce chambard ? Je suis fermée. Vous ne savez pas lire ?

— Oh, désolée, je n'avais pas vu, mentit Margot, passée aussitôt en mode charmeuse. Vous devez être Sandra. Votre amie sur le ferry nous a dit que vous pouviez nous organiser un transfert pour Tregarrick.

— Aucun bateau ne traverse ce soir, déclara Sandra. Trop dangereux de naviguer dans le détroit de Tregarrick.

— Les bateaux n'ont-ils pas de radar ou quelque chose comme ça ? insista Margot. D'après ce qu'on nous a dit, votre époux a un bateau.

Sandra parut prise de court.

— C'est un Topper. Jamais je ne le laisserai sortir par ce temps.

— C'est quoi, un Topper ? me demanda Margot.

— Un tout petit bateau de course. Avec des voiles.

Mais Margot n'avait pas envie de rire.

— Pas étonnant qu'ils se soient moqués de nous.

— Bonsoir, mesdames, lança une voix féminine.

Nous nous tournâmes vers une petite bonne femme, dans le début de la quarantaine, avec des cheveux courts qui dévoilaient des créoles tellement grandes que je redoutais de les voir se prendre dans une poignée de porte. Elle portait un pantalon de cuir moulant et un polo noir sous une veste en laine rouge profond. Elle était parfaitement maquillée et d'une beauté frappante.

— Ah, Patty ! Je suis tellement contente de te voir, lança Sandra, soudain tout sourire.

— Il y a un problème, Sandra ?

— Cette femme insiste pour qu'on l'emmène à Tregarrick ce soir. Elle a même demandé que mon Ron la prenne sur son Topper…

— Excusez-moi, intervint ma sœur. Vous êtes sa supérieure ?

— On peut dire ça, répondit Patty.

— Votre service clients n'est pas formidable, lâcha Margot. Nous avons fait un long voyage – depuis Los Angeles, en fait – et cette personne s'est montrée impolie.

— Ne vous mettez pas dans tous vos états, madame, fit Patty. Je crains qu'effectivement, vous soyez obligées de rester ici pour la nuit. Aucun bateau ne partira ce soir…

— C'est ce que je lui ai dit, railla Sandra.

Margot secoua la tête.

— Eh bien, je crains pour ma part que ça ne soit totalement inacceptable…

— Margot ! sifflai-je. S'il te plaît…

— Pourquoi être aussi pressées ? voulut savoir Patty. Vous avez la mafia aux trousses ou…

— Je te l'ai dit, l'interrompit Sandra. Elles sont déterminées. C'est vrai, quoi, qui a envie d'aller à Tregarrick en novembre ? Ça, j'aimerais bien le savoir.

— Eh bien, laissez-moi éclairer votre lanterne, dit Margot. Je suis productrice pour le… le prochain *Pirates des Caraïbes.*

— Avec Johnny Depp ?

Sandra ouvrait des yeux ronds comme des soucoupes.

— Ouaip, confirma Margot. Je connais bien Johnny… et Orlando. Sympas.

C'était une nouvelle pour moi aussi. Quoique… Venant de Margot, rien ne me surprenait. Ma sœur avait toujours été très douée pour le réseautage.

— Je les ai tous vus, s'enthousiasmait Patty. *La Malédiction du Black Pearl, Le Secret du coffre maudit, Jusqu'au bout du monde...*

— *La Fontaine de jouvence*, ajouta Sandra. Et *La Vengeance de Salazar.* C'est le cinquième. Donc vous produisez le sixième ! Oh grand Dieu !

— C'est exact. Et voici Evie, qui s'occupe des repérages. C'est pourquoi elle a apporté son équipement photo.

Mon ravissement se changea en désarroi. C'était donc ça, « l'idée » de Margot. Le comportement était tellement typique de ma sœur : inventer une histoire pareille. Elle n'arrêtait pas de faire ça quand on était enfants. Une fois, on était allées au parc près de chez nous en faisant semblant qu'on était russes. Galia et Irina. On avait parlé avec un faux accent russe et, bientôt, Margot avait eu une petite foule d'enfants autour d'elle, captivés par ses folles histoires comme quoi nos parents s'étaient enfuis d'Union soviétique. Inutile de préciser qu'on a été bien humiliées quand notre mère, venue nous chercher, a rétabli la vérité.

— C'est fascinant, commenta Patty, qui contemplait les vêtements de créateur de Margot.

Ses bottines à la cheville Louboutin, ses collants noirs Wolford et son manteau à chevrons Stella McCartney boutonné jusqu'en haut, dont elle m'avait dit qu'il coûtait des milliers de dollars. Par contraste, je portais un jean, une veste Barbour, un bob et des bottes en caoutchouc Dansko, basses et costaudes. On n'aurait pas pu être plus différentes. Personne ne devinerait jamais qu'on était sœurs.

— Je suis venue de Los Angeles pour trois jours, littéralement, je n'ai donc pas le temps de traînasser, continua Margot, hautaine. Chaque jour coûte de l'argent à ma compagnie de production. Il est donc impératif que nous rejoignions Tregarrick ce soir.

Et moi, j'étais plantée là, à prier que le sol s'ouvre sous mes pieds et m'engloutisse. J'avais raison. Elle ne lâcherait pas l'affaire.

— Et vous ? me demanda Patty. Vous êtes ici en repérage et vous n'étiez pas au courant de notre brouillard de novembre ?

— Je… je…

— Le film aura lieu en hiver, l'informa Margot avec le plus grand naturel. J'avais besoin de me faire une idée de la météo et de l'atmosphère, pour des raisons d'authenticité.

— Eh bien…, reprit lentement Patty, je dois reconnaître que Tregarrick a eu plus que son lot de navires naufragés échoués au fond de l'océan… *(Elle marqua une pause.)* Mais l'endroit n'est pas très *Pirates des Caraïbes*.

— C'est un *spin-off*, affirma Margot. Qui s'intitulera… *Pirates des Scilly*.

Pirates des Scilly ? J'aurais juré apercevoir une lueur amusée dans les yeux de Patty.

— Et Johnny Depp, il sera toujours dedans ? demanda Sandra.

— Bien sûr.

— Je n'en reviens pas que Johnny Depp vienne dans les Scilly !

— Et Orlando Bloom, ajouta Patty, qui observait Margot attentivement. Ne l'oublions pas.

— Vous devez rencontrer des stars à tout bout de champ, poursuivait Sandra, manifestement éblouie de se retrouver aussi proche d'Hollywood, même si c'était par procuration.

Margot lui adressa un sourire poli et poussa d'un cran supplémentaire le curseur du charme face à la femme aux cheveux courts.

— De toute évidence, vous êtes de la région. Vous savez sans doute où nous pouvons trouver quelqu'un qui soit sensible au chantage affectif ou à un petit graissage de patte pour nous faire traverser cette bande de mer sans finir par le fond.

— Je suis désolée, répondit Patty. Ai-je omis de me présenter ? Vous avez raison. Nous autres Scilloniens nous enorgueillissons de l'accueil chaleureux que nous offrons à nos visiteurs.

J'entendis un ricanement et vis Sandra pouffer nerveusement derrière sa main comme une adolescente.

— Je suis l'inspectrice Patricia Williamson, de la police du Devon et de Cornouailles.

4

Mon estomac tomba comme une pierre et même le sang-froid habituel de Margot semblait déstabilisé alors qu'une vague de rouge lui montait dans le cou et inondait son visage.

— Mais tout le monde m'appelle simplement Patty.

Elle sourit.

— Ah, fit Margot d'une voix faiblarde. Hmm. Désolée. Vous m'avez un peu perdue avec… J'aime bien votre pantalon.

— Oui, je suis sans uniforme, confirma Patty. J'ai un rendez-vous, en fait.

— Ah ! s'enthousiasma Sandra. Le troisième, c'est ça ? Pas mal.

Patty s'esclaffa.

— Comme vous l'aurez remarqué, il n'y a pas de secrets dans les Scilly. Donc maintenant que nous allons toutes devenir amies, vous aimeriez peut-être m'indiquer votre nom ? *(Elle sortit un petit carnet de police et un crayon de la poche intérieure de sa veste.)* Je garde toujours ça sur moi.

— Margot Chandler et Evie Mead, répondis-je, de plus en plus nerveuse.

— J'essaie de m'arranger pour être sur le quai à l'arrivée du ferry ou à l'aéroport. Owen – l'agent de police Owen King – et moi y allons chacun notre tour, expliqua Patty tout en prenant des notes. Nous aimons bien accueillir nos visiteurs, histoire de nous assurer que nous ne laissons pas entrer de tueurs en série dans nos îles.

Margot et moi échangeâmes un regard soucieux.

— Je plaisante, reprit Patty. Le crime est inexistant ici. Alors, vous deux… papiers, s'il vous plaît. Maintenant ! Allez, allez.

Elle claquait des doigts avec impatience. Paniquée, je fouillai mes poches.

— Je pense que j'ai mon permis de conduire…

Margot fourrageait dans son cabas.

— Je… oh, j'ai une carte de visite. J'ai laissé mon passeport…

— Vite, vite, exigeait Patty. Vos papiers, je vous prie… Autrement, vous êtes toutes les deux en état d'arrestation.

— Quoi ?! hoqueta Margot.

— Je plaisantais encore, ricana Patty. Ça ne se passe pas comme ça dans les films ?

Margot hocha la tête, mais son sourire était exagéré. Nous pouffâmes – Sandra plus fort que nous toutes – mais, pour être honnête, je ne trouvais pas ça très drôle.

— Pas de souci, je n'ai pas vraiment besoin de voir vos papiers. J'ai la liste des passagers, reprit Patty. Je dois dire que ça va être très excitant de recevoir une équipe de film de Hollywood ici.

— Nous sommes juste en recherche du lieu pour le moment, se hâta de préciser Margot. Nous irons aussi à d'autres endroits, comme…

— L'île de Man, proposai-je. Et peut-être les Hébrides extérieures. Toute île qui ne soit pas dans les Caraïbes.

— Les prévisions météo sont bonnes pour demain matin, mais le week-end s'annonce atroce, nous informa Patty. Oh, je pourrais être figurante ? J'ai toujours voulu jouer dans un film. J'ai fait beaucoup de théâtre amateur à l'école.

— On pourra peut-être tous jouer dedans, suggéra Sandra, pleine d'espoir. Je veux bien tenir l'épée d'Orlando en cas de besoin.

Patty mugit de rire.

— Il faudra d'abord me passer sur le corps !

Margot me lança un appel à l'aide muet et angoissé. Auquel je répondis d'un haussement d'épaules. Notre mère ne nous avait-elle pas dit et répété que la franchise était toujours la meilleure politique ?

— Et combien de temps est-ce que vous comptez rester, toutes les deux ? voulut savoir Patty.

— Jusqu'à lundi, répondis-je. Juste le week-end.

— Je dois rentrer à L.A., précisa Margot.

— Bien sûr, bien sûr. Et à Tregarrick, vous allez descendre au Salty Boatman ?

— Non. Mon assistante a réservé au Tregarrick Rock, répondit Margot.

— J'en doute, intervint Sandra. Ils sont fermés cet hiver. Pour rénovation.

— Non, j'ai des réservations, insista Margot. Mon assistante a parlé à la réception, même si la femme qui a pris mon… je veux dire *son* appel semblait un peu sourde.

— Sans doute Lily Travis, indiqua Sandra à Patty. Elle répond souvent quand il n'y a personne à l'accueil.

— Ah.

— Lily m'a accouchée de mes bébés, nous informa Sandra avec une pointe de nostalgie.

— Et moi des miens, ajouta Patty. Lily, c'est un peu une légende. Elle a été la sage-femme locale pendant des décennies. Elle m'a même fait naître, moi, selon ma mère.

— Mais elle est à la retraite maintenant, poursuivit Sandra. Elle vit à l'hôtel comme une reine, chose que je ne comprends pas. Je veux dire…

— Oui, enfin, je suis sûre que nos ragots des îles n'intéressent pas Hollywood, l'interrompit Patty. Même si, je pense, Lily va adorer discuter avec vous. Elle en connaît un bout sur Hollywood…

— Sur tout le monde aux Scilly, ajouta Sandra, la mine sombre.

— Je parie qu'elle adorerait être votre consultante, fit Patty.

— Je peux vous laisser maintenant ? demanda Sandra. Il est 17 heures passées.

— Oui, vas-y, répondit Patty.

— Et bonne chance avec Henry, ce soir !

— Je n'ai guère d'espoir, mais bon, il faut bien tenter sa chance. Pour ce qui est de vous deux… ne bougez pas. Je vais voir ce que je peux faire pour vous dénicher un bateau.

Sur ces mots, Sandra et Patty furent englouties par le brouillard, nous laissant, Margot et moi, plantées sur le quai avec nos bagages.

— Je t'interdis de dire un mot, me chuchota Margot.

— Qu'est-ce qui t'est passé par la tête ? rétorquai-je à voix basse. Sérieusement, *Pirates des Scilly* ?

Mais alors même que je parlais, je fus prise d'un gloussement. Qui contamina Margot aussi.

— Ça va être une comédie.

— Oui, obligé, convins-je. Et moi, je suis censée être là pour les repérages ?

Elle haussa les épaules.

— C'est une bonne couverture.

— Pourquoi est-ce qu'on aurait besoin de couverture ? On est juste deux sœurs en week-end.

— Non, on vient évaluer ton hôtel.

— Ce n'est pas mon hôtel !

— Évidemment que si. Je le sens bien, affirma Margot. Et puis, de toute façon, est-ce que j'ai l'air de quelqu'un qui va quelque part hors saison ? Je veux dire... *Regarde*[1] *! (Elle désigna son bagage de créateur et ses bottines Louboutin.)* Non, crois-moi. C'est beaucoup mieux ainsi. En plus, je peux te garantir qu'on va avoir droit à un service impeccable à l'hôtel, s'ils pensent que Johnny Depp et Orlando Bloom vont venir ici.

Je lâchai un soupir exaspéré.

— Mais ils ne viendront pas.

1 En français dans le texte.

— Ce que tu peux être négative ! s'exclama Margot. Dis que l'hôtel t'appartient… Je parie qu'on pourrait y attirer quelques célébrités de Hollywood.

— Mais certainement pas Johnny Depp, nuançai-je. Et puis, est-ce qu'on a vraiment des réservations ?

— Ben, j'espère bien. Le plus important, c'est que l'espace d'un instant, tu as oublié Robert, pas vrai ?

Le simple fait d'entendre son nom me ramena brutalement à la réalité.

— Ah, mesdames ! lança une voix. On a raté le dernier bateau pour Tregarrick ?

Margot et moi nous retournâmes pour découvrir un homme qui se trouvait sur le même ferry que nous. Entre le jeune couple avec le bébé et une dizaine d'écoliers sans doute en voyage scolaire, il se voyait comme le nez au milieu de la figure. En plus, son visage m'était vaguement familier. La fin de la cinquantaine, grand et maigre, les yeux bleu de glace encadrés par une monture de lunettes en titane et une barbe presque blanche, il portait une parka Canada Goose et une sacoche à appareil photo d'apparence professionnelle, ainsi qu'une canne.

— Ah, c'est vous, ajouta-t-il avec un sourire. Vous vous sentez mieux maintenant qu'on est sur la terre ferme ?

Je remarquai qu'il parlait avec un accent sec.

— Un peu, lui répondis-je. Merci.

— Vous avez de la chance. *(Patty venait de se matérialiser dans le brouillard.)* Je vous ai trouvé un bateau. Oh ! Et… qui êtes-vous ? Vous étiez sur le ferry aussi ?

— Alex Karlsson, se présenta-t-il. Bonsoir. Oui, j'arrive de Stockholm.

Son nom me confirmait que, décidément, il me disait quelque chose. J'essayai de me rappeler où je l'avais déjà entendu.

— Dieux du ciel, nous voilà bien internationaux ce soir, commenta Patty avec une touche de sarcasme. Ces dames viennent tout droit de Hollywood. Qui eût cru que Tregarrick en novembre soit une destination aussi courue ?

Alex Karlsson sourit.

— Qui l'eût cru, effectivement.

Patty désigna son équipement photographique.

— Vous tournez aussi un film sur les Scilly ?

— Pardon ? fit le nouveau venu, l'air perplexe.

— En fait, on ne tourne pas encore…, commença Margot.

— Je suis photojournaliste, annonça Alex Karlsson.

Sur quoi, il sortit une carte de presse de la poche poitrine de son manteau et la tendit à Patty.

— Alex Karlsson ! m'écriai-je. Il me semblait bien que vous me disiez quelque chose. J'adore votre travail. *(Je me tournai vers ma sœur, tout excitée.)* La galerie a organisé une exposition de ses œuvres il y a des années. M. Karlsson est l'un des principaux contributeurs au magazine *National Geographic*. Il voyage dans toutes sortes de destinations dangereuses. Ses photographies de la vie sauvage sont tout bonnement captivantes.

Alex inclina gracieusement la tête.

— Vos premières œuvres se concentraient sur le nu dans la nature, continuai-je à babiller. Je suis tellement fan !

Alex semblait ravi.

— Eh bien, je suis impressionné.

— J'ai longtemps travaillé à la galerie Red Fox de Soho…

— Avant de devenir chargée de repérages, intervint Margot, à mon grand agacement. Je suis Margot Chandler. Bonjour. Et…

— Evie Mead.

— Vous êtes photographe, Evie ? me demanda Alex.

— Amateur seulement.

— Elle est trop modeste, déclara Margot. Elle est très douée. C'est elle qui nous fera des prises pour la publicité du film.

Je lui adressai un regard noir, auquel elle répondit par un sourire moqueur.

— Ah ! opina Alex. Un film.

— *Pirates des Scilly*, l'informa Patty, qui s'efforçait de rester sérieuse. Mais hélas, vous tombez mal si vous espérez photographier nos oiseaux. La saison a officiellement pris fin le mois dernier, même si vous pourrez sans doute attraper quelques retardataires.

— Je ne suis pas ici pour photographier les oiseaux. Je vais prendre le vieux phare.

— Un phare ? m'étonnai-je.

Patty avait l'air aussi surprise que moi.

— Notre vieux phare de Windward Point ? Vraiment ? Pourquoi ? Je vois un million de phares plus intéressants à photographier. En plus, il est impossible à atteindre. La passerelle a été balayée par les vagues, l'hiver dernier… Ah, le voilà. Notre skipper intrépide qui accepte de risquer sa vie et ses membres pour vous faire traverser jusqu'à Tregarrick. Mesdames et monsieur, je vous présente le merveilleux Cador Ferris.

La première chose que je remarquai à propos de notre skipper, c'était qu'il s'agissait probablement de l'un des hommes les plus beaux qu'il m'ait été donné de rencontrer, malgré sa tenue négligée – pull marin, jean et bottes Timberland.

Je lui donnais sans doute un peu plus que notre âge, mais à peine. Il avait les pommettes hautes, d'étonnants yeux bleus et des cheveux blanc-blond qui dépassaient sous un bonnet tricoté noir. Il nous adressa un sourire paresseux. Coquette, Margot rabattit ses cheveux en arrière, un geste que je ne lui avais plus vu faire depuis l'adolescence. Je me sentais mal fagotée, avec ma Barbour et mon bob, et soudain très vieille.

— Helllllloooo, marin, me chuchota ma sœur à l'oreille.

— Tais-toi, répliquai-je tout bas. Tu es une femme mariée.

— Il n'y a pas de mal à faire du lèche-vitrine. Bon Dieu. J'espère qu'il n'a pas envie de devenir acteur.

La même pensée m'avait traversée.

— Non, Cador n'a aucune velléité de faire l'acteur, fit Patty.

Elle avait des oreilles de chauve-souris ou quoi ?

À quoi Margot bredouilla quelque chose d'incohérent.

— C'est pas mon truc, confirma gentiment Cador. Même si j'ai vu *Titanic*.

— Cador a accepté de vous emmener à Tregarrick parce qu'il y vit et qu'il veut rentrer chez lui. Cador, ajouta Patty en désignant le Suédois, je te présente le légendaire photographe Alex Karlsson, qui est ici pour prendre des photos du phare de Windward Point.

Cador éclata de rire.

— Pourquoi donc ?

— Et deux chargées de repérages qui nous arrivent tout droit d'Hollywood…

— Je suis la productrice, rectifia Margot. Les repérages, c'est elle.

— Cador Ferris dirige sa propre entreprise de sauvetage en mer ici, à St Mary's. Si quelqu'un est un expert en naufrages, c'est lui. Un consultant parfait pour… euh… *Pirates des Scilly*.

— Ferris ? répéta soudain Margot. Pas Ferret ?

— Pardon ? demanda Cador.

— Votre nom de famille, c'est Ferris ou Ferret ?

— Pourquoi ? fit-il tranquillement. Qui veut le savoir ?

— J'ai lu des choses sur Tregarrick et son histoire, expliqua Margot. Vous avez un lien avec Jay ?

— Vous parlez sans doute de Jago. C'est mon père.

Margot m'adressa un regard triomphal, avant d'ajouter :

— Quel nom peu habituel !

— C'est des Cornouailles, précisa Cador. Même si désormais les Scilly ont leur propre drapeau… On aime bien se sentir indépendants.

— Vous allez découvrir que nous sommes férocement patriotes, nous les Scilloniens, ajouta Patty. Le drapeau est orange et bleu. L'orange représente les couleurs flamboyantes des couchers de soleil et le bleu, la mer.

— Un drapeau sans brouillard, ironisa Margot. Sympa.

— La famille Ferris est propriétaire de Tregarrick depuis le Moyen Âge, poursuivit Patty. C'est l'une des quelques îles privées qui n'appartiennent pas au duché de Cornouailles.

— Oui, on est au courant, répondit Margot. On a fait nos recherches.

— Cador est le fils et l'héritier du royaume de Tregarrick mais, pour ce soir, il est notre capitaine, alors soyez aimables avec lui. Autrement, il vous jette par-dessus bord. Pas vrai, Cador ? *(Elle jeta un coup d'œil à sa montre.)* Je dois y aller.

— Bonne chance, lui lança le marin avec un clin d'œil. Et sois gentille avec Henry.

— Ne t'inquiète pas. J'ai laissé mes menottes au commissariat, cette fois, fit Patty, tout sourire. Et toi, bonne chance pour ta conversation avec ton père demain. Ne te laisse pas faire.

Sur ce, elle disparut dans le brouillard.

— Elle n'est pas banale pour une policière, hein ? fit remarquer Margot.

— Ça, vous pouvez le dire, acquiesça Cador. Bon, on est prêts ?

Soudain, Alex se mit à crier, plié en deux, les mains agrippées à son ventre, le visage tordu par la douleur.

— Vous allez bien ? lui demandai-je, anxieuse.

— Ça va, ça va, répondit-il, haletant, en fouillant dans sa poche. Ça. Va. Aller.

Il sortit un morceau d'aluminium, mais le laissa tomber. Je me penchai aussitôt pour le ramasser. Mon estomac fit une vrille. C'était du Zomorph, un antidouleur à base de morphine que je connaissais bien, et que l'on avait prescrit à Robert après son opération.

— Combien ? lui demandai-je.

Comme Alex levait deux doigts, j'éjectai deux cachets rose pâle du blister de six – 30 mg chacun, soit 60 mg de morphine. Alex devait être un homme bien malade.

— De l'eau ? lui demandai-je devant les visages inquiets de Margot et de Cador.

Alex secoua la tête et avala les capsules à sec – exactement comme Nigel quelques jours plus tôt.

— Je vais bien. Ça va. Vraiment. Merci.

Pourtant, il me semblait aller tout sauf bien. Son visage était d'un gris maladif et ses mains toujours serrées sur son estomac.

— Vous êtes sûr de vouloir partir ? s'enquit Cador, opinant du chef pour désigner l'énorme valise de Margot. *(J'avais insisté pour qu'elle laisse sa jumelle à la maison.)* En revanche, je ne vais pas être en capacité de vous porter ça.

— Rappelez-moi combien de temps vous restez à Tregarrick ? la taquina Alex.

— C'est en grande partie du matériel photo, mentit gaiement ma sœur. Et une poignée de scénarios en guise de lecture de week-end.

— Margot passe son temps à lire des scénarios, précisai-je.

Quelques instants plus tard, nous étions à bord d'un vaisseau ultramoderne répondant au nom d'*Isadora*, nous dirigeant lentement vers le détroit de Tregarrick. Cador avait toutes sortes d'éclairages marins – antibrouillard, recherche et projecteur – qui nous permettaient de nous diriger à travers un nuage étrangement jaune. De temps à autre, j'entendais un sifflement bizarre, entêtant.

— C'est une balise sifflante, expliqua Cador. Il y en a un peu partout par ici.

— Je n'en avais jamais entendu parler, répondis-je.

— Elles existent depuis l'époque médiévale, indiqua Alex. Le sifflement est provoqué par l'air piégé et compressé dans la cavité au fond ouvert. Les vagues causent un ballottement naturel de haut en bas qui émet un sifflement. Une invention très intelligente.

Margot frissonna.

— Ça fiche la frousse.

L'*Isadora* était équipée de toute la dernière technologie. Je n'avais jamais vu autant d'antennes, d'écrans radars et autres gadgets apparemment très chers.

— Waouh, tout cet équipement est incroyable, entendis-je commenter Margot. Alors… vous êtes vraiment chasseur de trésors ?

— C'est une passion, répondit Cador. Au cours des quatre ou cinq dernières années, au moins quatre-vingt navires ont sombré dans ces eaux. Et celui que je cherche depuis que je suis gamin, c'est justement l'*Isadora*.

— D'où le nom de ce bateau, comprit Margot.

— Là-dessous, il y a une carte des îles qui montre les coordonnées des épaves ayant déjà été localisées, reprit Cador. Allez-y jeter un coup d'œil. Ça pourrait vous donner de l'inspiration pour votre film. C'est quoi le titre, au fait ?

— *Pirates des Scilly*, répondit Margot.

— Ah oui, sourit Cador.

— Tu viens, Evie ?

— Je ne peux pas. *(Le mal de mer me frappait d'un premier assaut.)* Ne me laisse pas…

Mais Margot avait déjà disparu. Je me contentais de prier que Cador n'engage pas la conversation avec moi sur un sujet en lien avec le cinéma. Je n'y connaissais rien du tout. En fait, le dernier film que j'étais allée voir, c'était un James Bond avec des amis du travail il y avait au moins dix ans. Robert et moi préférions le théâtre, les concerts et les musées.

Cador désigna l'une des banquettes.

— Asseyez-vous ici et gardez les yeux fixés sur l'horizon, me dit-il. Je sais que vous ne voyez rien d'autre qu'un épais brouillard, mais tant pis, concentrez-vous droit devant. Vous aurez bientôt vos jambes de marin.

— Merci, répondis-je.

Et j'allai m'asseoir.

Cador me tendit un bracelet en caoutchouc.

— C'est un bracelet antinausée. Ça devrait vous aider. On aborde à Tregarrick d'ici vingt-cinq minutes à peu près. En général, ça ne prend pas aussi longtemps.

— Vous ne pensez pas que vous feriez mieux de regarder où vous allez ? lui demandai-je, nerveuse de le voir m'observer plus qu'il ne l'aurait dû.

— Ne vous tracassez pas, répliqua-t-il avec un sourire. Je navigue dans ce détroit depuis que j'ai appris à naviguer à l'âge de cinq ans.

Alex engagea une conversation fluide avec Cador tandis que le bateau teuf-teufait lentement sur l'eau. Ses antidouleurs devaient faire effet.

Mes pensées dérivèrent à nouveau vers Robert et la dernière matinée, horrible, dans notre cuisine. Assis à manger ses *corn flakes*, il avait refusé de répondre à mes questions. J'étais très en colère, au point de décider de m'en aller réfléchir ailleurs. Serait-il encore en vie si je n'étais pas sortie de la pièce ?

— Tenez, buvez ça.

Alex interrompit mes pensées en me tendant un gobelet en plastique.

— C'est du Coca-Cola, précisa-t-il. Offert par le capitaine, avec toutes ses excuses que ce ne soit pas du rhum.

Je levai les yeux vers les siens.

— Merci.

Alex me proposa son coude.

— Venez vous mettre debout à la proue avec moi.

Je le suivis.

Comme il naviguait uniquement au radar, Cador racontait des histoires de vaisseaux engloutis gisant à des centaines de pieds sous les nôtres et exposait son rêve d'enfance de trouver l'*Isadora*.

— En tout cas, cette quête a l'air de vous passionner, commenta Alex.

— J'ai toujours été fasciné par les secrets que renferme la mer, convint Cador. J'ai supplié mon père de m'autoriser à aller à l'université étudier l'ingénierie marine, mais… ça ne devait pas se faire.

— Il n'est jamais trop tard.

— En l'occurrence, si, fit Cador sur un ton triste.

S'ensuivit un silence gêné. Je me remémorai le commentaire de Patty lors de son départ, qui souhaitait bonne chance à Cador avec son père. La phrase prenait soudain un autre sens.

— Parlez-moi de l'*Isadora*, lui demandai-je.

— C'était un galion espagnol, qui a coulé au large de Tregarrick en 1659.

— Les figures de proue des galions étaient censées incarner l'esprit du navire, expliqua Alex. On pensait qu'elles apaisaient les dieux de la Mer.

— Il y a toute une collection de figures de proue dans le Jardin du galion, à l'hôtel, reprit Cador. Vous devriez demander à mon père s'il accepterait de vous laisser filmer là-bas.

— Merci.

Mal à l'aise d'entériner ce stupide mensonge, je résolus de dire à Margot que plus vite nous avouerions la vérité, mieux ce serait.

— Et je suppose que l'épave n'a toujours pas été retrouvée ? demanda Alex.

— Et son chargement d'or non plus, mais je ne renonce pas, confirma Cador. En d'autres temps, j'aurais été pirate.

Alex et moi nous esclaffâmes. Je me rendis compte que, par quelque miracle, je me sentais mieux.

— La figure de proue de l'*Isadora* a été remontée en 1980, dit Alex. Trouvée au large de Windward Point.

Cador parut ravi.

— Vous êtes au courant de ça ?

— J'y ai passé un été quand j'étais adolescent. En fait, j'étais là quand ils l'ont retrouvée…

— Dans ce cas… vous devez connaître ma mère, elle s'appelait Tegan Chynoweth à l'époque.

— Elle vit toujours à Tregarrick ? s'enquit nonchalamment Alex.

— Elle n'a jamais vécu ailleurs. Elle est retenue captive au château, mais elle s'occupe à sa peinture.

— Est-ce qu'elle… *(Alex s'interrompit et sembla se raviser.)* Peu importe.

Je posai sur lui un regard curieux. La photographie d'Alex, surtout celle des vingt dernières années, avait toujours impliqué de sa part de grosses prises de risques, que ce soit pour aller prendre en photo les ours polaires en Antarctique ou les lions du Masai Mara. J'en vins à me demander ce qu'il faisait vraiment là, aux Scilly.

— Les prévisions météo ne sont pas bonnes pour demain, annonça Cador. Mais je pourrai vous emmener à Windward Point dimanche, si vous voulez jeter un coup d'œil au phare qui se trouve au large du côté atlantique. Parfois, les côtes de la coque de l'*Athena*, un vaisseau submergé de cinq cents tonnes, sont visibles quand la marée descend. Je vous aurais bien invitée, Evie, mais je crains que vous ne refusiez.

— Vous avez raison sur ce point, convins-je. Cependant, je ne me sens pas trop mal. Cet antinausée fonctionne vraiment bien, même si c'est psychosomatique.

— Merci, Cador, répondit Alex. Bien entendu, je vous paierai.

— Une pinte de bière au Salty Boatman me suffira. On m'achète facilement.

Cador sourit à nouveau et m'adressa une œillade. En cet instant, je perçus quelque chose que je n'avais pas vu depuis bien longtemps. Une étincelle d'attirance. Embarrassée, je détournai aussitôt le regard.

— Eh bien, je serai heureux de vous offrir une pinte au Salty Boatman, accepta Alex.

— Marché conclu. Ah, nous y voilà. (*Sorti de nulle part, un large rayon de lumière verte apparut dans un halo de brouillard.*) Bienvenue à Tregarrick.

5

— C'est l'endroit parfait pour notre film, dit Margot en me rejoignant sur le quai de pierre. L'atmosphère est sinistre et flippante à souhait.

— Je croyais que *Pirates des Scilly* était censé être une comédie, lui rappelai-je.

— C'est le cas. Imagine… un croisement entre *Serial Noceurs*, *Scream* et…

— *Pirates des Caraïbes* ? suggéra Cador en nous emboîtant le pas.

— Exactement ! s'exclama Margot.

— Je présume que c'est pour Walt Disney ? voulut savoir Alex.

— Pas cette fois, se hâta de répondre Margot. Mon Dieu, quand le guide de voyage annonçait qu'il n'y avait pas de lampadaires, ils n'exagéraient pas.

— Il y a quarante-sept lampadaires sur St Mary's, précisa Cador. Mais aucun ici, et c'est comme ça qu'on l'aime.

— Oh, tenez, je vous rends ça, lui dis-je en désignant mon bracelet antinausée.

— Gardez-le. En souvenir. Accordez-moi une minute et nous pourrons aller au pub ensemble.

Sur quoi, il retourna sécuriser l'*Isadora.*

— On dirait que tu as un admirateur, me chuchota Margot. Tu lui as dit que tu étais veuve ?

— Non, mais je le ferai.

— Pas tout de suite. Ça risque de ruiner ta couverture.

— On va être découvertes, Margot. Tout le monde connaît tout le monde ici. Je regrette qu'on soit venues.

L'expression de ma sœur s'assombrit.

— Je suis désolée, fit-elle, sérieuse pour une fois. Je pensais que ça te distrairait. Peut-être même que ça t'amuserait. Je ne sais pas quoi faire. Tu es tellement malheureuse que je… je ne sais pas comment m'y prendre.

Ça ne pouvait pas faire de mal de lâcher un peu de lest.

— C'est bon, l'assurai-je. Je sais que tu veux bien faire.

— C'est juste que je suis nulle pour tous ces trucs de compassion. Depuis toujours.

— Je sais.

Elle vint me tapoter l'épaule. Maladroitement. Les manifestations publiques d'affection, ça n'avait jamais été son point fort.

— Tu n'as pas l'impression qu'on a atterri dans l'un des royaumes de *Game of Thrones* ? demanda-t-elle, changeant brusquement de sujet.

Son iPhone sonna. Elle baissa les yeux dessus et je vis sa mâchoire se crisper. Puis elle rangea le portable dans sa poche.

— Tu ne réponds pas ? Si ça se trouve, c'est Johnny Depp, ironisai-je.

— C'est Brian, en fait, me dit-elle. Je le rappellerai quand on arrivera à l'hôtel.

Mais l'appareil se remit à sonner. Et encore.

— Je croyais l'avoir éteint, grommela-t-elle.

— Si Brian insiste, ça doit être important. Quelle heure est-il à Los Angeles ? Dix heures du matin ?

Sans prêter attention à mes remarques, elle appela :

— Cador, excusez-moi ? Vous pouvez nous montrer à quelle distance se trouve l'hôtel Tregarrick Rock ?

Il désigna un point derrière nous dans l'obscurité trouble.

— Quelque part par là-bas.

— C'est très loin à pied ? demanda Margot.

Sa question parut amuser Cador.

— Vous ne pouvez pas dormir là-bas.

— Pourquoi ça ? On a une réservation, insista-t-elle.

— Non, je ne pense pas, dit-il, large sourire aux lèvres. L'hôtel ferme pour rénovation en novembre.

— Oui, on nous l'a dit, s'impatienta ma sœur. Pourtant, j'ai parlé à la personne de l'accueil et j'ai fait une réservation. Nous sommes attendues ce soir.

— Vous vous souvenez du nom de la personne à qui vous avez eu affaire ?

— Lily Travis. Elle semblait un peu sourde.

Cador sourit de plus belle.

— C'est parce qu'elle répond via le haut-parleur.

— Et alors ? On a une réservation ou pas ?

— En octobre dernier, Lily a réservé pour soixante-cinq touristes japonais. Or, il n'y a que quinze chambres dans tout l'hôtel, raconta Cador. Mon père n'était pas ravi.

— Oui, mais comme vous l'avez dit vous-même, nous sommes hors saison, donc je doute qu'on se retrouve face à soixante-cinq touristes japonais, à se battre pour un lit, conclut Margot. On va tenter notre chance.

— Pas ce soir, en tout cas, déclara Cador, à quoi il ajouta, en constatant notre perplexité : Vous ne pourrez pas vous y rendre. C'est marée haute.

— Mais… l'hôtel est à Tregarrick, protestai-je. N'est-ce pas pour cette raison qu'il s'appelle le Tregarrick Rock ?

— Eh bien… le mot Rock devrait vous donner un indice, répondit Cador, qui ne cherchait même pas à masquer son amusement. L'hôtel est situé sur sa propre petite île et uniquement accessible par marée basse à pied par la chaussée surélevée ou en tracteur de mer. Il y a le quai de William, un quai immergé, mais il est de l'autre côté du rocher, qui est rarement utilisé désormais. L'escalade par la falaise est trop difficile. Ce quai était utilisé par les navires commerciaux comme escale sur leur route vers l'Amérique.

— Evie ! me gronda Margot. En tant que chargée des repérages, comment as-tu pu commettre une erreur pareille ?

Je me refusais à commenter.

— Le tracteur de mer fonctionnera demain, précisa Cador. Hélas, vous avez mal choisi votre week-end. C'est la marée de morte-eau, ce qui signifie que les fenêtres de tir pour aller ou venir du Rock sont plus réduites vu que la marée ne s'en va pas aussi loin.

— C'est exaspérant ! s'exclama Margot. Comment diable peut-on diriger un hôtel là-dessus ?

— Vous feriez mieux de descendre au Salty Boatman avec Alex, nous conseilla Cador. Ça vous dirait de vous joindre à nous autour d'un verre ce soir ?

Margot marmonna d'abord quelque chose de censurable, puis :

— Eh bien, nous n'avons guère le choix. Il est où, ce Salty Boatman ?

— Juste derrière vous.

Quelques instants plus tard, nous entrions tous les quatre dans le pub. Où il n'y avait qu'un autre client.

— Cor ! C'est bien !

La voix assourdissante avait retenti d'un coin, où un marin grisonnant dans une veste usée jusqu'à la corde, chemise cléricale et col de curé, faisait tournoyer, assis dans un fauteuil Windsor, un verre ballon à cognac. L'oiseau était perché sur son épaule.

— Dieux du ciel ! s'exclama Margot, les yeux écarquillés. Est-ce que c'est un perroquet ?

— C'est un *Ara ararauna*, un macaw bleu et or, précisai-je.

— Encore un mot bien pratique pour caser une certaine lettre au scrabble, grommela-t-elle. Et à ce qu'on dirait, son compagnon est membre du clergé.

— Exact. Bill le pasteur et Roger l'ara, confirma Cador. On appelle le pasteur « docteur Dolittle », parce qu'il sait parler aux animaux.

— Sérieusement ? m'étonnai-je.

— Sérieusement, confirma Cador. Je pourrai lui glisser un mot en votre faveur si vous voulez… si vous avez besoin d'un perroquet dans *Pirates des Scilly*.

— Sauf que, hélas, Roger est un ara, fit Margot. Merci quand même.

Le vieil homme leva son verre pour porter un toast. Nous agitâmes la main en retour. Et l'ara partit d'un nouveau : « Cor ! C'est bien ! »

Le pub était pittoresque et, en même temps, décevant par son aspect commercial. Il incarnait tout et n'importe quoi ayant un rapport avec le monde nautique et les légendes des pirates, notamment une surabondance de pavillons Jolly Roger[1]. Le moindre recoin était décoré d'ancres, de lanternes de bateaux, de gilets de sauvetage et de casiers à homards vides. Des filets étaient accrochés aux corniches. Des coquillages et tout l'attirail relatif aux bateaux pendaient des poutres en bois au-dessus de nos têtes. Des photographies en noir et blanc de galions et autres navires de différents siècles couvraient les murs. De toute évidence, l'endroit faisait office d'attraction touristique.

Ce fut seulement en allant me rafraîchir aux toilettes que je repérai une affiche annonçant une exposition de l'artiste local Tegan Ferris fixée dans le Snug, petite antichambre à l'écart de l'étroit passage.

Intriguée, j'entrai et découvris une série d'aquarelles obsédantes d'une tour de garde en pierre perchant ses ruines au bord d'une falaise, avec un phare au loin, en pleine mer. Les deux étaient peints sur un large panel de fonds : lever et coucher du soleil, à contre-jour sous une lune pleine et un ciel étoilé, sous un soleil écrasant, par une matinée brumeuse et un après-

1 Le classique pavillon noir à tête de mort et os croisés.

midi orageux. Je les trouvais très jolis et espérais avoir l'occasion de discuter avec la mère de Cador de son travail. Une autre affiche annonçait que ses peintures étaient disponibles à la vente sur son site web et aussi à l'hôtel Tregarrick Rock.

De retour au bar, je trouvai Margot en pleine conversation tendue avec une jeune femme, milieu de la vingtaine, derrière le bar. Elle portait un jean noir *skinny* et un sweat-shirt noir avec un décolleté en V plongeant. Ses longs cheveux raides auburn étaient remontés en un chignon désordonné. Une rangée de clous argentés bordait le lobe d'une de ses oreilles.

Margot me fit signe d'approcher.

— Voici Vanessa, m'annonça-t-elle d'un ton las. Vanessa m'informe qu'il n'y a qu'une chambre de libre, et que donc nous devrons la partager et… *(Elle marqua une pause pour ménager ses effets.)* il n'y a pas de salle de bains incluse.

— La salle de bains n'est qu'au bout du couloir, précisa Vanessa, l'air nerveuse et préoccupée.

Son regard ne cessait de dériver vers le box où Cador et Alex étaient plongés dans une discussion animée.

— Je crains que ça ne soit pas acceptable, décréta Margot.

— Le monsieur étranger a déjà réservé la chambre avec salle de bains, voyez-vous, et nous sommes hors saison, en pénurie de personnel…

— Ce n'est pas un problème, l'interrompis-je, m'efforçant de la mettre à l'aise grâce à un sourire chaleureux.

Margot plaqua sa carte American Express sur le comptoir.

— Bien.

— Pardon, mais la machine ne marche pas, s'excusa Vanessa. Et de toute façon, on ne prend pas les American Express.

— J'ai du liquide.

Je sortis mon porte-monnaie de mon sac.

— Ça fait soixante livres, petit déjeuner inclus.

En tendant l'argent à Vanessa, je ne pus m'empêcher de remarquer ses mains. L'extérieur de ses deux index me semblait taché d'encre noire, jusqu'à ce que je comprenne qu'il s'agissait de tatouages. Des mots, en fait.

— Nous allons commander à manger, déclara Margot. Je suis intolérante au lactose et au gluten et potentiellement allergique aux noix. Je suis encore en cours de vérification pour certains types de noix, mais je ne veux pas prendre de risque.

— Je l'ignorais, Margot. Robert souffrait d'une allergie sévère aux arachides. Il avait toujours un EpiPen dans sa poche. Tu devrais en avoir un dans ton sac pour le cas où.

— Prenez bien soin de répéter ces informations au cuistot, Vanessa.

L'interpellée lui tendit un menu pris dans une liasse coincée entre une poutre de bois et un pichet à l'effigie du pirate Toby sur le bar.

— C'est tout ce que nous avons ce soir.

Margot passa la liste en revue.

— Je ne peux prendre qu'une salade, là-dedans.

Cador nous rejoignit au bar.

— Vous commandez à manger ?

— On essaie, répliqua Margot.

Vanessa prit une vilaine teinte rouge qui, hélas, s'accordait mal à ses cheveux auburn. Je la plaignais, à voir le regard d'adoration extasiée qu'elle posa sur Cador. Et auquel il répondit par un grognement.

— On peut vous préparer tout ce que vous voulez.

Un jeune quinquagénaire robuste et séduisant venait de se glisser à côté de Vanessa et de lui passer un bras autour des épaules. Avec ses cheveux coupés court, il ressemblait à un ancien militaire.

— Bonsoir, Cador.

— Tu prendras la tourte à la viande, bien sûr, dit Vanessa à Cador.

— Mets-m'en deux. Une pour mon nouvel ami, là-bas, fit Cador en désignant Alex, qui leva la main en guise de salutation. Et ce que désirent ces dames. Tu mets tout ça sur mon ardoise, Dennis.

Sur quoi, Cador retourna au box. Le sourire de Vanessa retomba, son teint s'assombrit.

— Vous êtes tous ensemble ? *(Et à ce moment-là, elle remarqua le bracelet antinausée à mon poignet.)* C'est Cador qui vous a donné ça ?

— Oui, répondis-je. Je souffre du mal de mer.

— Quand ? voulut-elle encore savoir. Quand est-ce qu'il vous l'a donné ?

— Allez, allez, ma puce.

Dennis la fit gentiment pivoter vers la porte au fond du bar qui, présumais-je, conduisait à la cuisine. Il lui chuchota quelque chose à l'oreille et elle se retourna pour m'adresser un regard empreint de tant de détestation que j'en fus complètement sidérée. Margot dut le remarquer, car elle murmura sans un bruit :

— C'est quoi, son problème ?

— Dennis Simmonds, se présenta le bonhomme, qui tendit la main par-dessus le comptoir pour serrer la nôtre à tour de rôle. Je vais monter vos sacs dans votre chambre. Le temps que vous vous installiez, le dîner sera servi.

— Où est tout le monde ? m'enquis-je. On est vendredi soir.

— Le brouillard a tendance à confiner les gens chez eux, répondit Dennis.

— Il y a la WiFi dans la chambre ? demanda Margot.

— Non, juste dans le Snug, je le crains. Le mot de passe est *salty.* Suivez-moi.

Ce que nous fîmes.

Dennis nous laissa déballer. La chambre était charmante mais rudimentaire… et humide, avec un seul radiateur à accumulation. Décorée d'un papier peint Laura Ashley et de rideaux assortis, elle avait pour mobilier deux lits simples, une commode en pin et une armoire indépendante qui sentait l'antimite. Un vieux lavabo en marbre était adossé à un mur, avec un bol et un broc à l'ancienne, tous deux décorés de fleurs violettes et roses.

J'observai ma sœur et le soin avec lequel elle déballait ses vêtements. Elle avait glissé une feuille de papier de soie entre chaque pièce. Aucune tenue ne m'apparaissait convenir pour un week-end dans les îles de Scilly. Il y avait là des chaussures de créateur, de mignons petits hauts associés à leur veste ajustée… des habits californiens, rien d'étudié pour l'hiver britannique.

— Tu sais, on ne va passer qu'une nuit au Salty Boatman, lui fis-je remarquer.

— Je défais toujours mes bagages tout de suite, me répondit-elle. Ça m'aide à prendre mes marques. Tu savais que Vivien Leigh emportait toujours ses tableaux préférés quand elle et Larry – c'est-à-dire Laurence Olivier – partaient en tournée ? Elle les accrochait dans sa chambre d'hôtel.

— Je suis contente que tu aies renoncé à tes toiles.

— Je suis partie dans la précipitation, autrement je l'aurais peut-être fait. *(Elle contempla l'armoire vide.)* Ça te dérange si je monopolise les quatre cintres ?

— Je t'en prie.

Je me jetai sur le lit, notant au passage que le matelas avait décidément connu des jours meilleurs mais, au moins, le couvre-lit à motif de chandeliers roses était propre.

— C'est quoi, cette histoire de sans gluten ?

— Je suis allée consulter un nutritionniste, me répondit Margot. Tu devrais en faire autant, ça guérirait peut-être ta constipation.

— Je ne suis pas constipée, protestai-je.

— Tu l'étais quand on allait camper, tu te rappelles ?

— Margot, j'avais douze ans. C'était avec les Éclaireuses et la nourriture était immangeable.

Elle m'adressa un sourire malicieux.

— Tu aurais dû manger des fayots.

Son iPhone vibra sur la table de chevet. J'aperçus l'identité de l'appelant : Brian.

— Il n'arrête pas de t'appeler, commentai-je.

Elle attrapa l'appareil d'un geste sec et l'éteignit avec une expression que je ne lui avais jamais vue.

— Je ne peux pas lui parler pour le moment. Je suis occupée.

— Tout va bien entre toi et le charmant Brian ?

— Bien sûr, répliqua-t-elle. Pourquoi ?

— C'est juste que… en parlant de fayots… par le passé, si saint Brian faisait ne serait-ce que péter, tu remuais ciel et terre pour découvrir pourquoi.

— C'était à nos débuts. Tu sais, quand les gens sont amoureux et que tout, jusqu'à leurs pets délicats, leur paraît attachant.

— Il t'a envoyé des SMS. Il a essayé de t'appeler au moins trois fois au cours des quarante-cinq dernières minutes… et oui, j'ai compté. Allons, Margie, parle-moi.

— Il n'y a pas de souci, répondit-elle, guillerette. Puisqu'on en est aux vilaines remarques, j'ai décrypté ce que dit le tatouage sur les doigts de Vanessa.

— Quand ?

— Tu étais aux toilettes et elle me faisait remplir le formulaire… Tu ne devineras jamais.

— Sans doute pas, non.

— Il est écrit : « Dave et moi jusqu'à la mort. »

— Tu plaisantes.

— Non. « Dave et moi » sur un doigt et « jusqu'à la mort » sur l'autre.

— Voilà qui anéantit ma théorie, constatai-je. Je pensais qu'elle en pinçait pour Cador, mais bravo, belle tentative de changement de sujet. Enfin, j'attendrai.

Je suis patiente. Tu finiras bien par me raconter ce qui se passe vraiment entre Brian et toi.

— Oh, mais Bon Dieu ! s'exclama-t-elle. Pourquoi tu n'arrêtes pas de me poser la question ? Ce ne sont pas tes affaires, en plus.

J'étais piquée au vif.

— Tu as raison. Ça ne me regarde pas.

— Pardon, se reprit-elle. Je sais que tu t'inquiètes, mais honnêtement, ça va.

En regardant ma sœur suspendre soigneusement ses vêtements et les ranger, je me demandai si j'avais changé autant qu'elle. Depuis qu'elle avait déménagé en Californie, nous ne nous étions quasiment plus vues. À la mort de maman et papa, nous nous étions juste éloignées. Nos deux parents étant enfants uniques, Margot était pourtant ma seule famille.

Mon portable sonna. « Cherie » s'alluma sur l'écran.

— Vous travaillez tard, dis-je en décrochant.

— Vingt-quatre heures sur vingt-quatre, sept jours sur sept. J'appelle juste pour confirmer le dîner de demain soir avec Nigel.

— Un dîner ? m'étonnai-je. Nigel n'en a pas du tout fait mention. Je le croyais à Paris.

— Euh… ah oui, c'est ma faute, j'ai oublié de vous dire : il rentre demain. Vous êtes quand même disponible, j'espère ?

L'anxiété était palpable dans sa voix.

— Oh, Cherie, je suis navrée. Nous venons d'arriver à Tregarrick.

— Tregarrick… Vous êtes à Tregarrick ?! *(Elle avait l'air étonnée.)* Nigel est au courant ?

— Ça n'était pas prévu, répondis-je. Mais s'il vous plaît, remerciez-le pour l'invitation. Nous rentrons lundi. Je vous souhaite un très bon week-end.

— Elle est vraiment nulle, non ? commenta Margot une fois que j'eus raccroché.

Nous retournâmes au bar et passâmes le reste de la soirée à écouter Cador et Alex se surpasser l'un l'autre avec leurs récits d'aventures toutes plus dangereuses les unes que les autres. C'était amusant, et ma sœur, en narrant avec esprit ses anecdotes de Hollywood, nous fit tous bien rire aussi. On se serait cru à l'époque où l'on vivait toutes les deux à Londres et où on se retrouvait après le travail pour boire des verres.

Nous ne revîmes pas Vanessa.

Nous étions en chemin pour la chambre quand Dennis nous intercepta dans le couloir.

— Juste pour vous informer que le tracteur de mer partira à 9 h 30 précises demain matin, à cause de la marée.

— Cador a parlé de marée de morte-eau ou quelque chose comme ça, lui dis-je.

— Ne soyez absolument pas en retard, à moins que vous n'ayez envie de vous y rendre à la nage, répliqua Dennis.

— Promis.

6

— Margot, on va être en retard. Je t'avais dit de ne pas t'embêter à tout déballer.

J'étais stressée. Il était déjà 9 h 25 et Margot était loin d'être prête.

— J'avais oublié combien tu peux être pénible, répliqua-t-elle. J'en ai pour trois secondes.

Trois secondes ?

Tous ses habits étaient encore étalés sur le lit. En plus, chaque vêtement devait être arrangé soigneusement sur du papier de soie qu'elle mettait une éternité à plier juste comme il fallait.

— Les valises, c'est tout un truc, tu sais.

J'allai vers la fenêtre et contemplai le bleu d'un magnifique ciel cobalt. Notre chambre jouissait d'une vue spectaculaire sur Tregarrick Rock au loin, perché sur une falaise tout au bout d'une jetée sablonneuse. À marée basse, cela me rappelait la route de brique jaune qui conduisait au château du Magicien d'Oz.

En bas, je devinai ce qui devait être le tracteur de mer. Un engin étrange, monté sur un châssis pareil à celui d'un tracteur et qui était, en gros, une plate-forme surélevée avec un auvent peint en rouge et bleu. Il avait l'air spécialement conçu pour transporter des passagers dans des eaux peu profondes.

— Tu ferais mieux de te dépêcher.

— Vas-y, toi, descends, me dit Margot. J'arrive tout de suite. Demande-leur d'attendre. Enfin, c'est vrai, qu'est-ce qui nous presse ?

— La marée montante, pour commencer.

Margot jeta un coup d'œil par la fenêtre.

— Il y en a pour des heures avant que les eaux se rejoignent. Je ne pense pas que ça poserait un problème à Christian Bale.

— De quoi est-ce que tu parles ?

— Le passage de la mer Rouge, fit-elle en levant les yeux au ciel. Christian Bale jouait Moïse dans le film de Ridley Scott, *L'Exode : Dieux et Rois*.

— Oui, ben… c'est malpoli de faire attendre les gens, voilà.

Je me rendais bien compte que je passais pour la moralisatrice de nous deux, mais Margot était connue pour ses retards. En plus, elle s'en fichait de ce que pensaient les gens. Je la laissai donc à ses valises.

Au moment où je sortais du Salty Boatman, Dennis se précipita vers moi. Il portait un petit sac fourre-tout en cuir et une liasse de journaux ainsi que de magazines. Et il semblait agité.

— Où est votre amie ?

— Elle arrive dans une minute.

Dennis vérifia sa montre.

— Vous feriez mieux de monter à bord. On va devoir partir sans elle si elle n'est pas là dans les cinq minutes. On est déjà en retard.

— Elle arrive, insistai-je. La marée monte donc si vite ?

— Il n'y a pas que la marée, s'emporta Dennis. (*Tiens, on est moins aimable, ce matin*, songeai-je.) Hier soir, je vous ai bien spécifié qu'il ne fallait pas être en retard.

Je n'en revenais pas. On ne m'avait pas grondée depuis que j'étais adolescente.

— Et Alex Karlsson ? Il n'est pas encore là non plus.

— Je n'ai aucune idée des projets de M. Karlsson, répliqua Dennis. Vous pouvez appeler votre amie sur son portable ?

Je hochai la tête et obtempérai. Margot décrocha à la quatrième sonnerie.

— C'est trop bizarre, dit-elle, toute guillerette. Je suis en train de remballer exactement les mêmes choses que j'ai déballées hier soir, pourtant ma valise refuse de se fermer. Je dois tout réarranger…

— Margot, s'il te plaît…

— Tu penses que ce gars, Dennis, voudrait bien venir chercher ma valise dans… disons quinze minutes ?

Je sentais l'anxiété du Dennis en question qui exsudait de lui par vagues tandis qu'il rôdait autour de moi.

— On s'en va, Margot, répondis-je fermement. Le tracteur de mer devra revenir te chercher dans…

— Six heures, dit Dennis.

— Six heures ? s'écria Margot. Attendez ! Je suis là tout de suite.

— Elle est prête, transmis-je. Vous pourriez aller l'aider avec sa valise ?

Il crispa la mâchoire, clairement agacé, lâcha son fourre-tout par terre et me colla les journaux dans les mains, avant de retourner à l'intérieur du Salty Boatman.

Le quai était bien plus petit que je ne l'avais cru quand nous avions débarqué la veille dans l'épais brouillard. Bordé de cottages blanchis à la chaux avec des portes peintes en bleu marine et joliment arrangés en un charmant demi-cercle qui suivait le rivage. Un sentier pavé longé par un muret de pierre suivait la bordure et disparaissait dans une courbe douce encadrée de plantes subtropicales et de palmiers.

Cador émergea d'un cottage répondant au nom de Watchers et me lança un joyeux bonjour en me voyant. Il s'avança.

— Vous êtes encore là ? Où est Dennis ? Père ne sera pas content, ajouta-t-il en tapant sur sa montre.

Tout à coup, Vanessa était là, qui semblait s'être matérialisée comme par magie. Elle portait un sac à dos en toile noir.

— Bonjour, Cador, dit-elle timidement.

Il lui accorda un signe de tête, mais froid. Le visage de la jeune fille retomba.

— Votre amie est en retard, me dit-elle. Elle va causer des ennuis à tout le monde.

À ma surprise, Cador m'entraîna à l'écart.

— Si vous voulez que je vous fasse visiter Tregarrick et le Rock, ou si vous avez des questions, je suis votre homme.

— Je peux venir ? lança Vanessa par-dessus mon épaule. Tu m'as promis de me faire visiter, y a une éternité.

— Bien sûr que vous pouvez, répondis-je.

Une lueur irritée passa sur les beaux traits de Cador.

— Non. Désolé, c'est professionnel. Evie fait du repérage pour le cinéma.

Vanessa fit la moue, sans reculer pour autant. Margot avait dû se tromper au sujet de ses tatouages. Elle était désespérément éprise de Cador, qui clairement n'était pas intéressé.

— On est là !

Margot agitait la main, tandis que Dennis partait dans un trot peu élégant vu qu'il portait la valise de ma sœur en l'air, bien qu'avec une certaine facilité. S'il n'avait pas eu l'air aussi furieux, la scène aurait été drôle, d'autant plus que Margot traînait derrière comme si elle avait tout son temps.

Vanessa se rua vers le tracteur de mer et grimpa les marches jusqu'à la plate-forme, où elle fut accueillie par Bill le pasteur et son ara, au cri de : « Cor ! C'est bien ! »

Quelques minutes plus tard, l'engin bondit avec le pasteur à la barre et Vanessa et Dennis en sa compagnie à la proue. Nous descendîmes la rampe dans une série de violents à-coups. Je me retrouvai agrippée au-dessous du banc. Pourtant, nous ne devions pas avancer à plus de trois kilomètres-heure !

— On se croirait à dos de chameau, commenta Margot.

Elle remarqua les journaux que Dennis avait fourrés dans un cagibi en bois, se leva et alla les feuilleter. Je vis un *Daily Mail*, le *Financial Times* et le *Daily Telegraph*. Ainsi que les magazines *Hello!* et *The Week*. Elle tira le *Daily Telegraph*.

— J'adore les journaux anglais, dit-elle, les sourcils froncés. Comme c'est bizarre ! J'ai l'impression… Minute, mais c'est celui d'hier. *(Elle vérifia les autres.)* Dennis ! Vous n'auriez pas les journaux d'aujourd'hui ?

Il bondit, aussi vite que si on avait allumé un feu sous ses fesses.

— Ils ne sont pas pour vous ! s'exclama-t-il. Ils sont réservés à monsieur Jago et à Lily.

— C'est bon, fit Margot dans un haussement d'épaules. Je les ai déjà lus.

— On ne peut avoir que les nouvelles de la veille ici, expliqua Dennis. Je vais prendre ça, s'il vous plaît.

Au moment où elle lui tendait le *Daily Telegraph*, une soudaine bourrasque de vent s'engouffra dans la première page et envoya tourbillonner le journal sur le côté et puis dans l'eau.

— Oh, mon Dieu ! s'écria Dennis, horrifié.

Vanessa sauta et arracha un crochet de son attache pour essayer de repêcher le papier détrempé, mais en vain. Le journal s'éloigna, flottant sur les eaux.

— Oh là là, monsieur Jago va être furieux, dit-elle, avec une touche de ce que j'analysai comme de la joie.

— Ce n'est qu'un journal, déclara Margot. Et daté d'hier en plus.

— Oui, ben… moi, je ne le lui dis pas, entendis-je Vanessa avertir Dennis.

Si Margot ne paraissait pas le moins du monde perturbée par le tracas qu'elle avait causé, je commençais à me demander pour ma part à quoi ressemblait ce Jago Ferris. À entendre les autres, ce devait être une sorte de tyran.

— Bon Dieu. Ça irait plus vite à pied, commenta Margot, qui regardait par-dessus bord alors que les roues du tracteur géant creusaient un large sillon dans l'eau peu profonde. Il ne doit pas y avoir plus de vingt centimètres.

Je désignai ses bottines Louboutin qui lui ne montaient pas plus haut que la cheville.

— Mais pas avec des chaussures à cinq cents livres.

Soudain, une brillante idée me vint.

— Margot, chuchotai-je, à l'hôtel, personne n'est au courant que je suis censée être chargée de repérages. Toi, tu es vraiment productrice, donc peu importe, mais j'aimerais mieux être honnête pour ce qui me concerne.

— Tu ne t'amusais pas à jouer à ce petit jeu de rôle ?

— Pas vraiment.

Nous cessâmes de parler. Le tracteur de mer progressait lentement sur le pont-jetée. L'iPhone de ma sœur sonna, encore, mais elle le coupa.

— Appel professionnel, fit-elle gaiement.

Mais je me doutais qu'il s'agissait d'un mensonge. Cet iPhone était son téléphone américain et je savais qu'elle ne possédait pas d'appareil anglais. Ce devait être le milieu de la nuit à Los Angeles. Cependant, pour une raison qui lui appartenait, Margot ne souhaitait clairement pas en parler.

— J'avoue, sœurette, finit-elle par reprendre, que si le Tregarrick Rock se révèle être bel et bien à toi, il va nous falloir améliorer ce mode de transport. Construire un héliport ou quelque chose du genre.

— Moi, ça ne me dérange pas, répondis-je. Ça ajoute une touche d'aventure et, en plus, si l'hôtel est trop facile d'accès, il perdra un peu de son caractère exceptionnel.

— C'est bien ce que je dis. Un héliport. C'est le seul moyen d'attirer la clientèle qui paie le prix fort. Tu les emmènes et les ramènes par la voie des airs. Un peu comme fait Richard Branson sur Necker.

— Je croyais que Necker avait été détruite par un ouragan.

— Nan. Il l'a reconstruite. Ça tourne à peu près à trente mille dollars la semaine, pension complète.

— Pension complète ? Waouh, sacrée bonne affaire ! ironisai-je. Tu délires, Margot. Personne ne va payer trente mille dollars ou quel que soit l'équivalent en livres pour venir ici.

— Crois ce que tu veux. Moi, j'imagine des événements comme… des retraites de pleine conscience. Ça fonctionnerait très bien. J'ai vérifié et il n'y a aucune critique sur TripAdvisor. Aucune présence sur les réseaux sociaux.

— C'est peut-être justement ça l'intérêt. Certaines personnes aiment bien retourner dans un endroit qui ne change pas. La maison d'hôtes de papa et maman avait toujours des clients qui revenaient.

— Oui, ben, ils s'adressaient à un genre de clientèle particulier, insista-t-elle. Je peux t'affirmer que je ne vois pas quelqu'un comme Angelina Jolie assise ici, à la pointe de cette moissonneuse-batteuse qui rame dans une flaque d'eau. *(Ma sœur était pareille à un chien avec un os quand elle avait une idée en tête.)* Les Américains, ça ne leur plaira pas.

— On ne s'adresse pas aux Américains, intervint Dennis, qui nous fit sursauter toutes les deux. *(Il s'était glissé sur le banc derrière le nôtre.)* Les gens viennent à Tregarrick Rock pour échapper à la réalité. Ils apprécient la tranquillité et la paix. C'est un endroit pour se ressourcer et se soigner.

— N'empêche, ça ne pâtirait pas d'un héliport, s'obstina Margot.

— Il paraît que vous êtes en repérage pour Walt Disney ? reprit Dennis.

— Pas Walt Disney, se hâta de corriger ma sœur. Un autre gros studio dont je ne peux révéler le nom pour le moment.

— Qui vous a dit qu'il s'agissait de Walt Disney ? demandai-je.

— Il n'y a pas de secrets dans les Scilly, fit-il. À quoi peut-on s'occuper d'autre sur cette île minuscule si ce n'est parler des gens ?

— Chercher des trésors, répliquai-je sur un ton léger.

— Au passage, petit conseil : quand vous évoquerez le tournage avec monsieur Jago, je ne mentionnerais pas d'héliport à votre place.

Margot s'esclaffa.

— Vous êtes drôle ! On discutait comme ça, pour rire. Pas vrai, Evie ?

— Bien sûr.

— La famille Ferris vit à Tregarrick depuis des siècles, poursuivit Dennis. Ils sont très secrets.

C'est déjà assez pénible pour eux de voir débarquer des hordes d'ornithologues l'été, qui rôdent partout sur l'île.

— Le tourisme est leur plus grosse source de revenus, pourtant, non ? demanda Margot. On ne peut pas tout avoir.

Si Dennis fut offensé par la brusquerie de Margot, il n'en montra rien.

— Vous êtes d'ici ? lui demanda-t-elle.

— Scillonien ? Hélas non. Cela prend environ quarante ans pour mériter cet honneur. Je ne suis ici que depuis 2007, mais je ne voudrais plus jamais vivre ailleurs.

— M. Ferris vit à l'hôtel ? m'enquis-je.

— Quatre-vingt-dix-neuf pour cent du temps. Ils occupent une série de chambres en enfilade dans l'une des ailes. Il y a un Ferris qui vit à Tregarrick depuis le XVe siècle.

— Alors Cador va marcher sur les traces de son père, conclut Margot.

— Jamais ! s'exclama Vanessa. *(Elle venait de rejoindre Dennis et avait manifestement épié la conversation.)* Il préférerait mourir plutôt que de rester coincé là jusqu'à la fin de ses jours.

— Vanessa ! Chut, la gronda Dennis.

— C'est pourtant vrai, répliqua-t-elle d'un air de défi. Cador veut chercher des épaves.

J'avais beau connaître Cador depuis peu, je pensais qu'elle avait raison sur ce point.

— Il n'aura pas le choix, insista Dennis, la mine sombre. Excusez-moi.

Sur ce, il se leva et fit signe à Vanessa de le suivre à l'arrière du tracteur de mer. Quand ils se rassirent, il lui parla à voix basse. Vanessa se décala alors au bout du banc, croisa les bras et se mit à fixer l'eau des yeux.

— Oh, Seigneur ! s'alarma soudain Margot. Regarde-moi ce taudis.

Elle avait raison. Alors que nous approchions de la fin de la chaussée, nous aperçûmes enfin un morceau de l'hôtel sur la falaise en hauteur. Au premier coup d'œil, la bâtisse était typique du style Art déco, avec un assortiment de toitures vert opale, de tourelles et d'immenses fenêtres. Beaucoup de verre cerclé.

L'extérieur, qui était apparu blanc et immaculé de loin, était en fait tacheté de décolorations orange et offrait un air de lassitude négligée.

— Je suis sûre que c'est charmant à l'intérieur, répliquai-je, pleine d'espoir.

Le tracteur de mer entra à son allure de tortue dans l'ombre de la falaise. Bill le pasteur coupa le moteur et nous nous arrêtâmes sur la plage après une série de vibrations.

— Où diable est mon journal ? tonna une voix dans un mégaphone placé au-dessus de nous. Vous êtes fichtrement en retard !

7

— Dieux du ciel ! Mais qui est-ce donc ? demanda Margot.

Dennis et Vanessa sautèrent à bas du tracteur de mer pour se diriger vers une volée de marches qui montaient le long de la falaise en sinuant.

— Sans doute monsieur Jago, répondit Bill le pasteur. Il est à cheval sur la ponctualité.

Margot semblait stupéfaite.

— Pour les journaux d'hier ? *(Elle posa sur sa lourde valise un regard atterré.)* Pourquoi Dennis est-il parti aussi vite ? Il aurait pu m'aider.

Bill le pasteur se baissa vers un banc et fouilla dans sa poche de veste. Il en sortit un sachet en plastique de noix et de graines pour Roger.

Margot adressa au pasteur un sourire enjôleur.

— Vous pensez que vous pourriez nous aider avec nos bagages ?

— Problèmes de dos, répliqua-t-il. Vous avez dit que vous pensiez avoir une réservation ?

Margot leva les yeux au ciel.

— Oui ! Pourquoi ?

— Monsieur Jago aime se libérer le mois de novembre pour effectuer un peu de peinture et autre. Vous avez parlé à Lily ?

— Oui, répondit ma sœur.

— Elle ne travaille pas là.

— On avait compris, indiquai-je.

— Mais maintenant qu'on est ici, on reste, insista Margot.

Le pasteur haussa les épaules.

— À vos risques et périls.

Margot et moi finîmes par réussir à décharger son énorme valise et à la transporter jusqu'au pied des marches. L'hôtel paraissait bien lointain et bien haut.

— Où est l'ascenseur ? s'étonna ma sœur.

— Je déteste te l'annoncer, mais on dirait bien qu'il n'y en a pas, répondis-je avec un regard envieux en direction de Bill le pasteur, toujours assis en haut de l'escalier de son tracteur de mer, à nourrir son ara. Et si on rentrait pendant qu'il en est encore temps ?

— Tu es sérieuse ? Bien sûr que non, on ne va pas rentrer, décréta Margot, têtue. On est en goguette, je te rappelle. Et en plus, tu n'as pas envie de voir ton héritage ? On est là et on va y rester. En plus, on va passer un charmant week-end.

— Admets que c'était une erreur et…

— Je n'admets jamais mes erreurs, Evie. Tu devrais le savoir, à force. Allez, viens. On laisse nos affaires ici et on va se trouver un porteur.

— Maintenant, je sais ce que ça fait que d'être abandonnée sur une île, commentai-je d'un air sombre.

Et pourtant, à mesure que nous grimpions les marches de granit, je sentis mon humeur s'éclairer de façon inattendue. Des aeoniums, verdoyants et denses, poussaient de la moindre crevasse et d'énormes bancs de pâquerettes en fleur bordaient notre ascension. J'aperçus des pins californiens, très hauts et assez robustes pour supporter l'eau salée comme le vent. Ce qui me frappait le plus, c'était l'aspect extrêmement vert de l'endroit, même en hiver.

À mesure que nous montions, le bruit de la mer se faisait distant et étouffé, et je commençais à éprouver une étrange sensation de paix. Au sommet, nous dépassâmes deux urnes majestueuses en fer forgé, de style Art déco, perchées sur des piédestaux, et arrivâmes sur une terrasse dallée autour de laquelle étaient disposées d'autres urnes en fer forgé. Elles étaient vides maintenant, mais il était facile d'imaginer à quel point la terrasse devait être superbe, couverte de fleurs au printemps et durant les mois d'été. Une demi-douzaine d'allées en brique à chevrons, bordées de haies soigneusement taillées, couraient le long de la terrasse, pour disparaître autour de curieuses statues rocheuses ou à l'intérieur de murs de pierre ou de bosquets de conifères.

Au fond à droite, une pergola couverte de glycine, profusion de fleurs mauves au printemps mais pour le moment utilisée pour ranger le mobilier de jardin en partie caché sous une bâche qui s'était détachée. Et là, juste derrière, l'entrée principale : deux portes vitrées du sol au plafond et encadrées de vert, flanquées de colonnes corinthiennes et de palmiers en pots. Malgré les éclairages extérieurs en bronze, ternes et mornes, la peinture écaillée au niveau de l'encadrement des fenêtres, des corniches et des linteaux, il se dégageait de l'hôtel Tregarrick Rock une beauté un peu miteuse que je trouvais enchanteresse.

J'aimais cet endroit et, l'espace d'un bref moment de folie, l'idée dingue me traversa que si cet hôtel était bel et bien à moi tout compte fait, je pourrais y être heureuse.

Hélas, à peine quelques minutes plus tard, cette pensée romantique connut une fin abrupte.

— La vache, chuchota Margot. La période que j'aime le moins.

L'intérieur de l'hôtel n'aurait pas pu être plus éloigné du style Art déco. C'était au contraire un hommage aux années 1970, de toutes les manières possibles.

Du hall d'entrée et d'accueil partait un long tapis marron à poils longs, aussi loin que l'œil se portait. En face des spectaculaires fenêtres du sol au plafond, avec vue sur une autre terrasse, les murs étaient couverts de papier peint à motifs géométriques marron, orange et crème. Apparemment, seuls les équipements et les éclairages restants étaient Art déco. Le tout produisait un mélange d'époques discordant, comme si quelqu'un avait débarqué il y avait plus de quarante ans et décidé de moderniser l'endroit, avant de s'arrêter à la moitié de la tâche.

Margot désigna une alcôve devant laquelle se dressait un comptoir en bois, avec un vieux téléphone noir à cadran, une clochette de service et une jolie lampe Art déco en forme de silhouette féminine. Au mur, derrière, une série de casiers à clés. L'espace contenait deux bureaux, l'un avec une vieille machine à écrire et l'autre avec un ordinateur qui avait visiblement connu des jours meilleurs.

— Dieu merci, marmonna Margot. On dirait qu'ils ont la WiFi.

J'actionnai la sonnette de service. À ma grande surprise, Dennis apparut. Il s'était changé pour une veste noire stricte et un élégant nœud papillon à pois rouges.

— Mais… qu'est-ce que vous faites ici ? m'étonnai-je.

Dennis m'adressa un large sourire.

— Vous allez découvrir que tout le monde à Tregarrick a au moins deux emplois. Je suis le directeur de l'hôtel ici, en plus de donner un coup de main au Salty Boatman en cas de besoin. C'est pour ça qu'on a dû filer et vous abandonner sur la jetée.

— Ah, donc Vanessa travaille ici aussi ?

— Exact. Elle nous rejoindra d'ici un moment.

— Et Bill le pasteur ? s'enquit Margot.

— Skipper du tracteur de mer et pasteur de ses ouailles à St Andrew's.

— Je suppose que maintenant, vous allez nous annoncer que la policière est aussi femme de chambre ? plaisanta Margot.

— Non, répondit gravement Dennis. Elle est un peu trop occupée pour ça.

Sous le comptoir, il alla chercher un livre de réservations relié de cuir, qu'il entreprit de feuilleter.

— Je crains de ne pas voir trace de votre réservation ici. Je m'en doutais.

— Oui, nous sommes au courant de la fermeture pour décoration, fit Margot avec un clin d'œil à mon intention. Pourtant, on a bel et bien réservé. Ou, du moins, on a essayé.

— Je ne pense pas que nous soyons en mesure de vous recevoir cette fois, conclut Dennis. En revanche, j'espère que vous pourrez rester pour le déjeuner. *(Il vérifia sa montre.)* Ou le café du matin. La marée est un peu bizarre aujourd'hui, donc la fenêtre pour rentrer à Tregarrick en tracteur de mer est très réduite. Le pont-jetée sera fermé d'ici environ une heure, une heure et demie.

La mâchoire de Margot se décrocha.

— Non, vous plaisantez, là ?

— Non.

Dennis tendit le doigt vers un petit tableau à craie.

Marées aujourd'hui :
Marée basse : 8 h 16
Marée haute : 16 h 24

— Attendez une minute, intervins-je. Cador sait qu'on a effectué une réservation.

Dennis fronça les sourcils.

— Ah. Je vois. Dans ce cas, c'est différent…

— Dennis, lança une voix de femme. Laissez-les donc rester.

Nous nous tournâmes pour découvrir une dame âgée qui arrivait par une arche marquée « Salon des résidents » et se dirigeait lentement vers nous en s'aidant d'une canne en châtaignier à la poignée recroquevillée.

—Bonjour, bonjour ! Bienvenues, bienvenues. Je suis Lily Travis.

Elle portait, coincé sous son bras, un gros cahier en cuir. Je lui donnais à peine plus de quatre-vingts ans. Ses yeux vifs et intelligents brillaient derrière d'énormes lunettes à monture en écaille de tortue. Elle portait un élégant tailleur de laine bordeaux foncé, d'épais collants, de robustes chaussures montantes à lacets et une touche de rouge à lèvres vermillon. Ses cheveux argentés lui tombaient en boucles serrées au niveau de la mâchoire. Une belle femme, en somme.

—Lily, vous savez que vous n'êtes pas censée répondre au téléphone, la gronda Dennis. Ça rend les choses très embarrassantes pour nous. Vous savez pourtant qu'on ne prend pas de réservations en novembre.

—Et que faites-vous ici, deux magnifiques jeunes dames, en plein mois de novembre ? nous demanda-t-elle, sans prêter attention à Dennis.

—Elles viennent de Hollywood, répondit Dennis. Elles vont tourner un film ici.

—Ce n'est pas confirmé, intervint aussitôt Margot. On regarde juste.

—Raison de plus pour que vous restiez, déclara Lily. Je vais parler à monsieur Jago… si vous n'en avez pas le courage, Dennis.

L'intéressé serra la mâchoire devant cette insulte.

—Je m'en charge. Merci, Lily. Veuillez m'excuser un instant.

Sur ce, il disparut par une porte de côté.

— J'adore les films, commenta Lily avec mélancolie. Clark Gable, Jimmy Stewart. Ça, c'étaient de vraies stars de cinéma. Pas comme les soi-disant célébrités de nos jours. Que pensez-vous de Kim Kardashian ?

Margot intercepta mon regard, l'air aussi amusée que moi.

— Oh oui, j'aime bien me tenir au courant du *Who's Who*, continua Lily.

— Le magazine *Hello!* était pour vous ?

J'avais remarqué Kim Kardashian en couverture.

— J'adore *Hello!* Il s'appelle *Hola!* en Espagne. *(Elle réfléchit une seconde.)* Vous regardez *Love Island* ?

— Euh… non, répondit Margot. C'est quoi ?

— Des jeunes femmes passées sous le bistouri qui sont toutes enfermées dans une maison à Majorque et sont censées tomber amoureuses, expliqua Lily. Je pense qu'on peut voir les rediffusions sur Netflix.

— Vous êtes incroyable, lui dis-je.

Et je le pensais.

— Le secret, pour rester jeune, c'est de se tenir au courant de ce que fait la jeunesse, répondit Lily, avant de tourner son attention vers Margot. Que pensent les Américains de Meghan Markle ? Bien sûr, je n'étais pas là quand Wallis Simpson[1] nous a volé le pauvre David. Un désastre. Comme les choses ont changé. Pauvre Margaret ! La princesse Margaret[2]. Une femme telle-

---

1 Wallis Simpson fut la compagne du roi britannique Édouard VIII (surnommé David durant son enfance) qui dut abdiquer avant de l'épouser en 1937 (elle était en effet divorcée).

2 Il s'agit de la sœur de la reine Élisabeth II. Après-guerre, elle eut une relation avec le pilote Peter Townsend, mais ne put l'épouser car il était divorcé.

ment malheureuse et imaginez juste : si elle était née vingt ans plus tard, elle aurait pu l'avoir, son homme. Non que ce Peter Townsend ait été bien pour elle. J'ai beaucoup aimé *The Crown*. Vous l'avez vu ? C'est sur Netflix aussi.

— Veuillez m'excuser, je dois envoyer un SMS, l'interrompit Margot sans s'embarrasser de circonvolutions, avant de se carapater derrière une plante en pot, me laissant avec Lily.

— Non, je n'ai pas vu *The Crown*, mais dites-moi… Qu'est-ce que vous avez dans votre cahier ? lui demandai-je poliment.

— Des secrets, répondit-elle avec un clin d'œil de conspiratrice. Des tas de secrets.

Dennis reparut.

— Merci, Lily. Je vais m'occuper de nos hôtes. Je suis heureux de vous annoncer que nous allons être en mesure de vous recevoir ce week-end tout compte fait. En revanche, hélas, vous devrez partager la même chambre.

— Nous y sommes habituées, répondis-je.

Il nous glissa un formulaire d'enregistrement du bout du comptoir, où l'on nous demandait les informations habituelles. Je remarquai qu'il avait écrit la date du jour et l'heure exacte à laquelle nous effectuions notre *check-in* : 10 h 36.

— Et j'apprécie que vous nous accueilliez si tôt, ajoutai-je. Merci.

Je jetai un coup d'œil vers Margot, toujours concentrée sur ses SMS. Je ne savais trop quoi faire.

— Je dois vérifier auprès de Margot quelle adresse de bureau elle souhaite utiliser. J'imagine que vous ne prenez pas les American Express ? *(Je lui tendis ma Visa.)* Payez-vous plutôt sur celle-ci, s'il vous plaît.

Je sentais le regard appuyé de Lily sur moi et me demandais si elle pourrait deviner que Margot et moi étions sœurs. Malgré nos tenues vestimentaires tellement différentes (le legging de créateur noir de Margot avec son pull en cachemire poil de chameau et mon habituel jean et veste Barbour), nous avions le même nez retroussé et les mêmes yeux en amande.

Dennis me tendit deux clés en laiton embossées au nom de notre chambre.

— Comme vous le voyez, vous serez dans la Margery Allingham. Toutes nos chambres portent le nom d'un romancier de l'âge d'or de la littérature policière. Dans les années 1920 et 1930, cet hôtel était prisé en tant que retraite pour les écrivains. La grand-mère de monsieur Jago était une lectrice avide et tenait des salons ici.

— C'est merveilleux, commentai-je.

— Dans le Salon des résidents, nous avons une excellente collection de premières éditions, des romans dont les auteurs ont franchi nos portes, poursuivit Dennis. J'espère que vous prendrez le temps d'y jeter un coup d'œil.

— Je le ferai, promis-je sincèrement.

— Si vous sortez, je vous prie de laisser les clés à la réception. Ce sont les originales de l'hôtel… Oh, et monsieur Jago insiste beaucoup sur une tenue formelle pour le dîner. *(Il regarda la mienne.)* Pas de jean.

Lily remarqua ma clé.

— La Margery Allingham est voisine de la mienne. J'occupe la suite Agatha Christie. Bien. Vanessa frappera à votre porte à 16 heures et vous viendrez prendre le thé dans mes quartiers… Où est cette vilaine fille ? Vanessa ! cria-t-elle. VANESSA !

Cette dernière apparut derrière le comptoir. Je la reconnus à peine. Vêtue d'une robe noire, manches longues et col haut, elle ne portait ni maquillage ni bijoux et avait tiré ses cheveux dans un chignon sévère au niveau de la nuque.

— Oui, madame Travis ? fit-elle avec modestie.

— Thé pour trois à 16 heures. Et préparez-nous un biscuit Victoria. Confiture de fraises, pas de framboises. *(Elle posa sur Vanessa un regard impatient.)* Et je vois que vous ne portez pas les gants blancs que je vous ai fournis ! Personne ne veut voir ces hideux tatouages.

Vanessa rougit et se hâta de glisser les mains sous ses aisselles. Le changement de ton de Lily me prit au dépourvu.

— Va donc nous faire couler une cafetière, Vanessa, lui dit gentiment Dennis. Je suis sûr que nos hôtes apprécieraient quelques rafraîchissements après leur voyage épuisant à travers la jetée.

Je ne savais trop s'il était ironique ou sincère.

En tout cas, Vanessa s'éclipsa.

— Dennis, il faut vraiment lui parler de ces tatouages disgracieux, gronda Lily. Et elle se demande pourquoi Cador n'est pas intéressé, alors qu'elle a le nom d'un autre homme tatoué sur…

— Oui, merci, Lily, la coupa Dennis, pile au moment où Margot nous rejoignait, brandissant son téléphone.

— Pardon, j'écrivais à la directrice artistique. Elle est en Europe en ce moment et nous essayons de nous joindre depuis le début de la semaine.

— Hollywood, s'enthousiasma Lily. Comme c'est palpitant !

Encore une fois, je contemplai ma sœur avec inquiétude. Son anticerne ne camouflait plus les cernes sombres sous ses yeux. Je savais que son boulot était stressant, mais là, ça devenait ridicule. Je l'avais entendue quitter notre chambre au Salty Boatman au milieu de la nuit pour appeler L.A. à deux reprises au moins.

— Où est mon *Daily Telegraph* ? lança une voix impétueuse.

Dennis se raidit et se mit au garde-à-vous.

— Monsieur Jago, s'exclama-t-il. Je peux tout vous expliquer.

8

Un personnage grand et saisissant s'avançait vers nous d'un pas déterminé. Lily pivota prestement en marmonnant quelque chose sur un tricot auquel elle devait retourner, et elle s'en alla.

Vêtu d'une veste en tweed verte et d'un pantalon en velours marron, Jago avait une petite soixantaine d'années. C'était encore un homme extraordinairement beau, aux traits ciselés et aux cheveux gris rabattus en arrière. Il arborait l'air supérieur de ceux qui ont l'habitude qu'on leur obéisse. Je le trouvai immédiatement intimidant.

— J'ai peur que le vent ne l'ait emporté par-dessus bord, monsieur, lui dit Dennis.

— Arrêtez de chercher des excuses à la maladresse de Vanessa, Dennis, rétorqua froidement Jago. Je vous ai averti qu'elle n'avait plus qu'une chance. C'en est fini, je ne veux plus la voir.

— Bien, monsieur, répondit Dennis. Bien sûr.

— Qu'elle s'en aille aujourd'hui.

— Comme vous voudrez, monsieur.

Je donnai un coup de coude à Margot pour l'inciter à prendre la parole, mais elle semblait aussi paralysée que moi par la présence tyrannique de Jago.

— Ce n'était pas la faute de Vanessa, intervins-je. C'était… c'était la mienne.

Jago Ferris tourna son attention vers moi, feignant la surprise.

— Je vois. Vous êtes les Américaines qui souhaitent tourner un film ici, c'est bien exact ?

Le moment était idéal de dire enfin toute la vérité, mais avant que j'aie le temps de corriger, Margot me devança.

— Margot Chandler, de Chandler Productions, annonça-t-elle, la main tendue. Enchantée.

— Vous n'avez pas l'accent américain, commenta Jago.

— Et Dieu merci, répliqua Margot. Un accent britannique, ça vous ouvre des portes à L.A.

— J'ai du temps à 11 heures, indiqua Jago. Venez donc me voir et nous en discuterons.

— Veuillez m'excuser, monsieur Jago, fit Dennis à voix basse, mais Cador est prévu à votre agenda pour 11 heures du matin.

Jago lâcha une espèce de rire plein de dédain.

— Annulez-le.

— Bien sûr, monsieur, répondit Dennis, avant de se racler la gorge, manifestement mal à l'aise. Y a-t-il une autre heure ? Il a beaucoup insisté pour vous parler et ce, depuis deux semaines.

— Je suis au courant du sujet dont Cador veut m'entretenir et la réponse est non.

Jago sourit, mais son sourire n'éclairait pas ses yeux, qui restaient froids et hautains.

— Onze heures dans mon bureau, Chandler Productions, reprit-il. Et ne soyez pas en retard.

Nous n'avions donc pas le temps pour le café avec Lily et juste assez pour monter dans notre chambre et y déposer nos bagages. Heureusement pour Margot, Dennis descendit la multitude de marches jusqu'au quai afin d'aller y récupérer sa valise en un temps record.

— Vous êtes dans une forme incroyable, Dennis, lui dit-elle sur un ton admiratif. Vous allez à la salle de sport ?

— J'ai été dans l'armée, répondit-il, comme si ça expliquait tout.

Margot lui tendit cinq livres.

— Pas besoin de pourboire, refusa-t-il. Vous êtes en Angleterre, ici. Pas en Amérique.

— Il y a bien la WiFi au moins ? voulut-elle savoir.

— Madame Tegan vend ses œuvres d'art en ligne, répondit Dennis. Alors oui, il y a la WiFi.

Une fois que nous fûmes à l'abri dans la chambre Margery Allingham, Margot me dit :

— L'ambiance est pour le moins étrange, non ?

— C'est le moins qu'on puisse dire, acquiesçai-je. Je ne me sens pas vraiment bienvenue.

— Ce Jago, c'est un asocial, continua Margot. Il me rappelle von Trapp, dans *La Mélodie du bonheur*.

— Je n'ai absolument pas envie d'aller le voir. Je ne sais même pas en quoi consiste un repérage. Tu sauras bien répondre à ses questions toute seule.

— Ne sois pas bête. Je les connais, les types dans son genre. Ils aboient mais ne mordent pas, ne t'inquiète pas. En revanche, ajouta-t-elle, la mine triste, tu vas devoir aller le voir sans moi.

J'étais horrifiée.

— Comment ça ?! Tu ne viens pas ? Mais c'est ton mensonge, pas le mien. Je ne saurai pas quoi lui dire !

— Tu trouveras bien. Dieu ce que ça sent le renfermé ici. Je vais ouvrir la porte du balcon, histoire de faire entrer un peu d'air frais.

— Entrouvre-la juste, autrement on va geler ! Il est huit heures de moins à Los Angeles, Margot. Je ne suis pas idiote. Qu'est-ce qui se passe… sans mentir ?

— Mais rien, pour l'amour de Dieu ! rétorqua-t-elle sèchement. Pourquoi est-ce que tu n'arrêtes pas de me poser cette question ?

— Si tu ne viens pas avec moi, je… je lui avoue tout.

— Si tel est ton choix, je ne peux pas t'en empêcher.

— Vraiment ? Tu es sincère ?

— Honnêtement, Evie ? s'exclama-t-elle. Je m'en contrefous. Fais ce que tu veux.

— Qu'est-ce qui te prend ?

— RIEN !!

J'étais agacée et surtout blessée.

— C'est toi qui t'es lancée dans cette histoire ridicule comme quoi je serais chargée des repérages, arguai-je. Et maintenant, il faudrait que je nettoie ton bazar en revenant sur toutes nos allégations. Pourquoi est-ce que tu fais ça ? Pourquoi faut-il toujours que tu compliques tout ?

Une expression à la fois médusée et triste passa soudain sur les traits de ma sœur. Elle se laissa tomber sur le lit.

— Pardon d'être une sœur aussi atroce, bredouilla-t-elle tout bas. Je cherchais juste à te dérider en nous amusant un peu. Ça m'est revenu en pleine face. Que veux-tu que je te dise d'autre ?

— Oh, Margot… *(Je me sentais très mal à présent.)* Mais alors… viens avec moi. S'il te plaît…

— Écoute, tu ne veux pas juste… me laisser tranquille ? Sérieusement, je vais défaire mes bagages.

Sur quoi, elle alla s'enfermer dans la salle de bains. Et verrouilla la porte.

— Hé ! J'aimerais utiliser la salle de bains pour me rafraîchir, criai-je.

Pas de réponse.

En descendant l'escalier, je pris la décision de tout avouer à Jago. Au diable Margot et ses mensonges. Nous n'étions plus des gamines dans la cour de récréation.

Je trouvai les toilettes pour dames situées sous une arche un peu à l'écart de la réception et découvris sans surprise que la pièce était peinte dans une teinte de bleu des Alpes discordante, avec moquette à poils longs assortie. Rapidement, je passai un coup de brosse dans mes cheveux bruns, qui me tombaient jusqu'aux épaules, et j'appliquai une touche de baume à lèvres teinté Burt's Bees. Dans le miroir rectangulaire au-dessus du lavabo, je me trouvai l'air pâle et fatiguée, tout sauf préparée à une rencontre avec le capitaine von Trapp.

Dennis me fit entrer dans le bureau de Jago à 11 heures pétantes.

— Attendez ici, m'indiqua-t-il. Monsieur Jago ne va pas tarder.

La pièce était un hommage aux années 1970 encore plus prononcé que le reste de l'hôtel : des cadres photo accrochés aux boiseries des murs jusqu'à la moquette verte à poils longs, en passant par le papier peint hideux à motif écossais. La bibliothèque en teck était remplie de livres et un buffet assorti exhibait une demi-douzaine de trophées de navigation ainsi qu'une collection de passereaux empaillés dans des vitrines. Je n'arrivais pas à les regarder, c'était trop dérangeant. Il était déjà bien assez désagréable de voir des oiseaux de proie ainsi figés en plein vol, mais des passereaux ? Quel genre de personne s'adonnait à ce passe-temps ?

Mais mon attention fut bientôt attirée vers un exquis portrait accroché au-dessus de la cheminée de pierre qui abritait une imitation de feu de bois scintillant dans la semi-obscurité.

En fait, il s'agissait de la photographie d'une jeune femme aux cheveux noirs longs jusqu'à la taille, adossée au tronc d'un grand hêtre sous la canopée automnale, les bras levés au-dessus de la tête dans une posture séductrice, les mains croisées et les yeux clos. Son beau visage était levé vers le ciel. Ce fut seulement après un examen plus attentif que je compris qu'elle était complètement nue. Car sa nudité avait été habilement camouflée par les entrelacs de lumière qui filtraient à travers les arbres, dans un mélange chatoyant de rouges, d'orange foncé, de rouille et de jaune doré. C'était l'un des portraits les plus sensuels qu'il m'ait été donné de voir.

J'étais curieuse de savoir qui pouvait bien être le photographe, mais Jago entra soudain dans la pièce, par une arche cachée derrière des rideaux, dont j'avais initialement cru qu'ils étaient tirés devant une porte-fenêtre.

— C'est ma femme, Tegan, annonça-t-il tout à trac. Prise juste avant son dix-huitième anniversaire. N'était-elle pas sublime ? Elle était si belle. *(Était ?)* Tout le monde était amoureux de Tegan. Mais au bout du compte, c'est moi qui l'ai eue. Elle savait ce qui était bon pour elle.

Je l'observais avec un certain désarroi, en me demandant s'il plaisantait ou pas, mais non. Je ne percevais pas la moindre trace d'humour dans ses yeux froids. Si ma première impression de Jago Ferris n'avait pas été favorable, à présent je ne l'aimais pas du tout. Il ne m'invita pas à m'asseoir, ni ne s'assit lui-même. Nous restâmes plantés là.

— Je crains que vous n'ayez fait tout ce voyage pour rien, reprit-il. Il n'est pas question qu'un tournage ait lieu ici ou à Tregarrick. Vous n'êtes pas la première société de production cinématographique à solliciter une autorisation. Ma réponse a toujours été la même : non.

— Je transmettrai à Margot. Merci. Et désolée d'avoir pris de votre temps.

— Pour ma part, je n'ai pas perdu mon temps, répliqua-t-il avec un sourire arrogant. Vous êtes une belle femme. Je suis juste surpris que vous ayez renoncé aussi facilement. Les hommes sont ouverts à la persuasion.

Je n'en revenais pas. Cet affreux bonhomme était-il en train de me complimenter ou de me proposer la botte ? Quoi qu'il en soit, son commentaire était totalement déplacé. Alors que je me dirigeais vers la porte, il se mit à rire et ajouta quelque chose que je devinai désobligeant. Qui ressemblait à « amateurs ».

Je m'immobilisai.

— Je crois que vous avez connu mon époux.

Jago parut amusé.

— Je ne vois pas comment. Je ne connais personne de Los Angeles.

— Son nom est… était… Robert Mead. Je suis sa femme, Evie.

Une lueur de quelque chose que je ne parvins pas à déchiffrer passa sur son visage, mais il secoua la tête.

— Non, ça ne me dit rien, désolé.

— Robert est mort brutalement, il y a une semaine. D'une crise cardiaque.

Jago ne bronchait pas.

— Mes condoléances, ma chère, même si j'ignore pourquoi vous me racontez ça. Peut-être pensez-vous que ça risque de me faire changer d'avis sur votre production cinématographique ?

— Non, j'ai juste pensé que vous aimeriez le savoir. Je présume que vous étiez amis.

— Jamais entendu parler de lui.

Jago Ferris et Tregarrick Rock n'étaient pas ce que l'on pouvait qualifier de noms banals. Jago mentait. Je le sentais. Et s'il mentait, c'était parce qu'il savait ne pas avoir remboursé le fameux emprunt.

— Et une certaine Millicent Small ? demandai-je, me rappelant soudain le nom du témoin mentionné sur la lettre. Elle, vous devez certainement la connaître ?

De nouveau, il secoua la tête.

— Non. Il n'y a personne du nom de Millicent Small ici.

— C'était il y a longtemps, insistai-je. En 2000, peut-être ?

— En l'an 2000 ? Vraiment ? *(Il fronça les sourcils.)* Sans vouloir me montrer impoli, quel âge pouviez-vous avoir en 2000 ? Quinze ? Seize ans ?

— Je vous demande pardon ?

— Encore une écolière.

Je sentis mon visage s'enflammer.

— Que sous-entendez-vous exactement ?

— Je pense qu'en l'occurrence, il s'agit plutôt de savoir ce que vous sous-entendez, vous, rétorqua-t-il.

Et alors je compris. *Il se fait plaisir ! Il sait exactement qui je suis.* Son commentaire au sujet de mon âge, il l'avait lâché justement parce qu'il connaissait Robert, dont il savait aussi qu'il avait épousé en secondes noces une femme beaucoup plus jeune. Il en fallait beaucoup pour me mettre en colère, mais j'avais enfermé les événements de la semaine précédente dans une bouteille qui, là, était sur le point d'exploser.

— D'accord, repris-je. À la mort de mon mari, on m'a remis une lettre établissant qu'il vous avait prêté une somme d'argent conséquente en 2000 et qu'en échange, vous lui cédiez l'hôtel Tregarrick Rock en guise de rétribution. Maintenant, vous vous rappelez mieux ?

Jago éclata de rire.

— Je vous arrête tout de suite, ma chère…

— Et cessez de m'appeler « ma chère », fulminai-je. Je ne suis votre chère rien du tout.

— Premièrement, je n'ai jamais entendu parler de Robert Mead. Deuxièmement, je n'ai jamais eu besoin, comme vous dites, d'emprunter de l'argent et, troisièmement, vous devez avoir perdu la tête. Tregarrick Rock est dans la famille Ferris depuis des siècles. Alors, même si j'avais eu besoin d'emprunter de l'argent ou de contracter un prêt, jamais je n'aurais offert l'hôtel en garantie. J'aurais préféré donner mon âme.

Je savais qu'il mentait. Et pourtant, je ne pouvais rien y faire.

— Où est-elle, cette soi-disant lettre ? demanda-t-il. J'aimerais beaucoup y jeter un coup d'œil.

C'est alors que je réalisai… Je ne l'avais pas ! Nigel l'avait gardée.

— Que se passe-t-il, chéri ?

Le rideau s'écarta à nouveau sur une petite femme dans la fin de la cinquantaine, avec une crinière noire jusqu'aux épaules, seulement déchirée par une mèche d'un blanc frappant qui lui donnait des airs de Lily Munster[1]. Des yeux violets derrière les larges montures de ses lunettes. Vêtue d'un legging noir, de ballerines et d'un chemisier en flanelle couvert de taches de peinture descendant à hauteur de genoux, elle avait d'ailleurs un pinceau à la main.

— J'ai entendu rire, expliqua-t-elle. Et c'est rare.

— Voici Tegan, m'annonça Jago sur un ton presque dédaigneux. Difficile de croire qu'elle est la même

1 Personnage de fiction : femme-vampire à la chevelure noire avec des mèches blanches.

personne que sur ce portrait, n'est-ce pas ? Enfin, au moins, elle est désormais vêtue. Cela dit, elle ressemble effectivement assez à une artiste bohémienne.

J'étais sidérée par son impolitesse, mais Tegan se contentait de sourire.

—Parce que je suis effectivement une artiste bohémienne.

Cherchant désespérément quelque chose à dire, je sautai sur l'occasion de désamorcer – du moins l'espérais-je – la situation.

—J'ai vu votre travail au Salty Boatman. C'est merveilleux. Vous avez réussi à saisir l'essence de votre sujet. L'abandon et la tristesse du phare…

—Choix de termes intéressant, s'amusa Jago. La tristesse du phare ? Je ne pense pourtant pas que tu y aies jamais été triste, n'est-ce pas, chérie ?

—Ne faites pas attention à lui, m'indiqua gaiement Tegan. C'est toujours rafraîchissant de parler avec quelqu'un qui s'y entend en art. *(Elle posa sur Jago un regard de mépris mal dissimulé.)* Je dois souvent répéter à mon mari que l'art est fait pour être apprécié, pas possédé.

—C'est justement là que tu te trompes, répliqua Jago sans lever la voix. Picasso ne disait-il pas que la peinture était une façon un peu différente de tenir un journal intime ?

—Oui, acquiesçai-je. Il a effectivement tenu ce propos.

—Et tu sais à quel point j'apprécie ton journal, reprit Jago.

J'ignorais tout de ce qui se passait entre ces deux-là et ne souhaitais pas le savoir. Tegan me rappelait l'un des passereaux empaillés de la vitrine. Tout comme eux, elle était prisonnière. Elle se dirigea vers un fauteuil et se percha sur l'accoudoir.

— Et que pensez-vous de ça ? me demanda-t-elle en désignant le portrait.

— J'aime bien. *(Soudain, je sus exactement qui était le photographe.)* C'est l'une des œuvres de jeunesse d'Alex Karlsson, j'en suis certaine.

Plutôt qu'impressionnée, Tegan parut choquée. Elle jeta un coup d'œil à Jago, dont l'expression demeurait de marbre.

— J'ai travaillé dans une galerie, à Londres, expliquai-je. Nous lui avions consacré une rétrospective, il y a à peu près douze ans.

— Était-ce avant que vous ne travailliez dans le repérage pour le cinéma ? ironisa Jago.

— Vous vous trompez, reprit Tegan. Je n'ai jamais entendu parler de cet Alex… quel que soit son nom.

— Karlsson, répéta fermement Jago. Alex Karlsson.

— Quelle étrange coïncidence ! m'exclamai-je. Alex Karlsson se trouve justement à Tregarrick. Il a traversé en ferry avec nous hier soir.

Le visage de Tegan se vida de ses couleurs.

— Quelle coïncidence en effet, commenta sèchement Jago. Je me demande ce qui l'amène dans notre petit royaume depuis sa Suède natale.

— Ah, cet Alex Karlsson-là, fit Tegan d'une voix faiblarde.

Les yeux de Jago ne quittaient pas le visage de sa femme.

— Oui, Tegan. Je sais exactement de qui il s'agit. Je me demande ce que cet homme peut bien avoir à faire à Tregarrick, fit-il mine de réfléchir. Je suppose qu'il n'a pas l'intention de tourner un film ?

— Apparemment, il souhaite photographier le phare, leur indiquai-je.

Et à ces mots, Tegan tomba de son accoudoir, évanouie.

9

— Vous allez bien ? demandai-je.

Jago avait délicatement relevé Tegan pour l'installer dans le fauteuil. En dépit de son comportement odieux juste avant, il tenait profondément à elle, de toute évidence.

— Mets ta tête entre tes jambes, chérie. Je vais te chercher de l'eau.

— Pas besoin, murmura-t-elle. Je vais bien. C'était juste un étourdissement. Pardon. Merci, ajouta-t-elle en tendant la main pour exercer une pression sur la mienne. Vous êtes très aimable.

En baissant le regard, je remarquai un hématome bien visible sur son poignet, comme une trace de doigts. Dans ses yeux, je vis passer quelque chose – un appel à ma compréhension ou un appel à l'aide ? Quoi qu'il en soit, j'en frissonnai.

Jago dut percevoir une forme de connexion entre nous, car la sollicitude qu'il avait pu montrer fut rapidement remplacée par une antipathie manifeste… envers moi !

— Tegan, j'aurais dû t'informer que notre pauvre Evie vient de perdre son époux, dit-il.

Tegan fronça les sourcils.

— Toutes mes condoléances. Quelle horreur !

— Oui. Il s'appelait Robert – ou devrais-je dire Bobby – Mead. *(Tegan se pétrifia et son teint pâle s'empourpra.)* Je lui ai dit que nous n'avions jamais entendu parler de lui, poursuivit Jago.

— Non, confirma-t-elle froidement. Jamais.

— Vous avez appelé Robert « Bobby », me hâtai-je de constater.

— Robert, Bobby, Rob, Bob. Appelez-le comme il vous plaira. En tout cas, nous ne le connaissions pas, cet homme, s'entêta Jago.

J'étais désormais plus que jamais convaincue que Jago n'avait pas remboursé le prêt consenti par Robert.

— Que faites-vous ici ? me demanda Tegan.

— Evie est chargée de repérages à Los Angeles, répondit Jago.

Tegan jeta vers lui un regard de confusion absolue.

— Vous vivez à Los Angeles ?

— Non, répondis-je. Je vis dans le Kent. La compagnie de production est basée à Los Angeles.

Ce qui était vrai.

— Naturellement, je l'ai informée que tourner sur l'île était impossible, poursuivit Jago.

La porte s'ouvrit d'un coup et Cador entra en trombe, suivi par Dennis, l'air totalement paniqué.

— Je vous demande pardon, monsieur Jago, mais je n'ai pas pu l'arrêter. Il s'est montré fort insistant.

— J'en ai assez qu'on me repousse, fulmina Cador, avant de me repérer, ce qui le fit hésiter. Pardon. Qu'est-ce que… ?

— Nous en avions terminé, rétorqua Jago. Tegan, retourne à ton atelier. Je m'en occupe. Merci, Dennis. Veuillez raccompagner Mme Mead.

— Bien, monsieur.

Je n'étais pas mécontente de m'échapper. L'entretien dans son ensemble avait été un désastre complet. Comment Robert avait-il pu connaître un homme aussi affreux et pourquoi lui aurait-il prêté autant d'argent ?

Dennis referma la porte derrière nous, m'adressa un sourire poli et se hâta de prendre la direction de la réception, me laissant dans le couloir, qui conduisait à une seconde cage d'escalier barrée par un cordon avec une chaîne et une plaque indiquant « Privé ». D'autres photos ornaient les murs… et là, je les vis. Mon estomac se retourna.

La même suite, exactement, de photographies panoramiques d'écoliers, formelles, que j'avais mise en carton à peine quelques jours plus tôt. Je n'en revenais pas.

Jago et Robert avaient fréquenté Cambridge ensemble. En fait, ils avaient pratiqué l'aviron côte à côte pour les Bleu clair.

Je m'approchai pour les observer plus attentivement et repérai Robert aussitôt. J'étais quasi certaine que le jeune homme à côté de lui était Jago. J'étudiai les autres clichés et, sur chacun, les deux amis se tenaient à côté l'un de l'autre.

Je retournai vers le hall d'accueil, mais Tegan vint soudain se planter en travers de mon chemin. Elle m'agrippa le bras et m'entraîna dans un espace de stockage, dont elle referma la porte derrière nous.

— Je ne comprends pas comment vous osez vous montrer ici, vraiment, siffla-t-elle. Je sais exactement qui vous êtes.

J'étais mortifiée.

— Je ne vois pas de quoi vous parlez ! m'exclamai-je. Lâchez-moi le bras.

— Jo est mon amie, cracha-t-elle.

— Jo ? Joanna… Joanna Mead ?

Dans mon esprit, ça tourbillonnait.

— Attendez une minute, qu'est-ce que vous essayez de me dire ?

Tegan frémissait d'une indignation qu'elle estimait manifestement justifiée. Elle me planta un doigt dans l'épaule.

— Vous… Vous lui avez volé son mari…

J'écartai sa main d'un revers de la mienne.

— Ne me touchez pas.

— Vous l'avez détruite et, maintenant, vous vous pointez ici ? Pourquoi ? Pourquoi êtes-vous là ? Que voulez-vous ?

— Je n'ai pas à répondre à cet interrogatoire, m'indignai-je à mon tour.

— Jo et moi, on rêvait de vous rencontrer, reprit Tegan dans un ricanement mauvais. Mais je n'aurais jamais pensé que ça arrive vraiment. J'ai hâte de le lui dire.

Voyant que je ne commentais pas, elle poursuivit :

— Tous les quatre, nous étions de vrais amis. Nous allions partout ensemble, jusqu'à ce que vous débarquiez.

Je m'efforçais, difficilement, de conserver une voix calme, mais à l'intérieur, mon cœur s'emballait.

—Ce n'est pas ce que m'a raconté Robert. C'est Joanna qui l'a quitté ! Elle n'habitait même plus chez eux.

—Ha ! s'exclama Tegan, dont les yeux brillaient de méchanceté. Évidemment, Bobby ne pouvait pas dire autre chose. Ils étaient sur le point de faire repartir leur relation sur de nouvelles bases, mais vous êtes arrivée et vous lui avez mis le grappin dessus.

Robert ne m'avait pas du tout parlé du fait que Joanna veuille « faire repartir leur relation ». Si tel avait été le cas, je l'aurais laissé.

—Je ne comprends pas du tout. Vous n'avez rien en commun avec Jo, continuait Tegan. Vous ressemblez à une petite souris.

—C'est peut-être pour ça qu'il m'a choisie, répliquai-je, déterminée à tenir bon.

Tegan inclina la tête.

—Qu'est-ce que vous avez fait ? Vous l'avez piégé ? Vous lui avez raconté que vous étiez enceinte ?

L'ironie de sa remarque était patente.

—S'il vous plaît, laissez-moi sortir, fis-je froidement.

Mais elle me bloquait le passage.

—Je n'en ai pas encore terminé avec vous. Ils sont restés mariés pendant presque trente ans ! Il l'a laissée sans rien. Elle travaille dans un supermarché, maintenant, vous étiez au courant ?

Rien à voir avec l'histoire que Robert m'avait racontée. Joanna l'avait trompé à de multiples reprises et passait son temps à le menacer de divorcer. La dernière fois qu'elle avait crié au loup, il venait de me rencontrer et lui avait donc répondu qu'elle n'avait qu'à mettre sa menace à exécution. Rien de physique ne s'était passé entre nous à ce stade, mais Joanna ne l'avait pas cru et apparemment Tegan non plus. Robert avait légué à Joanna la maison de Calverley Park, ainsi qu'une généreuse pension alimentaire pour l'école de leur fils Michael, ses droits d'entrée à l'université, sauf qu'elle en voulait toujours plus. À la fin, il avait décidé de lui verser un montant forfaitaire unique et définitif, et Joanna était enfin sortie de notre vie… jusqu'à maintenant.

— Je suis désolée pour elle, répondis-je avec précaution. Mais franchement, je ne vois pas le rapport avec moi. Je vous prie de me laisser sortir.

Tegan ne bougeait toujours pas.

— Joanna pensait que vous vous cherchiez un mari plus âgé pour vous entretenir et vous faire des enfants. C'est le problème avec vous, les Millenials : vous ne comprenez rien à l'engagement du mariage.

— Je ne sais pas ce que vous espérez que je vous dise. On m'a raconté que leur mariage était fini. Je n'avais aucune raison de ne pas le croire et, si tel avait été le cas, jamais je n'aurais eu de relation avec lui au départ. Je ne suis pas comme ça. Et pour information, Robert est mort sans le sou, pour ainsi dire. Satisfaite ?

Tegan fronçait les sourcils.

— Vous savez, je pense que je ne vous crois pas.

— Je me fiche que vous me croyez ou pas, m'emportai-je.

— Pourquoi êtes-vous ici en réalité ? demanda-t-elle encore.

— Pourquoi ne pas interroger votre époux ?

Elle hésita.

— Non, je préfère vous interroger, vous. Je pense que vous me direz la vérité.

— Vous me flattez, répliquai-je sèchement. Robert a prêté cent mille livres à votre mari, qui lui a offert le Tregarrick Rock en compensation. L'emprunt n'a jamais été remboursé.

Tegan vira au gris.

— Je ne comprends pas. Vous êtes en train de me dire… de me dire que le Tregarrick Rock est à vous ?

— Oui.

— Non, murmura-t-elle. Jago n'aurait jamais fait une chose pareille. Jamais.

— Comme je vous l'ai dit, parlez avec votre mari.

J'attrapai la poignée de la porte.

— Attendez… Donc vous n'avez rien à voir avec Hollywood ?

— Est-ce vraiment important ?

— Si vous avez menti sur ce sujet, vous avez pu mentir aussi sur le reste !

— Vous pensez vraiment que j'irais inventer une histoire aussi ridicule ? lui demandai-je. J'aimais profondément Robert, Tegan. N'avez-vous jamais été amoureuse ?

À ma surprise, elle se fit soudain silencieuse.

— Si, chuchota-t-elle enfin. Et je sais aussi que rien ne dure. Tous les hommes finissent par partir.

Sur ces mots, elle me laissa partir, moi.

En sortant dans le couloir, je me rendis compte que je tremblais. J'avais grande hâte de parler à Nigel. Comment aurait-il pu ne pas être au courant, à propos de Jago ? Certes, Nigel ne travaillait pour Robert que depuis quelques mois quand j'étais arrivée dans sa vie et, peut-être qu'alors, leur joyeux quatuor s'était déjà défait. Oui, c'était forcément ainsi que ça s'était passé. Jago et Tegan n'avaient pas semblé trop choqués par la nouvelle du décès de Robert.

A priori, Tegan était toujours en contact avec Joanna, elle avait dû l'apprendre par ce biais. À la mort de Robert, Michael était dans un avion, en vol pour Sydney. C'était à moi qu'était échue la tâche horrible de l'appeler à l'atterrissage pour lui apprendre la nouvelle. Il avait voulu reprendre un avion sur-le-champ, mais je lui avais dit que les préparatifs des obsèques prendraient au moins dix jours, alors qu'il attende un peu. Bien sûr, Michael avait dû communiquer l'information à sa mère.

Je coupai par le hall d'accueil pour gagner l'escalier et, à ma surprise, vis Alex et Dennis en train de discuter à la réception. Alex portait un imperméable noir, des cuissardes jusqu'aux hanches et un sac à dos. Il avait dû traverser le pont-jetée à pied.

— Je vais l'attendre dans le Salon des résidents, l'entendis-je annoncer. Ça vous dérange si je quitte mes cuissardes avant ? J'ai apporté un change de chaussures.

Dennis désigna un panonceau indiquant les toilettes.

— Par là. Nous avons un vestiaire, si vous souhaitez suspendre vos vêtements d'extérieur.

Alex opina du chef en guise de remerciement et s'en alla.

— Oh, madame Mead ? m'appela Dennis. J'ai un message pour vous.

Il me tendit un message rédigé sur le papier à en-tête de l'hôtel. De la part de Margot.

Je suis partie explorer l'île. J'ai pris de l'eau et une barre de protéines, donc ne m'attends pas pour le déjeuner. À plus tard. M.

— Mme Chandler a emprunté l'une des capes imperméables à capuche que nous fournissons aux hôtes mal préparés.

J'étais ennuyée. Pourquoi ne m'avait-elle pas attendue ? Après cette scène affreuse avec Tegan, je n'avais qu'une envie : quitter cette île.

— Le tracteur de mer est encore là ?

— Pourquoi ? me demanda Dennis. Tout va bien ?

— Il se peut que nous soyons obligées d'écourter notre séjour, répondis-je. Est-ce qu'on a le temps d'attraper la fenêtre de marée basse avant qu'elle remonte ?

— Je suis désolé, mais ça ne va pas être possible. Le tracteur de mer ne traversera pas avant demain matin.

Ainsi donc, nous étions coincées sur le Rock.

— Vous savez dans quelle direction Margot est partie ?

— Hélas, non. Au fait, le déjeuner sera servi à 12 h 30 précises. Mme Chandler nous a informés de ne pas l'attendre. J'imagine qu'elle cherche des lieux pour votre film.

— Oui, j'imagine. Merci, Dennis.

Je montai à l'étage pour défaire ma valise, fort irritée envers ma sœur.

Alors que j'insérai ma clé dans la serrure, j'entendis des mouvements à l'intérieur. Lentement, je poussai la porte et m'immobilisai, perplexe.

— Non, mais qu'est-ce que vous fichez là ?

10

Lily eut un petit sursaut coupable. Plantée au-dessus de la valise de Margot, elle avait un iPhone à la main. J'étais médusée.

— Comment êtes-vous entrée ici ?

— La porte du balcon était entrouverte. J'occupe la suite Agatha Christie, juste à côté, comme vous le savez. Oh ! *(Elle porta une main à sa gorge, l'air mortifiée.)* Vous avez pensé que je fouinais ?

J'étais peut-être naïve dans bien des domaines de ma vie, mais je n'étais pas stupide.

— Que faites-vous ici ?

— Je cherchais juste M. Tig, le chat. Il va souvent se balader dans les chambres des autres occupants de l'hôtel.

— Et il grimpe dans la valise des personnes en question ? ironisai-je.

Lily sourit.

— Ça vous dérange si je jette un coup d'œil ?

— Oui, répondis-je. Margot est très maniaque avec ses affaires, elle n'aime pas que l'on touche à ses vêtements.

D'ailleurs, il était étonnant que ma sœur ait commencé à défaire ses bagages sans aller au bout de sa tâche. Un chemisier, une robe et une veste avaient été posés sur le dos d'une chaise et son vanity Tumi laissé sur le lit. Les sacs en flanelle rouge contenant sa collection de chaussures étaient soigneusement alignés au pied d'une commode à trois tiroirs.

— Et du papier de soie, je vois, remarqua Lily. On ne rencontre plus guère de jeunes gens qui s'embêtent avec ce genre de précaution. Très jolis vêtements.

Je posai sur elle un regard suspicieux. Elle semblait ne faire aucun cas d'avoir été prise la main dans le sac… et avec un iPhone !

— J'adore poster sur Instagram, m'avoua-t-elle, à croire qu'elle lisait dans mes pensées. Ou devrais-je dire : M. Tig adore poster. Il a son propre compte.

— Sérieusement ?

— Je suis très sérieuse, fit-elle, tout sourire. Il a plus de deux mille *followers*. Il sait tout ce qui se passe au sein de l'hôtel.

Ben, tu m'étonnes. L'excuse parfaite pour venir fouiner et faire porter le chapeau au chat.

— Vous êtes sur Instagram ? me demanda-t-elle.

— Non, je ne me soucie guère des réseaux sociaux, mais si je vois votre chat, je vous le dirai.

— Oh non, rectifia Lily, ce n'est pas mon chat. C'est celui de l'hôtel. M. Tig était déjà là avant que je prenne ma retraite. Personne ne sait vraiment d'où il vient. Disons qu'il m'a adoptée. Parce que je l'ai rendu célèbre, je pense. Regardez.

Elle me montra le compte Instagram de M. Tig. Je découvris le profil d'un beau chat noir et blanc.

— Magnifiques moustaches.

— Oui, il en est très fier, confirma Lily. Les gens l'appellent chat smoking, à cause de ses taches. On dirait qu'il porte un nœud papillon, vous ne trouvez pas ?

— Si, en effet. Et si je l'aperçois, répétai-je, je lui indiquerai le chemin du retour à la maison.

— M. Tig est peut-être descendu au jardin, dit-elle tout à trac. Il y a une issue de secours au bout du balcon. Il passe souvent par là. Oui. C'est probablement ce qui s'est produit. Je vais devoir vérifier.

— Vérifier ? m'étonnai-je. Comment ?

— J'ai une caméra-chat, histoire de le garder à l'œil.

— Une quoi ?

— C'est comme une caméra à nounou, mais pour les animaux domestiques, m'expliqua-t-elle. On peut acheter des applis de tout et n'importe quoi, de nos jours. Je suis très étonnée que vous n'en ayez pas entendu parler.

— Eh bien, ça m'a l'air très intrigant, dis-je poliment. Vous voulez bien m'excuser ? Il faut à tout prix que je défasse ma valise.

À ma grande contrariété, Lily s'assit sur une causeuse à motif écossais, comme si elle avait l'intention de rester me faire la conversation.

— C'est vraiment une jolie chambre, commenta-t-elle. On a une vue magnifique sur l'île, d'ici. C'est plus agréable de donner de ce côté-ci que sur le pont-jetée.

— Oui. Mais comme je vous le disais, je dois défaire mon bagage.

— Ne vous tracassez pas pour moi, acquiesça-t-elle, sans toutefois donner le moindre signe de vouloir partir. J'espère que la dame pour qui vous travaillez apprécie sa promenade.

— Oui. Apparemment, elle est partie en exploration. Comment êtes-vous au courant ?

— J'ai un télescope dans ma chambre… J'aime observer les oiseaux. En revanche, j'espère qu'elle n'avait pas l'intention d'aller trop loin : on annonce du brouillard pour plus tard dans l'après-midi et il est facile de perdre son chemin dans la propriété de l'hôtel.

J'avais commencé à ranger mes vêtements.

— Et vous êtes de L.A. ? continuait-elle. Je suis allée à Los Angeles en vacances une fois avec Harold. Nous avons visité le Théâtre chinois, marché sur Hollywood Boulevard. C'était très excitant, mais on ne se sent chez soi que là où est notre cœur. Moi, j'ai passé toute ma vie dans les Scilly.

Une pensée me traversa alors.

— Vous devez savoir tout ce qui se passe ici.

— Oh oui. J'en fais mon affaire, en réalité. J'ai toujours été intéressée par les gens. *(Je ravalai la pique qui me brûlait la langue, à savoir qu'elle était juste une sacrée fouineuse.)* J'aidais à la poste, dans mes plus jeunes années, dit-elle. C'est-à-dire, quand je n'étais pas occupée à donner naissance à des enfants. J'ai fait naître Cador, vous savez.

— Vous souvenez-vous d'un Robert Mead ?

Elle hésita un instant.

— Soyez un peu plus précise, ma chère.

— Il se peut qu'il soit venu ici il y a des années avec sa… (*Je dus faire un effort pour prononcer le mot.*) Sa femme, Joanna.

Lily se contenta de ciller.

— Ils étaient très amis avec Jago et Tegan Ferris, poursuivis-je.

— Alors, s'ils étaient amis de monsieur Jago, je ne les connaissais pas, se hâta-t-elle de répondre.

— Même s'ils ont séjourné ici à l'hôtel ?

— Oh non. Je n'habite ici que depuis le décès de mon Harold.

— Et une certaine Millicent Small ? demandai-je encore.

Une lueur alarmée passa sur son visage ridé.

— Qui ? Non, je ne vois pas qui c'est.

— Ou bien… Alex Karlsson ?

Lily se figea.

— Connais pas.

— Un photographe… un photographe très connu. L'un de ses portraits est accroché dans le bureau de Jago. Un portrait de Tegan.

Elle secoua la tête avec véhémence.

— Non. Non, je ne le connais pas. Jamais entendu parler. Pourquoi me posez-vous toutes ces questions ? Êtes-vous… êtes-vous détective privé ?

Détective privé ? La question avait de quoi surprendre. L'espace d'un instant, je fus tentée de répondre par l'affirmative. Le fait même qu'elle m'ait posé cette question signifiait que quelque chose d'étrange se passait. Lily me cachait des informations.

— Alex Karlsson est ici à l'hôtel aujourd'hui même, ajoutai-je. Au rez-de-chaussée.

Lily blêmit. Elle tenta de se remettre debout, mais trébucha dans sa hâte et s'affala lourdement au sol, se cognant la tête contre le côté d'une chaise.

— Lily ! m'affolai-je, effarée. Oh, mon Dieu. Oh non.

Je me précipitai à genoux en priant qu'elle aille bien. Par bonheur, je l'entendais gémir. Elle n'était tombée que de cinquante centimètres environ, mais je savais combien il était facile pour les personnes âgées de se fracturer un os. Alors que ses geignements devenaient de plus en plus impressionnants, je commençai néanmoins à me demander si elle ne jouait pas la comédie.

Je parvins à la remettre sur pied, soulagée de la voir *a priori* en forme.

— Laissez-moi vous aider à regagner votre chambre.

Elle vacilla un peu et s'appuya lourdement sur moi en grognant plus fort encore. Certes, j'apercevais une légère marque rouge sur son front, mais il m'apparaissait évident qu'elle exagérait sa blessure pour éviter de répondre à mes questions.

Nous sortîmes dans le couloir et découvrîmes Tegan en train de frapper à la porte de Lily. Bien qu'apparemment surprise de nous voir ensemble, elle ne posa pas de question.

— Lily, il faut que nous ayons une petite conversation, annonça-t-elle. Maintenant.

— Il est là, c'est ça ? lâcha Lily. Je n'ai rien dit, je le jure. Rien.

Tegan leva les yeux au ciel et afficha un sourire forcé.

— Lily… Je ne comprends pas de quoi vous parlez. Entrons, voulez-vous ? Où est la clé de votre chambre ?

Lily avait l'air sur le point de fondre en larmes.

— Je… Je…

— Lily cherchait le chat, intervins-je. Elle croyait qu'il était dans ma chambre, c'est pourquoi elle est venue voir par la porte du balcon. Elle a dû oublier d'emporter sa clé avec elle.

Comme sur commande, Dennis arriva vers nous à grandes enjambées, chargé d'un trousseau de doubles des clés.

— Vous vouliez les clés, madame Tegan ?

— Merci, oui.

— Tout va bien ? demanda-t-il à Lily avec un regard inquiet. Qu'est-ce qui est arrivé à votre tête ?

Ce qui avait commencé comme une trace à peine perceptible avait rapidement enflé pour prendre la taille d'un petit œuf.

— Rien, répondit-elle en me jetant un regard qui m'enjoignait clairement à me taire.

— Je comprends mieux maintenant, fit Tegan avec un long soupir. Vous êtes encore tombée, c'est ça ?

De nouveau, Lily tourna vers moi un regard presque suppliant.

— Non, se hâta-t-elle de mentir. Je peux me débrouiller toute seule. Je ne veux pas aller dans une institution. S'il vous plaît, ne me mettez pas dans une institution.

J'étais sidérée. Et étonnée aussi que Tegan ait demandé une clé de la chambre de Lily à Dennis. Peut-être avait-elle frappé et s'était inquiétée que Lily soit tombée ?

— Oh, mais pour l'amour de Dieu ! gronda Tegan. Ne soyez pas ridicule. Personne ne compte faire ça. Je vais prendre le relais, Dennis, merci.

Sur quoi, elle attrapa le bras de Lily et l'attira contre elle. Dennis s'éclaircit la gorge.

— Un M. Alex Karlsson se trouve dans le hall, qui demande à vous voir.

Tegan se figea.

— Ah ? Qui ça ?

Lily poussa un cri de douleur. Je remarquai que Tegan avait resserré son étreinte sur son bras. Et aussi que Tegan ne semblait pas décidée à reconnaître que je lui avais déjà annoncé la présence d'Alex sur le ferry.

— Alex Karlsson, répéta Dennis. Il est venu photographier le phare. Il a aussi mentionné son souhait d'acquérir l'une de vos peintures.

— Je vais descendre sous peu, lâcha Tegan en tâtonnant avec la clé de Lily dans la serrure, avant de la faire tomber, résultat manifeste de sa nervosité. Oh, flûte et zut !

Dennis se précipita pour la ramasser et ouvrir la porte à sa place. Lily se rua à l'intérieur. Tegan hésita, avant de demander :

— Où est monsieur Jago ?

— Il m'a dit qu'il partait couper des bûches dans le bois de William, l'informa Dennis.

Tegan fronça les sourcils.

— Et Cador ?

— Aussi parti couper du bois dans le bois de William, répondit benoîtement Dennis. Mais à l'autre bout.

Tegan écarquilla les yeux.

— Oh là là.

— Je crains que leur réunion ne se soit mal passée, confirma Dennis.

Tegan n'offrit pas de commentaire et suivit Lily sans sa chambre.

— Je me suis enfermée dehors, dis-je à Dennis. Pardon. Je n'ai pas réfléchi.

— Pas de souci. *(Il déverrouilla ma porte.)* N'oubliez pas que le déjeuner sera servi à 12 h 30.

Je me glissai dans notre chambre, contente de me retrouver seule un moment afin de rassembler mes pensées.

Quelle matinée extraordinaire. Je n'arrivais pas à débrouiller la situation. Tout le monde se comportait de manière si étrange. Margot y compris. Margot surtout. Je n'en revenais toujours pas qu'elle soit sortie comme ça, explorer l'île toute seule, sans même m'attendre.

Avec ma sœur, il était toujours difficile de deviner ce qui se passait. Elle n'avait jamais été douée pour partager ses sentiments. Dans la famille, c'était moi qu'on qualifiait de sensible et d'émotive. Margot était la fille pragmatique, rationnelle, qui allait droit au but.

Notre père l'appelait la Générale, tant elle était sûre d'elle… et autoritaire.

Je me laissai tomber sur le lit et m'apitoyai sur mon sort. Les événements des heures écoulées m'avaient profondément secouée. La façon dont Jago avait nié avoir connu Robert et puis l'horrible conversation avec Tegan dans la pièce de stockage.

Allongée sur le dos, les yeux rivés au plafond, je contemplai les fissures et les cercles bruns sur le papier peint, signes de fuites dans la toiture. La chambre avait grand besoin d'un coup de jeune – tout l'hôtel, en fait – mais au moins n'était-elle pas une horreur tout droit sortie des années 1970. Nos têtes de lit en laiton avaient l'air d'origine – encore des lits une place – à l'instar des robustes tables de chevet en noyer et des lampes aux ampoules en verre décorées de motifs floraux et aux abat-jour en soie.

Soudain, j'entendis le froufrou du papier de soie et un miaulement bruyant. Une boule de poils noire émergea de la valise de Margot. M. Tig.

Lily n'était peut-être pas venue fouiner, tout compte fait.

11

Le chat s'étira tranquillement, avant d'extraire avec grâce ses griffes d'un autre pull en cachemire de Margot.

Sa fourrure était noire et brillante, à l'exception d'un bavoir blanc et de chaussettes blanches. Et, effectivement, avec la petite tache de noir au niveau de sa gorge, on aurait dit qu'il portait un nœud papillon. En revanche, il était doté d'un vrai collier de velours bleu marine, d'où pendait une minuscule clé argentée.

— Ce que tu es beau, lui dis-je. Et quelles magnifiques moustaches tu as !

Je le soulevai et enfouis le visage dans sa fourrure. M. Tig se mit à ronronner bruyamment. Je sentis mon moral remonter. Mon propre chat, Rommel, était mort peu après mon mariage avec Robert. Lequel avait voulu en prendre un autre, mais à l'époque, j'étais trop bouleversée. Rommel était unique et irremplaçable. Pourtant, je réalisai à présent que j'étais prête à offrir un foyer aimant à un nouveau minet.

M. Tig se libéra de mon étreinte et se dirigea vers la porte du balcon devant laquelle, à ma grande surprise, il s'étira. D'un petit bond, il posa les deux pattes sur la poignée qu'il abaissa. La porte vitrée s'ouvrit et monsieur sortit. Je ne pus m'empêcher de rire.

Lily avait donc dit vrai sur ce point aussi.

Je le suivis sur le balcon. Qui avait la forme d'un S, dont l'extrémité s'enroulait autour d'une tourelle d'angle surmontée d'un chapeau vert opale.

Un muret de séparation divisait le balcon en deux au niveau de la courbe. Des jardinières vides s'alignaient le long du mur de brique. Des bâches recouvraient deux sets de table avec leurs chaises et une balancelle de patio. Tout avait été protégé pour l'hiver.

À ma droite, un escalier de secours en colimaçon descendait dans le jardin. La vue panoramique était sublime. Pour une île ou plutôt un « roc » d'aussi petite taille, la topographie était fort diversifiée.

À ma droite, de larges terrasses de plantes subtropicales et de hauts pins californiens ainsi que des chênes verts grimpaient à flanc de colline à la rencontre d'arbres à feuilles persistantes qui formaient une ceinture protectrice contre les vents du nord. Une autre bande d'épaisse forêt persistante courait le long de la partie la plus basse du jardin – presque au niveau de la mer – et le protégeait des tempêtes venues du sud. Tout en bas, un petit lac. Plusieurs longs hangars en bois étaient en partie camouflés par les herbes de la pampa et les roseaux. Étant donné que Tregarrick était le paradis des ornithologues, je soupçonnais que ces plantes abritaient des postes d'observation.

Le centre de l'île, apparemment, était plus un vallon. Ceint d'une végétation luxuriante, son milieu était herbeux et parsemé de topiaires aux formes exotiques.

Je distinguais vaguement au loin les figures de proue des galions dont Cador nous avait parlé la veille.

À ma gauche s'étendait une côte accidentée parsemée d'ajoncs et de fougères qui offraient un contraste frappant avec la végétation riche de l'autre côté du vallon. Une tour de garde en ruine, perchée majestueusement sur une falaise. Au-delà, la pointe du phare de Windward Point.

Avec les rais de lumière qui filtraient à travers les lourds nuages d'orage gonflant l'horizon, j'avais l'impression de contempler l'une des toiles de Tegan.

Je n'apercevais pas la moindre trace de Margot, de Cador ou de Jago dans les jardins. M. Tig miaulait déjà devant la porte du balcon de Lily, demandant à entrer, mais elle ne l'entendait manifestement pas. J'attendis un instant, ses miaulements se firent plus insistants. Il tenta de répéter le même numéro de cirque qu'avec la poignée de la porte ; seulement bien sûr, celle-ci s'ouvrait vers le balcon, pas vers l'intérieur de la chambre.

Enfin, Lily apparut derrière la vitre, tout sourire.

— Il était où, ce vilain garçon ?

Quand je lui expliquai qu'il s'était bel et bien caché dans la valise de Margot, elle insista pour que j'entre visiter sa chambre. La suite Agatha Christie était spectaculaire.

— Ici, c'est le côté sud de l'hôtel, dit-elle, radieuse. C'est la meilleure suite, dotée de la meilleure vue. Surtout du haut de la tourelle. Hélas, je ne suis plus en mesure d'en monter les marches. Ah, c'est terrible de vieillir !

Les baies vitrées étaient semblables à celles de notre chambre voisine, à Margot et à moi, à la différence que nous n'en avions qu'une tandis que Lily en avait trois. Hormis une télé à écran plat qui diffusait une émission de téléréalité, la chambre était meublée d'exquises pièces Art déco : crédences, fauteuils, lampes Tiffany et un bar demi-lune en plaqué noyer dans un angle. Une paire de portes-fenêtres en verre dépoli ouvrait sur une chambre où trônait un énorme lit *king size* avec une tête de lit en plaqué noyer soleillé. Sublime. Une bibliothèque occupait tout un pan de mur, chargée d'une quantité de photos encadrées d'argent – toutes représentant une Lily beaucoup plus jeune –, des diplômes, des figurines de porcelaine et des presse-papiers en cristal taillé. Enfin, une pile de *Hello!* occupait une tablette.

Comment une sage-femme-postière à la retraite sur une île minuscule avait-elle les moyens de vivre dans un luxe pareil ? Peut-être était-elle liée à la famille Ferris d'une façon ou d'une autre et cette suite lui était-elle octroyée à titre de faveur ? Peut-être avais-je jugé Tegan et Jago trop sévèrement. En tout cas, pas étonnant qu'elle rechigne à aller en maison de retraite !

— Oui, j'ai une chance immense, commenta-t-elle, à croire qu'elle lisait dans mes pensées. Monsieur Jago et madame Tegan se sont montrés extrêmement gentils. Ils me traitent comme un membre de la famille.

Voilà qui répondait à ma question.

— C'est ravissant.

Lily porta la main à son front et grimaça.

— Permettez-moi de jeter un coup d'œil, proposai-je.

La bosse avait encore enflé. Lily était vraiment tombée fort et, vu son âge, il était possible qu'elle souffre d'une commotion.

— Vous devriez peut-être appeler un médecin, qu'il examine ça ?

— Ne soyez pas ridicule, se moqua-t-elle. On n'appelle l'hôpital de St Mary's à la rescousse qu'en cas de véritable urgence.

Sur quoi, elle entreprit de m'expliquer que l'hôpital se trouvait sur l'île principale. Comme me l'avait appris Margot.

— Raison pour laquelle Tregarrick a eu de la chance de m'avoir, conclut-elle. J'étais sage-femme, vous savez.

— Oui, vous me l'avez dit.

— J'ai fait naître absolument tous les bébés dans ces îles de 1955 jusqu'à… attendez, que je réfléchisse… En quelle année sommes-nous, là ?

— En 2020.

— Dieux du ciel. Le dernier bébé que j'ai mis au monde, c'était en 2012. Je garde tout dans mes dossiers. J'ai des histoires qui vous donneraient la chair de poule si je vous les racontais.

Je désignai le cahier avec lequel je l'avais vue plut tôt, désormais posé sur une tablette.

— Là-dedans ?

— Grand Dieu, non. Mon petit livre noir est sous clé, répondit Lily. Cet album, c'est juste un passe-temps. J'aime collectionner les articles de journaux sur tel ou tel scandale juteux. Surtout sur les célébrités. Vous souhaiteriez y jeter un coup d'œil ?

— Peut-être une autre fois.

Je montrai cette fois le grand sac de tricot en cretonne aux couleurs bleu et orange assez voyantes posé au pied d'un fauteuil à oreilles où M. Tig était désormais occupé à se laver minutieusement les pattes.

— En tout cas, vous savez vous occuper. Que tricotez-vous ?

— Ça.

Elle pointait le doigt vers une belle méridienne de style Art déco en plaqué noyer où étaient alignés six coussins tricotés à la main aux timbres[1] finement ouvragés.

— Je les vends sur Etsy, m'indiqua-t-elle. Ils rencontrent un franc succès. J'ai presque terminé de coudre Dorne[2].

Je fronçai les sourcils.

— Pardon, je ne vous suis pas.

— De *Game of Thrones.* Allons donc, ne me dites pas que vous ne regardez pas *Game of Thrones* ?

Je secouai la tête.

— Non. Trop violent pour moi.

Ayant admiré les coussins et le Dorne quasi fini avec son timbre orange soleil assez terrifiant et sa lance dorée[3], je désignai le télescope.

— Vous avez dit que vous aviez vu Margot ? Où se dirigeait-elle ?

— Vers le sentier côtier. Je suppose qu'elle voulait aller jeter un coup d'œil à la tour de garde en ruine pour

1 Timbre désigne ici un ornement en héraldique.
2 Dorne est un des royaumes de l'univers de *Game of Thrones.*
3 Le blason de Dorne est un soleil orange transpercé d'une lance.

votre film, mais elle devrait se montrer prudente. C'est très abrupt, la pente qui y conduit.

— Je suis sûre qu'elle fera attention.

— Avant de partir, ma chère, auriez-vous l'amabilité d'aller me chercher l'arnica dans l'armoire à pharmacie de ma salle de toilette ? La porte est près de l'entrée. Je n'arrive pas à l'atteindre. Et je ne suis pas certaine de devoir monter sur un escabeau pour le moment.

La salle de toilette en question était peinte en rose layette, avec une armoire à glace à facettes sur un mur et un placard à double porte au-dessus d'un lavabo sur l'autre. Le maquillage de Lily était soigneusement étalé sur un tissu de lin blanc. De toute évidence, elle prenait grand soin d'elle. Un petit escabeau pliable de deux marches était rangé dans un coin.

Je l'installai, ouvris les portes du placard et lâchai un hoquet surpris. Lily avait sa propre pharmacie, garnie de flacons allant de l'aspirine à l'ibuprofène vendus sans ordonnance, côtoyant une demi-douzaine environ de flacons de médicaments sur ordonnance dont je remarquai que, pour la plupart, la date avait expiré – de quinze ans pour l'un d'eux ! Il y avait aussi diverses crèmes homéopathiques, une poignée d'Epi-Pen, des seringues dans leur emballage stérile, de la gaze et des bandes, le tout parfaitement organisé par ordre alphabétique.

J'attrapai le tube d'arnica et le flacon d'aspirine.

Lily s'était assise dans le fauteuil à oreilles, M. Tig sur ses genoux, et jouait machinalement avec la petite clé à son collier. Le chat me regarda d'un œil, avant de le refermer et de se remettre à ronronner tandis que j'appliquais délicatement la crème sur l'hématome de Lily.

— Merci, mon petit. Le déjeuner est dans vingt minutes. Nous pourrons continuer notre conversation alors. C'est si enthousiasmant de savoir que vous allez tourner un film ici !

Cinq minutes plus tard, j'étais de retour dans la chambre Margery Allingham, où j'espérais presque retrouver une Margot qui aurait changé d'avis. Je n'étais pas ravie à la perspective de déjeuner seule avec Lily.

Tout à coup, je songeai que je pouvais appeler ma sœur sur son portable et lui demander combien de temps elle projetait de rester dehors et où, le cas échéant, je pourrais la retrouver plus tard. À ma grande confusion, j'entendis sonner son téléphone tout près. Pourtant, je ne le voyais ni sur la table basse, ni sur le canapé ou le bureau. Je rappelai et finis par le dénicher sous le canapé.

L'écran était craquelé, comme si elle avait jeté l'appareil à travers la pièce. Il y avait des appels en absence, à la liste desquels je ne pouvais pas accéder car il était protégé par un code.

Margot et son téléphone étaient comme deux siamois. Jamais elle ne l'aurait laissé à l'hôtel ni ne serait partie en balade sans lui. Et puis, je me souvins du nombre de fois où elle avait refusé d'y répondre récemment. Peut-être avait-elle décidé qu'il valait mieux l'abandonner là. Cela dit, ça n'expliquait pas l'écran cassé.

Mon iPhone sonna sur ces entrefaites. Margot ! Mais non, quand je regardai l'identité de l'appelant à l'écran, je découvris qu'il s'agissait du bureau de Nigel.

— Bonjour Evie, entendis-je Cherie lancer. Vous pouvez patienter, que je vous passe Nigel ?

— Oui, bien sûr.

Tant mieux. J'avais follement hâte de tout lui raconter. J'entendis un clic et un *Merci beaucoup*[1], puis la voix de Nigel résonna au bout du fil. Il dut sentir tout de suite quelque chose aux inflexions de la mienne.

— Que se passe-t-il ?

— Oh, Nigel, je suis tellement contente de vous parler. Tout va de travers. On n'aurait jamais dû venir ici.

---

1 En français dans le texte.

— Bonjour Evie, entendis-je. Charlie Lancer. Vous pouvez patienter, que je vous passe Nigel ?

— Oui, bien sûr.

Tant mieux. J'avais follement hâte de tout lui raconter. J'entendis un clic et un léger bourdonnement, puis la voix de Nigel résonna au bout du fil. Il dut sentir tout de suite quelque chose aux inflexions de la mienne.

— Que se passe-t-il ?[1]

— Oh, Nigel, je suis tellement contente de vous parler. Tout va de travers. On n'aurait jamais dû venir ici.

1. En français dans le texte.

12

— Vous êtes où ?! s'exclama Nigel, l'air abasourdi.

— À Tregarrick Rock. Cherie ne vous a pas transmis l'information ?

— Non, non.

— Margot a jugé qu'un week-end loin de la maison me ferait du bien, mais en fait, c'est un désastre absolu. J'ai rencontré Jago…

— Oh, Evie ! gronda Nigel. Je vous avais dit que je m'en occupais. Qu'a dit Jago ?

— C'est un affreux bonhomme. *(Je savais que j'allais passer pour une hystérique, mais peu m'importait.)* Et sa femme… elle aussi est horrible et…

— Une minute, une minute, calmez-vous, m'interrompit Nigel. Commencez par le commencement. Racontez-moi exactement ce qui s'est passé. Vous avez donc parlé avec Jago Ferris ?

— Au départ, il a nié catégoriquement avoir connu Robert, mais ensuite, j'ai vu des photos de classe de lui avec Robert ! Je n'en croyais pas mes yeux. Ils étaient à Cambridge ensemble et très bons amis, d'après ce que j'ai pu en juger.

— Ce qui semble expliquer pourquoi il lui a prêté de l'argent, commenta Nigel. Je ne connaissais pas encore Robert à l'époque. Vous devez garder en mémoire que cet arrangement entre eux a été passé bien avant ma rencontre avec Robert. Il avait nombre de cercles d'amis et de relations quand il était… eh bien…

— Marié avec Joanna, terminai-je à sa place.

— Il avait l'habitude d'appeler ses amis des « solutions pour chaque problème », me confia Nigel. C'était une sorte de caméléon, qui changeait d'amis en fonction de sa dernière passion en date.

— À la façon dont vous parlez de lui, on pourrait croire qu'il était superficiel. Je n'ai jamais remarqué cet aspect-là de Robert. *(Et c'était vrai. Ce que me disait Nigel paraissait bizarre, comme s'il me décrivait un homme que je ne connaissais pas.)* Jamais il n'a été comme ça avec moi.

— Vous l'avez connu à une époque différente de sa vie, voilà tout.

— Et puis, Tegan et Joanna étaient des amies proches, poursuivis-je. Ils allaient partout en quatuor. Ça me donne l'impression…

— Pourquoi ne pas simplement rentrer à la maison ? me coupa Nigel.

— On est coincées ici jusqu'à demain ! gémis-je, avant de lui expliquer qu'on ne pouvait accéder à l'hôtel que via une chaussée surélevée par marée basse. Oh… et vous vous rappelez le témoin, une certaine Millicent Small ?

— Oui, oui, je me rappelle. Vous l'avez trouvée ?

— Apparemment, personne n'a jamais entendu parler d'elle.

— Vous partez du principe qu'elle vivait là-bas, mais un témoin, ce peut être n'importe qui. Pas forcément un ami ou un membre de la famille ou…

— Non, le coupai-je avec fermeté. Je suis convaincue que le prêt n'a jamais été remboursé.

Silence à l'autre bout du fil.

— Nigel ? Vous êtes toujours là ?

— Oui, répondit-il enfin. Je pense que vous réagissez peut-être de manière disproportionnée.

Mais j'insistai.

— Il y a une vieille dame, ici, qui connaît tout et tout le monde sur l'île. Elle a été sage-femme et postière pendant des années. À présent, elle vit à l'hôtel dans la suite Agatha Christie – nous sommes dans la Margery Allingham, toutes les chambres portent le nom d'un auteur de roman policier de l'âge d'or. Le chat de Lily est sur Instagram. Vous le croyez, ça ?

— Evie ! Doucement, stop ! s'exclama Nigel en riant. Laissez-moi placer un mot.

— Oui, oui, bien sûr. Pardon. Vous m'avez appelée. Pourquoi souhaitiez-vous me joindre ?

— Je voulais m'excuser. Si Cherie m'avait transmis la lettre au début, quand j'ai commencé à m'occuper des affaires de Robert, nous ne serions pas dans cette situation. Tant d'années se sont écoulées depuis… Ça va me prendre un peu de temps avant de démêler le mystère, mais… c'est vraiment embarrassant. Je ne sais pas trop comment vous l'annoncer…

Tout à coup, je compris.

— La lettre était pour Joanna, c'est ça ?

Robert l'avait adressée à sa première « chère épouse ». Pas à son actuelle « chère épouse ».

— Oui, confirma Nigel. Je suis remonté jusqu'à l'argent, qui se trouve sur un compte joint que Robert avait clôturé à la suite de son divorce d'avec Joanna.

J'étais submergée par une vague de déception inattendue.

— Donc l'emprunt a bel et bien été remboursé, conclus-je. Je vois. Bon. Peu importe. Ça aura été une jolie idée, le temps qu'elle a duré !

— Je suis navré, Evie.

— Mais pourquoi Jago ne m'en a-t-il rien dit ? m'étonnai-je. Je ne comprends pas.

— Mieux vaut oublier tout ça maintenant, me conseilla Nigel. Cependant, j'ai étudié diverses options concernant Forster's Oast.

— Ah, bien. Merci. Et quelles sont-elles ? Vais-je être en mesure de garder la maison ?

— Je serai de retour au pays lundi. Voici ce que je vous propose : pourquoi Margot et vous ne viendriez pas dîner mardi soir, et nous en discuterions plus avant, d'accord ? *Excusez-moi ! Garçon...*

S'ensuivirent quelques expressions en français, puis

— Evie ? Vous êtes toujours là ?

— Oui. On dirait que vous allez devoir raccrocher.

— Oui, je le dois, confirma-t-il. On se voit mardi. Je vous laisse, j'ai mes escargots qui m'attendent.

Quand il eut raccroché, je me rendis compte que j'étais déçue. Pour l'hôtel. Réaction idiote, vraiment, vu qu'une semaine plus tôt, je n'avais même pas connaissance de son existence. J'avais hâte de raconter tout ça à Margot et décidai que si elle n'était pas rentrée à la fin de mon déjeuner, j'irais à sa rencontre.

Lily m'invita à me joindre à elle dans la salle à manger qui, Dieu merci, avait conservé ses racines Art déco. Nous déjeunâmes seules, sans Jago, sans Tegan, sans Cador, Alex ou Dennis.

Avec son plafond ornementé en vitraux à motifs de paons et ses murs aux miroirs biseautés, la salle à manger était quelque peu vieillotte mais très belle. Des tables octogonales étaient disposées autour du parquet d'un petit espace de danse. Un piano blanc grandiose dans un angle. Dans un autre, un sublime bar Art déco. Des fenêtres du sol au plafond donnaient sur une autre terrasse.

Quand Vanessa me conduisit à la table de Lily, cette dernière reposa son coussin Dorne dans son sac à tricot en cretonne.

— Oh, quel bonheur ! déclara-t-elle. Quelqu'un avec qui bavarder ! Où est votre amie ?

— Pas encore revenue. Mais il lui arrive souvent de sauter le déjeuner.

— Ces gens de Hollywood, ils ne mangent rien, pas vrai ? me dit Lily. Il faut qu'ils restent minces comme du papier à lettres. Ça n'est pas naturel, si vous me demandez mon avis. Ça leur donne une tête trop grosse par rapport à leur corps maigrichon.

À ma surprise, Lily se révéla de bonne compagnie. Elle me divertit avec des anecdotes amusantes sur M. Tig et ses déceptions alimentaires.

— Il se régalait par avance de déguster le lézard, mais quand il a croqué dedans, il a constaté que la bestiole avait un goût de plastique, me confia-t-elle.

Je pouffai.

— Vous inventez !

— Non, pas du tout, fit-elle gravement. Mon frère me l'a dit. Il est communicateur animalier. En fait, il s'entend mieux avec les bêtes qu'avec les humains.

— Je ne crois pas dans toutes ces sornettes.

— Vous mettez en doute la parole d'un homme d'Église ?

— Attendez… Bill le pasteur est votre frère ?! m'exclamai-je.

— Exact, répondit-elle en buvant une gorgée d'eau. Par chance, cet oiseau de mauvais augure nous évite, M. Tig et moi. Alors… où est donc passé cette paresseuse avec notre crumble ?

Elle prit une cuillère et en tapa le côté de son verre. J'étais rassurée de constater qu'elle n'avait pas de séquelles de sa chute.

— Je ne peux pas rester pour le dessert, lui annonçai-je.

— Oh, mais si. Vanessa prépare un excellent crumble pommes-mûres. Vous savez, elle a appris la cuisine en prison. Elle y a même passé un diplôme de cuisine chic.

— En prison ?

— Oups, fit-elle, une main plaquée sur la bouche. Je n'aurais pas dû dire ça. Personne n'est censé le savoir.

Lily inclina la tête sur le côté, attendant que je lui pose la question inévitable, mais j'étais bien décidée à n'en rien faire.

— C'était dans tous les journaux, reprit-elle alors, rusée.

— Comme vous me l'avez fait remarquer, je ne suis pas censée être au courant.

Lily se pencha vers moi, pour ajouter à voix basse :

— Vous n'êtes pas curieuse de savoir ce qu'elle a fait ?

— Pas du tout.

Et je pris une gorgée de mon eau glacée. Bien sûr que si, j'étais curieuse ! Mais je ne voulais surtout pas lancer ce genre de conversation avec Lily.

— Elle a acheté un faux sur Amazon. Moi, je ne me serais jamais laissé prendre, mais apparemment, les docteurs y ont cru un certain temps.

— Un faux quoi ?

— Chuuut, la voilà.

Effectivement, Vanessa réapparut avec un plateau chargé de deux ramequins fumants d'un crumble chaud et d'un pot de crème fouettée locale. Je ne pus m'empêcher de la regarder sous un jour nouveau. Soudain, les tatouages qu'elle avait sur les doigts prenaient un aspect plus sinistre. Avaient-ils un lien avec quelque gang ? Une peine de prison, c'était du sérieux. Comment avait-elle décroché ce boulot à Tregarrick ? Depuis combien de temps était-elle sortie et Patty la policière était-elle au courant ?

Vanessa nous déposa les deux ramequins et le pot de crème au milieu de la table.

— Ne servez pas la crème dans son pot, enfin, la gronda Lily. Mettez-la dans un bol en verre. On ne vous a donc rien appris dans cette *institution* ?

Vanessa rougit.

— Moi, ça ne me dérange pas qu'elle soit dans le pot, me hâtai-je de préciser. Merci, Vanessa, ce crumble a l'air délicieux.

— Il est fait maison, répliqua-t-elle sans artifice, avant de tourner les talons.

Lily n'attendit pas qu'elle soit hors de portée d'oreille pour déclarer :

— Elle va encore avoir le cœur brisé, mais elle ne veut rien entendre. J'ai essayé de lui expliquer que Cador n'était pas intéressé.

Vanessa s'immobilisa.

— C'est délicieux, répétai-je en espérant faire taire la vieille dame.

Et j'ajoutai une troisième cuillerée de crème à mon crumble.

— Vous, en revanche, vous êtes beaucoup plus son type, poursuivit Lily d'une voix forte. Intelligente, belle… et mon frère a dit que vous vous étiez très bien entendus, hier soir au Salty Boatman. Oui, vraiment, je vous vois très bien ensemble, tous les deux.

D'un pas raide, Vanessa quitta la salle. Lily semblait se plaire à tourmenter cette pauvre fille. Et moi, je révisais rapidement mon jugement à son égard, en lui découvrant une méchanceté que je n'appréciais pas du tout.

— En fait, j'ai perdu mon mari récemment, lui dis-je. C'était l'amour de ma vie. Je ne suis donc pas intéressée.

— Vous êtes jeune, vous rebondirez, déclara-t-elle avec dédain. C'était une star du cinéma ?

— À mes yeux, oui, répondis-je, avant de prendre une autre bouchée de crumble.

— J'ai eu deux époux. D'abord Ralph, et puis il y a eu Harold. Ralph était un homme de toute petite taille, ce qui bien sûr lui avait valu d'incessantes moqueries à l'école…

Tout en dégustant mon crumble, j'écoutai Lily déblatérer sur les défauts du pauvre Ralph. Et je décidai que j'avais eu assez de sa compagnie. Je n'avais plus qu'une hâte, l'interrompre et retourner dans ma chambre, mais elle ne s'arrêtait même pas pour reprendre son souffle.

À mon soulagement, Vanessa revint avec une *cafetière*[1] de café fraîchement passé, et je vis là ma chance.

— Ah, du café ! m'exclamai-je. Mais pas pour moi. Désolée, Lily, je crains de devoir retourner à ma chambre pour passer un coup de fil.

— Vanessa ! Posez ça là, commanda Lily.

Et elle fit aussitôt de la place sur la table. Mais pile au moment où Vanessa allait pour poser la *cafetière*, elle trébucha sur le sac à tricot de Lily et ne parvint à recouvrer son équilibre que de justesse. Hélas, les dégâts étaient faits. Le café s'était répandu sur le précieux coussin de Lily.

— Oh, mais quelle idiote, quelle idiote ! couina cette dernière en arrachant le coussin. Il va rester taché, maintenant !

À l'aide de sa serviette de lin blanc, elle tentait d'absorber le liquide.

1 En français dans le texte.

— Ce n'est pas ma faute, rétorqua sèchement Vanessa. Comment je pouvais savoir que votre sac était par terre ?

— Je ne sais pas pourquoi Jago vous garde ici, marmonna Lily. Si j'avais mon mot à dire, je vous aurais montré la porte il y a des mois.

— C'était juste un accident, protestai-je en jetant à Vanessa un regard que j'espérais de soutien compatissant.

Mais elle ne me prêtait aucune attention.

— Nous savons tous pourquoi Dennis vous protège, poursuivait Lily. Mais il ne pourra pas le faire éternellement.

Vanessa tourna les talons et s'éloigna à la hâte. Je me levai.

— Je dois y aller. C'était agréable de bavarder avec vous.

— Attendez, je monte avec vous.

Et nous partîmes en laissant la *cafetière* intacte.

— Je fais toujours une sieste dans l'après-midi, me confia Lily.

Je la quittai à la porte de sa chambre et me dépêchai de gagner la mienne, déçue de constater que Margot n'était toujours pas rentrée. Cela faisait des heures qu'elle était partie, or l'île n'était pas si grande. Taraudée par une pointe d'anxiété, je jetai quelques mots sur un papier, l'enjoignant à m'appeler sur mon portable, et je laissai le message sur le bureau, à côté du sien, en inscrivant le mot URGENT en grosses lettres capitales.

Ayant emporté ma Barbour, mon chapeau et mon téléphone, je me dirigeai vers l'ascenseur.

Des voix me parvinrent du bout du couloir.

— Elle doit être dans sa chambre. Laisse-moi lui parler en premier, s'il te plaît.

Suivit la réponse sèche d'une voix d'homme :

— On ne fait rien de mal. Juste de vieux amis.

C'était Tegan. Et elle était avec… Alex !

— Tu n'as pas idée de l'endroit où tu mets les pieds, entendis-je Tegan ajouter. Cette vieille garce a fait de ma vie un enfer.

Je n'avais pas la moindre envie de revoir Tegan. Jamais. Sur une impulsion, je tournai les talons et m'échappai. Je bifurquai dans un autre couloir, espérant qu'il finirait par me conduire à l'escalier de derrière que j'avais remarqué près du bureau de Jago.

J'avais raison. Il y menait. Cette aile de l'hôtel devait constituer les quartiers du personnel et la suite de chambres de Jago et Tegan. Je descendis les marches à la hâte, avec l'impression de transgresser une loi, et tombai nez à nez avec Jago, qui m'attendait au pied de l'escalier.

— Bon après-midi, me dit-il.

13

Je me sentais comme si je venais d'être prise en train de chaparder. En plus, j'étais coincée du mauvais côté du cordon indiquant « Privé ».

Une fois de plus, je m'interrogeais : comment cet homme avait-il pu être l'un des amis les plus proches de Robert ?

Jago avait chaud, il transpirait, ses mains étaient sales. Dennis avait mentionné qu'il était sorti couper des bûches. Avec une méticulosité exagérée, il décrocheta la chaîne afin de m'autoriser le passage. Ce faisant, il marmonna quelque chose qui ressemblait, même si je n'en avais pas la certitude, à : « Sait même pas lire. »

— J'ai entendu, rétorquai-je. Et si, je sais parfaitement lire.

Il prit un air amusé.

— Et elle parle en plus.

Ce fut la goutte d'eau qui fit déborder le vase.

— Pourquoi m'avez-vous menti ? Je sais que Robert et vous avez fréquenté Cambridge ensemble.

Il ricana.

— Et qu'est-ce qui vous fait penser ça ?

— J'ai vu des photos de classe dans votre bureau. Robert avait les mêmes accrochées dans le sien. Vous ramiez tous les deux pour les Bleu clair de Cambridge.

— Je n'ai pas reparlé à Bobby – comme il préférait qu'on l'appelle – depuis plus d'une décennie, répondit Jago. C'était tout lui, ça. Quand il se lassait d'une amitié, il passait à autre chose. Le jour où il vous a rencontrée, il nous a lâchés…

— À moins qu'il n'ait été forcé de choisir ? suggérai-je. Je sais que Tegan et Joanna étaient des amies proches. Elle me l'a dit.

— Quoi ? Quand ? *(Pour la première fois, il semblait déconcerté.)* Est-ce que vous… vous lui avez parlé du prêt ?

— Oui. Elle ne m'a pas crue.

Il lâcha un son méprisant.

— M'étonne pas.

Je me sentais bête, mais toujours furieuse.

— Pourquoi ne pas m'avoir donné cette réponse d'emblée ?

— Pourquoi ? répéta-t-il, l'air incrédule. J'étais curieux de voir jusqu'à quel point vous étiez une croqueuse de diamants…

— Je suis flattée que vous ayez cette opinion de moi, répliquai-je, sarcastique.

— Je ne pense pas que vous ayez ce cran. Vous ne ressemblez en rien à Joanna, vous savez. Joanna, elle, c'était un sacré numéro. Explosive. Intelligente. Avec elle, Bobby était sur le fil du rasoir en permanence. Et drôle comme tout, mais fallait la gérer.

— Pourquoi me racontez-vous tout ça ?

Je n'avais guère songé à Joanna quand Robert et moi nous étions mis ensemble, mais maintenant… maintenant… C'était comme si elle se tenait là, avec nous dans la pièce.

—Il appréciait le fait que vous soyez sans intérêt et que vous ne risquiez pas d'aller chercher ailleurs, poursuivait Jago.

Sans intérêt ? Je refusais de croire que Robert ait pu me qualifier ainsi.

—Je ne vous ai rien fait, Jago. Pourquoi vous montrez-vous aussi volontairement cruel ?

Une lueur triste passa sur son visage.

—Vous trouvez ? J'oubliais que vous n'êtes qu'une enfant. Selon mon expérience, si vous épousez une belle femme, eh bien, la cruauté vient avec la protection de son territoire.

Je compris que nous étions probablement en train de parler de Tegan. Comme s'il lisait dans mes pensées, Jago continua :

—Oui, je ferme les yeux sur les aventures de ma femme avec les touristes. Mais jamais elle ne me quittera du moment qu'elle me pense riche.

Je ravalai le commentaire comme quoi si quelqu'un était une croqueuse de diamants, ça semblait plutôt être Tegan. Je brûlais aussi d'ajouter qu'apparemment, Joanna et elle se ressemblaient comme deux gouttes d'eau.

—Venez avec moi, dit-il.

—Pourquoi ?

—Je veux vous montrer quelque chose.

—Non, merci.

Il poussa un bruyant soupir.

— Vous voulez savoir ou pas ?

Malgré ma grande réticence, je le suivis dans son bureau. Il se dirigea vers un classeur à quatre tiroirs. Qui était fermé à clé. Frustré, il retourna à son bureau et entreprit de chercher la clé, de plus en plus agacé.

Tout en l'observant, je remarquai que le portrait de Karlsson avait été enlevé et retourné, image contre le mur. Jago ayant admis devant moi qu'il était au courant des infidélités de Tegan, j'étais étonnée que celle-ci semble l'ennuyer autant.

Exaspéré, il finit par appuyer sur un bouton de son téléphone de bureau rétro et crier :

— Dennis, c'est vous qui avez pris les clés du phare ?

— Oui, monsieur, répondit Dennis. Par précaution.

— Apportez-les-moi.

— Tout de suite, monsieur.

Jago sortit une clé pour ouvrir le classeur. Puis il parcourut les tiroirs, jusqu'à tomber sur ce qu'il cherchait. Ayant ouvert une pochette cartonnée, il en tira une lettre qu'il me tendit.

— Tenez, lisez ça.

Avec un coup au cœur, je reconnus le papier à en-tête et l'adresse de l'expéditeur : Calverley Park, Tunbridge Wells. Il s'agissait d'un reçu confirmant que le prêt de cent mille livres avait été entièrement remboursé le 21 mars 2011.

— Satisfaite ? J'ai cassé une assurance-vie, au cas où vous seriez tentée de me demander d'où j'ai sorti l'argent.

Mais je ne l'écoutais qu'à peine. Médusée, je fixais des yeux le reçu tapuscrit et la signature. Non, ça n'était absolument pas celle de Robert. Par ailleurs, il était étrange que la reconnaissance de dette ait été manuscrite et le reçu de son remboursement tapuscrit. J'avais le ventre noué.

— Ce n'est pas la signature de Robert.

Le beau visage de Jago s'assombrit.

— Qu'est-ce que vous sous-entendez, au juste ?

Je reculai d'un pas.

— Je ne sous-entends rien du tout, répondis-je d'une voix brisée. Je dis juste que ceci n'est pas la signature de mon mari.

— Je suppose que vous allez exiger une preuve de paiement ? Eh bien, vous n'en aurez pas. J'ai payé en liquide.

J'allais ouvrir la bouche pour lui confirmer qu'en effet, c'était justement ce que je voulais, mais le courage me manqua. Nigel m'avait dit lui aussi que l'emprunt avait été remboursé et j'avais sous les yeux le reçu pour le prouver. Sans doute Joanna avait-elle signé à la place de Robert. Quelle importance, après tout ? Cela ne m'affectait en rien, alors pourquoi m'en souciais-je ?

Dennis entra dans la pièce sur ces entrefaites.

— Voici la clé du phare, monsieur Jago. Oh, pardon. Je ne savais pas que vous étiez occupé.

Il dut percevoir l'ambiance pour le moins glaciale, car il ajouta :

— Tout va bien ?

— Ça n'a jamais été mieux. Vous pourriez peut-être raccompagner Mme Mead. Et débarrassez-nous de ça, vous voulez bien, Dennis ? demanda Jago en désignant le portrait par terre.

— Certainement. Où souhaitez-vous que je le mette ?

— Vous pouvez le brûler.

Si Dennis fut surpris, il n'en montra rien, contrairement à moi apparemment, car Jago me jeta un regard de dégoût.

— Quoi ? Nous offensons vos sensibilités artistiques ?

Je quittai la pièce sans prendre la peine de répondre.

Tegan et Vanessa se trouvaient dans le hall. Aucun signe d'Alex Karlsson, en revanche. J'avais l'impression de tomber comme un cheveu sur la soupe. Alors que je n'avais qu'une envie, me faufiler sans attirer l'attention et filer dehors.

— Elle est forcément là, lança sèchement Tegan à Vanessa qui fouillait les tiroirs derrière le comptoir. Oh, vous êtes une incapable. *(Tegan souleva le panneau du comptoir et plongea dessous.)* Poussez-vous.

Et d'entreprendre de fourrager à travers les tiroirs. Ce fut à ce moment-là que Vanessa me vit arriver.

— Si vous sortez, il faut déposer votre clé. C'est la règle.

Je la laissai donc sur le comptoir et puis, une pensée me vint. Même si mon portable n'avait pas sonné pendant que je subissais l'interrogatoire de ce haïssable bonhomme, Margot pouvait très bien être rentrée à l'hôtel.

— Savez-vous si Margot… Mme Chandler est revenue ?

Vanessa haussa les épaules.

— Aucune idée.

Une nouvelle pincée d'anxiété me titilla le ventre. Elle s'était peut-être bel et bien perdue. Lily avait dit qu'il était facile d'être désorienté.

— Vous avez une carte de l'île ?

— Vous pouvez attendre une minute ? répliqua Vanessa, alors que Tegan devenait de plus en plus frénétique dans sa recherche.

Dennis entra dans le hall, chargé du portrait.

— Puis-je vous aider, madame Tegan ?

— Ah, Dennis, fit-elle en agitant la main pour qu'il s'approche. Je cherche la clé du phare.

— C'est monsieur Jago qui l'a, répondit-il. Je crains qu'il ne vous soit pas possible d'y aller.

Tegan se hérissa d'indignation.

— Et sous quel prétexte, je vous prie ?

— Ce n'est pas sûr, voilà tout. Comme vous le savez, la passerelle a été emportée par les eaux l'hiver dernier.

La mâchoire de Tegan se durcit.

— Emportée par les eaux. Façon de parler. Vous n'ignorez pas que mon ami a fait un long voyage depuis la Suède, spécifiquement pour photographier le phare de Windward Point.

— Je suis sûr qu'il peut photographier le phare en se postant à la tour de garde en ruine, répliqua Dennis, l'expression neutre. Après tout, c'était le phare originel, l'endroit doit avoir un bien plus grand intérêt historique, si vous me permettez.

— Mais non, je ne vous permets pas. Attendez… qu'est-ce que vous portez, là ?

Elle devait s'être enfin rendu compte de ce que Dennis avait à la main, car elle repassa sous le comptoir pour le rejoindre dans le hall.

— Où alliez-vous avec ça ?

— Demandez à monsieur Jago, répondit-il d'une voix bourrue. Désolé. Je ne fais qu'obéir aux ordres.

Tegan lui attrapa le bras, en panique.

— S'il vous plaît… s'il vous plaît, donnez-le-moi. Il a une valeur sentimentale importante.

— Je ne peux pas, désolé…

— Je vous en prie, ne le détruisez pas, le supplia-t-elle.

Dennis se libéra et, le portrait bien serré entre ses mains, il franchit la porte d'entrée. Une rafale de vent tourbillonna dans le hall alors qu'il quittait l'hôtel.

Tegan le suivit des yeux, le visage blême et pincé.

— Excusez-moi, madame Tegan, entendis-je Vanessa demander. Est-ce que vous voulez bien tenir la réception afin que je puisse apporter son déjeuner à Cador ?

— Déjeuner ? Quoi ? répéta Tegan, manifestement distraite. Pourquoi ?

Vanessa rougit.

— Cador n'est pas venu déjeuner. Alors je lui ai préparé sa tourte préférée. Au brie et chutney de pommes.

Elle désigna un paquet enveloppé dans du papier aluminium.

— Oh, mais pour l'amour de Dieu ! s'exclama Tegan avec irritation. Il n'est pas intéressé par vous, Vanessa. Cessez de vous comporter de façon aussi pathétique en lui courant après en permanence. Et faites-vous enlever cet affreux tatouage. Je n'imagine pas comment un homme pourrait s'intéresser à vous quand vous portez « Dave jusqu'à la mort » tatoué sur la main, telle la groupie d'un baron de la drogue.

J'entendis le hoquet de Vanessa et, même moi, j'étais choquée par la cruauté de cette remarque. Au fond, Jago et elle s'étaient peut-être bien trouvés.

— Oh, donnez-moi ça, reprit Tegan, qui tendit la main. Je vais apporter son déjeuner à mon fils.

Vanessa obtempéra avec humilité.

— Non, attendez. Où est M. Karlsson, là ?

— Dans le Salon des résidents, répondit Vanessa.

Tegan se tourna vers moi.

— Vous sortez ?

— Oui.

— Donnez donc ça à Cador, m'ordonna-t-elle sans aucune politesse. Il est probablement encore au bois de William. Coupez par le vallon et puis longez le lac. Vous ne pouvez pas le rater. Il n'y a des forêts que d'un côté de l'île.

Sur ce, elle s'éloigna vers le Salon des résidents.

— Puis-je avoir une carte, Vanessa, s'il vous plaît ?

Elle se pencha sous le comptoir et, sans un mot, me tendit une feuille de papier pliée.

— Merci.

J'hésitai, désireuse de la rassurer, mais ne sachant pas trop comment m'y prendre.

— Si Margot revient, s'il vous plaît, dites-lui que nous allons repartir demain matin de bonne heure, qu'elle prépare ses bagages.

Vanessa écarquilla les yeux.

— Vous partez ?

— J'aurais aimé le faire plus tôt. Non, finalement, si vous la voyez, demandez-lui de m'appeler sur mon portable.

— Ça va être compliqué. Il n'y a pas de réseau dans le vallon. *(Elle réfléchit un instant.)* Cador est au courant que vous vous en allez ?

— Pourquoi irais-je informer Cador… Oh, mais non. Vous ne pensez tout de même pas qu'il y a quelque chose entre nous ?

— Pourquoi, ça n'est pas le cas ?

— Bien sûr que non ! m'exclamai-je. Je viens de perdre mon mari. Croyez-moi, les amourettes, c'est la dernière chose dont j'aie envie.

— Oui, on dit ça, on dit ça. J'ai vu comment vous vous regardiez. Je ne suis pas aveugle.

Je compris que je perdais mon temps à essayer de la convaincre du contraire.

— Comment Cador est-il parvenu jusqu'ici aujourd'hui ? *(Elle haussa les épaules.)* Il a jeté l'ancre de l'*Isadora* dans le quai d'eaux profondes ? insistai-je.

— Vous voulez dire le quai de William ? Je ne sais pas.

Il était possible, puisque c'était la marée de morte-eau, que Cador n'ait pas voulu se retrouver bloqué là pour la nuit. Si tel était le cas, il y avait peut-être moyen qu'il nous ramène avec lui, Margot et moi.

— Je lui poserai la question.

Je me mis donc en route, le déjeuner de Cador sous le bras, avec cette ferme intention.

14

Une fois dehors, je m'arrêtai sur la terrasse afin de jeter un coup d'œil à la carte et m'orienter. Je reconnus immédiatement la patte artistique de Tegan. L'espace d'un instant, je m'imaginai aisément combien ce devait être beau, ici, au cœur de l'été, avec des tables en osier, des chaises et des parasols ouverts sur cette terrasse. Les cocktails qu'on y servait et peut-être tout le monde réuni pour admirer le coucher de soleil, ou peut-être une partie de croquet et un plongeon dans la lagune de la Sirène – une zone de la propriété dont j'ignorais l'existence avant de la découvrir sur la carte de Tegan. Nichée au creux d'une formation rocheuse naturelle, la lagune se trouvait à plusieurs centaines de mètres de la côte et on y accédait par une volée de marches descendant jusqu'au niveau de la mer. Je supposai que c'était ce que proposait l'hôtel en guise de piscine extérieure.

La carte était illustrée de façon exquise et offrait une vue d'ensemble sur l'immensité de la propriété. Chaque point de repère était soigneusement dessiné et nommé. Même si l'échelle exacte n'était pas respectée, elle montrait la vieille tour de garde en ruine à Windward Point, où les majestueux galions chargés d'or voguaient en direction du Nouveau Monde – à moins de couler, si l'on en jugeait par le nombre d'ancres que Tegan avait dessinées dans l'océan pour représenter un naufrage.

Le phare de Windward Point s'élevait au-delà, bâti sur un petit îlot rocheux. Cette carte montrait une passerelle en bois, sans doute celle-là même qui avait été emportée par les eaux, reliant Windward Point au phare.

Sur le sentier côtier, un siège commémoratif était étiqueté comme le banc de William. Je cherchai le quai de William et il était bien là, de l'autre côté de l'île, accessible via un escalier abrupt.

Je me mis en route avec comme objectif de trouver Cador. Partout, on avait planté en abondance des bosquets de plantes subtropicales duveteuses et luxuriantes. De larges avenues de fin gravier longées de clairières avec leur pelouse émeraude où, vision enchanteresse, des hordes de faisans chinois fuyaient devant mes pas. Si seulement j'avais emporté mon Canon ! À supposer que nous nous retrouvions effectivement coincées là, je résolus de revenir avec mon appareil photo pour prendre des clichés dignes de ce nom.

Pendant que je descendais une autre volée de marches jusqu'au vallon et me dirigeais vers le Jardin du galion, je n'entendais plus les vagues qui venaient s'écraser contre les rochers. Tout était d'un calme irréel.

Le Jardin du galion était truffé de figures de proue mises en valeur dans des alcôves taillées au cordeau au creux des haies. Il devait y en avoir des dizaines, depuis les tigres dorés jusqu'aux Neptune, dieu de la Mer. Une légère brume avait commencé à se dérouler, créant l'impression sinistre que les figures de proue étaient toujours postées à l'avant de leur vaisseau. Un frisson me parcourut, comme un mauvais pressentiment et la sensation distincte que j'étais observée.

La figure de proue de l'*Isadora* était là. Plus grande que je l'avais imaginée, elle me rappelait la Belle au bois dormant, avec sa chevelure blond filasse qui lui descendait à la taille, sa peau claire et la touche de rouge sur sa bouche en cœur. Sa longue robe était peinte en bleu ciel, avec un corsage formé de ses longues mèches blondes. Isadora avait une main levée, comme pour se protéger les yeux du soleil vif. Elle était magnifique.

Alex avait dit qu'il était là quand la figure de proue avait été sortie de la mer. Alex et Tegan se connaissaient depuis des décennies. Et, à en juger par la réaction de tout le monde à la réapparition d'Alex, je ne pus empêcher mon imagination de prendre un tour dangereux. Que faisait-il réellement à Tregarrick Rock ?

De toute évidence, Tegan n'avait pas fait un mariage heureux. J'avais vu le choc se refléter sur son visage quand je lui avais appris qu'Alex était sur le même ferry que nous, et la réaction instinctive de Jago pour détruire le portrait de Tegan par Alex. Quant aux révélations amères de Jago concernant les infidélités de sa femme, elles m'amenaient à conclure qu'elle en vivait une en ce moment même sous son nez. Et dire qu'elle avait eu le culot de me juger !

Soudain, je fus surprise par une silhouette émergeant de la brume.

— Margot ? lançai-je dans un sursaut. C'est toi ? *(Silence.)* Margot ? répétai-je, en colère. Arrête de faire l'idiote.

Toujours le silence.

La silhouette ne bougeait plus. Mon cœur se mit à cogner dans ma poitrine.

— Qui est là ? Montrez-vous !

Cador apparut, une hache à la main.

— Ce n'est que moi.

— Pourquoi ne le disiez-vous pas ? m'agaçai-je. Vous m'avez fait peur… surtout avec ça à la main !

Il baissa les yeux vers sa hache et se fendit d'un large sourire.

— Je devais d'abord vérifier que c'était vous et pas Vanessa, avoua-t-il. Chaque fois que père et moi avons des mots, on coupe du bois… C'est mieux que de se fendre mutuellement le crâne. Que faites-vous ici ?

— Je cherchais Margot… et aussi vous. La brume est descendue si vite…

— Elle tombe toujours ici. Le Jardin du galion est un vallon naturel.

— Vous retournez à Tregarrick cet après-midi ?

— Possible, répondit Cador. Ça dépendra de la météo.

— Vous avez amarré votre bateau au quai de William ?

Il secoua la tête.

— Je n'utilise cet endroit qu'en dernier ressort. C'est très difficile d'y pénétrer. Non, je suis venu sur un esquif. Il est amarré près du tracteur de mer. Pourquoi ? Vous n'envisagez pas de repartir, si ?

— Nous sommes obligées, répondis-je.

— Alors pas de film ici, tout compte fait ?

— De film ? répétai-je, perplexe.

— La raison de votre présence ici, me rappela-t-il. Le repérage de lieux de tournage ?

— Ah oui. Je ne pense pas… je ne pense pas que ça convienne, finalement. Les difficultés liées à la marée…

Cette raison en particulier m'apparaissait comme convaincante, vu qu'elle était vraie en l'occurrence. Ce qui ne m'empêchait pas de regretter de lui avoir menti.

— Vous savez, durant les mois d'été, l'eau est turquoise. Comme dans les Caraïbes. Vous ne voyez pas Tregarrick Rock sous son meilleur jour en novembre.

— Je ne fais que me plier aux instructions, lui dis-je.

— Ou alors c'est mon père qui vous a écœurées ? insista Cador. Je me sens obligé de m'excuser pour son impolitesse.

— Pas du tout. Cependant, il faut vraiment que je trouve Margot.

— Je l'ai vue il y a au moins une heure, peut-être plus, m'indiqua-t-il.

— Savez-vous de quel côté elle est partie ?

— Désolé, je n'ai pas fait attention. J'étais un peu préoccupé par mes propres problèmes, me confia-t-il avec un sourire d'excuse. Si j'étais vous, je retournerais à l'hôtel pour l'y attendre. La brume ne va faire qu'empirer.

— Y a-t-il un chemin plus rapide ?

Cador tendit un doigt.

— Coupez par les bois. Ça vous ramènera à l'hôtel, du côté des cuisines. Ça va vous prendre environ dix minutes, maxi.

Il hésita une seconde, avant d'ajouter :

— Je suis très déçu que vous deviez partir aussi vite.

— Oui. Eh bien, ces choses-là arrivent, répondis-je faute de mieux. Cela vous dérangerait de nous ramener sur votre esquif ?

— Pour quelqu'un qui se dit en proie à un mal de mer atroce, je ne le recommanderais pas. Quand la marée monte et passe par-dessus la chaussée surélevée, ça provoque des remous qui vous feraient passer cette traversée sur le *Scillonien* pour une promenade de santé. En plus, il n'y aurait pas la place pour tous vos bagages.

— J'ai l'impression d'être retenue captive sur Alcatraz, ironisai-je.

Cador s'esclaffa.

— J'espère réussir à vous convaincre de revenir aux Scilly en été. Seriez-vous prête à l'envisager ?

Je perçus quelque chose dans le ton de sa voix qui me surprit. Lily avait affirmé que j'étais le « genre » de Cador, et il était indéniablement un homme séduisant. Une pensée qui suscita aussitôt en moi un mélange de confusion et de honte.

Je lui adressai un sourire poli. Je n'avais pas la moindre idée de l'endroit où je serais l'été prochain. Rien que la pensée de la semaine prochaine m'emplissait d'anxiété. Celui ou celle qui avait dit que Tregarrick Rock faisait l'effet d'un sanctuaire avait raison. Ma vraie vie dans le Kent m'apparaissait soudain tellement lointaine.

— Oh, j'ai failli oublier, repris-je en sortant la tourte emballée dans du papier aluminium. C'est pour vous. De la part de Vanessa : au brie et au chutney de pommes. Elle dit que c'est votre préférée.

Il éluda au moyen de quelque vague commentaire. Tout à coup, une agitation dans les broussailles fut suivie du craquement de branches. Cador m'attrapa le bras.

— Chuut !

Et ça recommença. Le froissement des feuilles mortes et puis le silence.

— Vanessa ! cria Cador d'une voix acérée. Je sais que c'est toi. Je sais que tu es là !

Il leva les yeux au ciel, avant d'ajouter à mon intention à voix basse :

— Elle ne veut pas comprendre. Refuse d'entendre la réponse « non ».

— Si c'est Vanessa, il se peut qu'elle apporte un message pour moi, répondis-je tout bas. Margot a peut-être essayé d'appeler…

— Il n'y a pas de réseau téléphonique ici, dans le vallon. Il vous faut monter en hauteur.

— Oui, je comprends bien, mais j'ai besoin de savoir si Margot est rentrée.

— D'accord, mais vous ne viendrez pas dire que je ne vous ai pas avertie, fit Cador. J'ai emmené Vanessa boire un verre une fois… et maintenant, elle ne me lâche plus.

— Vanessa ? criai-je. Venez donc vous joindre à nous.

De nouveau, Cador leva les yeux au ciel.

Et ni une ni deux, Vanessa émergea de l'obscurité. Je remarquai qu'elle avait mis une bonne couche de rouge à lèvres.

— Tu as aimé ta tourte, Cador ?

Il la gratifia à peine d'un coup d'œil.

— Veuillez m'excuser, je dois y aller.

— Tu vas où ? demanda-t-elle. Je peux venir ?

— Je dois aller nourrir le chat.

Et sur ces mots, il fila en trombe. Je trouvai son attitude malpolie et inutilement méchante.

— Qu'est-ce qu'il a voulu dire par là ? s'étonna la jeune femme. Nourrir le chat ? C'est Lily qui s'occupe du chat.

— Vraiment, je n'en ai pas la moindre idée.

Elle posa sur moi un regard suspicieux.

— C'est un message codé, c'est ça ? Il vous demande de le retrouver dans un endroit secret.

— Bien sûr que non !

— Ben oui, vous niez, forcément.

Peut-être que, au fond, la réaction de Cador face à son admiratrice était… compréhensible.

— Margot est-elle revenue à l'hôtel ? demandai-je pour changer de sujet.

Vanessa hésita un moment.

— Je l'ai vue il y a à peu près vingt minutes.

— Ah, tant mieux. Où ça ?

— Donnez-moi votre carte, je vais vous montrer.

Elle me sourit. Or, lorsqu'elle souriait, elle était très jolie.

Elle pointa le doigt vers le lac.

— Elle allait dans cette direction. Vous voyez ce sentier ?

— Vers la tour de garde en ruine ? *(J'étais surprise.)* C'était récemment ?

Vanessa fronça les sourcils.

— Vous m'avez posé la question, je vous dis ce que j'ai vu. Elle est peut-être perdue. Elle n'a pas pris de carte et on peut assez facilement partir dans la mauvaise direction.

— Merci.

— Vous feriez bien d'aller à sa recherche, ajouta-t-elle soudain. On annonce du brachin en plus.

— Du brachin ? Qu'est-ce que c'est que ça ?

— C'est de la brume avec du crachin, m'expliqua-t-elle. Vous allez vous tremper et n'y verrez pas plus loin que le bout de votre bras.

— Dans ce cas, je dois me dépêcher de la trouver. Mais vous… que faites-vous ici ? demandai-je après une hésitation.

— Je venais juste m'assurer que Cador reçoive bien son déjeuner.

Je m'éloignai, sentant son regard sur moi, et pris la direction du lac.

Je ne marchais pas depuis plus de dix minutes quand j'entendis le son de voix qui approchaient.

— Dennis ne le détruira pas, il n'osera pas. Il m'aime bien, disait Tegan. Il a dû le cacher quelque part.

Obéissant à une impulsion, je me ruai vers une ouverture marquée « Affût ornithologique, silence svp ». Je n'avais aucune envie de les voir. J'allais attendre cachée dans les fourrés, le temps qu'ils passent.

15

Hélas, Tegan et Alex s'arrêtèrent juste devant l'entrée.

— On peut regarder le lac ? demanda Alex. Rien qu'une minute.

Flûte et zut !

Je me rapatriai le long des caillebotis bordés de joncs et d'herbes de la pampa, qui zigzaguaient au milieu des zones humides, mais me retrouvai face à un cul-de-sac abrupt devant une petite remise rectangulaire en bois au bord du lac.

J'étais complètement coincée, cependant une idée me vint. J'ouvris la porte et entrai à l'intérieur.

Une lumière terne filtrait par les volets ouverts sur l'eau. Un banc bas s'étirait sur un côté de la bâtisse, avec deux rangées de persiennes au-dessus.

Je me préparai à l'arrivée d'Alex et Tegan et, sans surprise, je ne tardai pas à sentir vibrer les caillebotis tandis qu'ils approchaient.

— Tu crois que Jago nous a vus prendre ce chemin ? entendis-je Tegan demander.

— Je m'en fous, répondit Alex. On ne fait rien de mal.

— Tu ne te rends pas compte du caractère qu'il a, répliqua-t-elle.

Je me dépêchai d'aller prendre position et sortis mon iPhone, en espérant donner l'impression d'être venue photographier les oiseaux.

La porte s'ouvrit et Tegan et Alex entrèrent.

— Qu'est-ce que vous faites ici ? s'exclama Tegan.

— Ah, bonjour. Je viens de voir un héron, répondis-je, brandissant mon portable.

Alex sourit.

— On peut faire de très bonnes photos avec un iPhone, de nos jours.

Je réalisai aussitôt mon faux pas. Que ferait une soi-disant photographe professionnelle à prendre en photo les oiseaux avec un téléphone portable ? Mais avant que j'aie à répondre, Tegan poussa un cri alarmé.

Une ombre s'encadra dans la porte, menaçante. Sans raison, mon cœur s'emballa comme un fou. C'était Jago. Je ne voyais pas son expression, car il était à contre-jour.

Alex se plia soudain en deux, le ventre agrippé à deux mains et hoquetant de douleur. Il s'effondra sur le banc.

Tegan, qui lâcha un hurlement, se retint de justesse de se précipiter vers lui.

Jago entra dans l'affût.

— Et couards avec ça, maugréa-t-il. Toi, tu viens avec moi !

Il allait pour prendre Tegan par le bras quand je me postai devant elle. Une lueur d'incompréhension passa dans les yeux de Jago.

— Parlez moins fort ! sifflai-je. Vous allez effrayer les pluviers dorés.

Jago jeta un coup d'œil par le volet ouvert, suivant mon regard. Et là, à mon grand soulagement ainsi qu'à mon étonnement, nous étions face à un couple de pluviers dorés. Pour de vrai !

— Merci de nous avoir montré l'affût, à Alex et à moi, dis-je à Tegan.

— De rien, répondit-elle, d'une voix où je perçus néanmoins un léger tremblement. Vraiment, Jago, faut-il que tu sois toujours aussi impoli avec nos hôtes ?

Sur quoi, elle le poussa pour passer, mais il la saisit par le poignet et lui chuchota quelque chose à l'oreille, avant de la relâcher et de la laisser partir. Il la suivit dehors et claqua la porte derrière lui, me laissant seule avec Alex.

— Vous avez besoin de vos médicaments ? m'enquis-je.

Il secoua la tête.

— J'en prends déjà trop.

Je m'assis à côté de lui.

— Vous vous sentez bien ?

Il hésita.

— Autant vous le dire, finit-il par répondre. J'ai un cancer en phase terminale. On m'a donné six mois.

— Oh, mon Dieu. Je suis désolée. Je ne sais pas quoi dire.

— Tegan ne s'attendait pas à ce que je vienne, mais il fallait que je la voie une dernière fois, vous comprenez.

— Ah.

Je me sentis obligée de lui prendre la main.

— C'est drôle que j'en arrive à raconter ma vie à une parfaite inconnue, ironisa-t-il.

— Oui, ça se produit parfois.

Je songeai à toutes les choses que j'aurais aimé partager avec Margot, mais ne pourrais jamais.

— J'ai bien peur d'avoir encore compliqué la vie de Tegan, maintenant, poursuivit-il. Nous nous sommes rencontrés il y a quarante ans et pourtant, j'ai l'impression que c'était hier. Je ressens pour elle la même chose aujourd'hui qu'à l'époque.

Et apparemment, ces sentiments étaient réciproques.

— Quarante ans, c'est long.

— Je devine que ça fait plus d'années que le nombre de celles que vous avez passées sur cette terre, hein ?

— Oui, admis-je. C'était quand, la dernière fois que vous vous étiez vus, Tegan et vous ?

— Le 1er septembre 1980. J'avais passé l'été à l'hôtel avec mes parents.

— L'année où la figure de proue de l'*Isadora* a été repêchée ?

— On était fous l'un de l'autre, avec Tegan. Mais nos parents pensaient que c'était juste une amourette d'été, continua-t-il avec un sourire triste. Je ne l'ai jamais oubliée, elle était toujours quelque part dans un coin de ma tête. J'ai vécu une vie de nomade, comme vous l'aurez sans doute deviné, puisque vous connaissez mon travail.

Je hochai la tête.

— L'une des premières expositions que j'ai contribué à mettre en place à la galerie vous était consacrée. J'ai effectué de nombreuses recherches sur vous.

Je gardais un souvenir vivace des histoires de la vie glamour d'Alex Karlsson : la façon dont il dansait toujours avec le danger, les voitures de course, les lieux exotiques et, toujours, une belle femme à son bras.

— Vous étiez assez énigmatique, lui avouai-je. Toutes mes amies en pinçaient pour vous. Et moi aussi !

— La vie est une chienne, comme on dit, fit-il avec un sourire sarcastique. J'aurais fait un mari horrible. Je refusais l'idée de me sentir emprisonné. J'ai toujours aimé la liberté et maintenant, je ne suis qu'un vieux bonhomme solitaire et pathétique qui se meurt du cancer.

— Mais le photographe le plus talentueux qu'il m'ait été donné de rencontrer, m'enthousiasmai-je. Et dont le travail lui survivra toujours.

Alex se tut un moment, puis :

— Quand on sait ses jours comptés, on commence à faire le bilan de sa vie. On fait les comptes du bien et du mauvais. Les erreurs idiotes aussi bien que les choix avisés. J'ai compris pour ma part que je devais découvrir pourquoi Tegan avait cessé de répondre à mes lettres. Nous étions des âmes sœurs – jeunes, certes – mais je savais qu'elle était la femme de ma vie. Je n'ai pas compris. Au début, on s'écrivait tous les jours, et puis… je me rappelle précisément que vers Noël, les lettres ont cessé d'arriver.

— Mais comment l'avez-vous retrouvée ?

— Sur Internet. Des alertes Google. Tegan vend ses œuvres en ligne. J'ai trouvé son site web et j'ai suivi son travail, tout simplement. Je ne l'ai pas contactée, vous voyez. En fait, je ne voulais pas. J'étais sidéré qu'elle ait épousé Jago Ferris et vexé que ça se soit produit aussi vite. Juste quelques mois après qu'elle a arrêté de m'écrire.

— Qu'est-ce qui vous a fait changer d'avis ?

— Quand elle a eu cinquante ans, répondit-il avec un sourire, je l'ai contactée pour lui souhaiter un bon anniversaire. On a commencé à échanger des mails… tout ça en toute innocence. Comme de vieux amis, jusqu'à…

— Jusqu'à quoi ?

— Elle m'a demandé pourquoi je n'avais jamais répondu à ses lettres. On a fini par comprendre que ses lettres comme les miennes avaient été interceptées. Sa mère travaillait à la poste…

— Une amie de Lily ?

— Exact, acquiesça-t-il. Bien sûr, la mère de Tegan est morte il y a des années…

Pas étonnant que Lily ait été aussi paniquée d'apprendre qu'Alex était venu voir Tegan. Elle devait se douter que son rôle dans la tromperie serait découvert.

— Qu'est-il arrivé aux lettres ?

— Lily prétend qu'elles ont été détruites, mais Tegan ne la croit pas. Elle affirme que Lily est du genre à tout conserver. Garder le contact, à cette époque, ça n'était pas facile, ajouta-t-il avec un soupir. On comptait sur les lettres, le papier. Les appels téléphoniques, c'était hors de question – trop cher. Alors quand ses lettres ont cessé de me parvenir, je me suis noyé dans le travail. J'ai toujours été accro au boulot. De temps en temps, je pensais à elle, mais c'est seulement il y a quelques mois, quand j'ai appris que mon temps sur cette terre était compté, que j'ai compris que je devais la revoir.

J'éprouvais une forme de compassion pour Tegan, mais aussi une étincelle de colère envers Alex. Comment osait-il débarquer ainsi de nulle part et chambouler la vie de cette femme ? Alors qu'en plus, ils n'avaient même pas d'avenir possible ensemble ?

—Et donc, vous allez faire quoi, maintenant ? lui demandai-je.

—Essayer de sauver mon portrait, répondit-il. J'ai révélé à Tegan que mon travail le plus ancien avait pas mal de valeur. Je voudrais lui donner de l'argent, à elle. Assez pour qu'elle s'achète sa liberté.

—Vous ne pensez pas que votre intervention a compliqué sa vie, plutôt ? Votre présence ?

—Si, admit-il. Mais je pense que mon statut d'homme mourant m'octroie un laissez-passer.

—Combien de temps prévoyez-vous de rester à Tregarrick ? lui demandai-je encore.

Il haussa les épaules.

—Aussi longtemps que je tiens debout. Je n'ai rien d'autre à faire.

—Hormis photographier le phare ?

—Ah… le phare.

Il sourit, sans doute de quelque lointain souvenir.

J'avais complètement oublié l'heure et le but même de ma sortie : j'étais censée chercher Margot.

—Vous n'auriez pas vu Margot, par hasard ?

—Votre amie ?

—En fait, c'est ma sœur.

Je me sentais incapable de mentir à cet homme. Alors je lui racontai que j'étais veuve et que notre voyage aux Scilly n'était en fait qu'un week-end destiné à apaiser

Margot. Que même si elle était effectivement productrice de films à Hollywood, je n'étais pas chargée de repérages pour ma part. J'omis cependant la partie sur l'emprunt et le lien entre Robert et Jago Ferris.

— Oh, toutes mes condoléances, dit Alex.

À mon grand désarroi, je sentis des larmes monter, puis couler sur mes joues. Je les essuyai.

— Pardon, chuchotai-je.

Il me passa un bras autour des épaules et me tint comme ça pendant ce qui me parut un long moment, mais ne dura sans doute que quelques minutes, avant que je me libère enfin.

— Désolée, c'était gênant, reniflai-je. Comme vous l'avez dit, c'est drôle, cette capacité qu'on a parfois de se confier à de parfaits inconnus, dont on sait qu'on ne les reverra jamais.

Il opina du chef.

— Vous savez, je pense qu'en fait, je l'ai vue, votre sœur. Elle ne portait pas l'une de ces hideuses capes imperméables noires à capuche ?

— Si.

— Je l'ai vue monter par l'escalier de secours jusqu'à un balcon.

— C'est vrai ?! m'exclamai-je. Quand ?

— Oh, il y a une bonne heure, je dirais.

Quel soulagement !

— Bon. Au moins, elle a retrouvé sans encombre son chemin jusqu'à l'hôtel.

Vanessa avait dû se tromper. Je jetai un coup d'œil à ma montre.

— Je dois y retourner. Vous venez ?

— Non, allez-y. Je vais encore rester ici un moment.

Je le laissai dans l'affût et m'en retournai au pas de course via les caillebotis, surprise que le jour tombe déjà. Certes, nous étions en hiver, mais il faisait sombre beaucoup plus tôt, ici.

Je suivis une piste d'animal à travers un sous-bois, mais m'immobilisai en atteignant une clairière. Ce n'était pas le chemin que j'avais emprunté à l'aller… ou bien si ? Je me trouvai face à un mur de fougères hautes jusqu'aux épaules.

Je sortis la carte afin de m'orienter et réalisai que j'avais dû tourner au mauvais endroit en quittant l'affût. Mais si je coupais par ce sentier, là, il devrait me ramener au Jardin du galion.

Un quart d'heure plus tard, j'étais complètement perdue.

16

La brume était tombée vite et je ne tardai pas à comprendre pourquoi les locaux l'appelaient brachin. Mes cheveux tombaient lourdement en queues-de-rat humides autour de mon visage. Mes gants de laine étaient trempés. Je réalisai aussi que les lignes ondulées qui symbolisaient le labyrinthe sur la carte n'étaient que ça, des lignes ondulées. Et pas du tout des sentiers.

Les fougères me montaient plus haut que les épaules et l'allée herbeuse était étroite, couverte d'une mousse qui étouffait le bruit de mes pas. Je tentai d'utiliser la lampe de mon iPhone, mais rien à faire : elle ne réussissait qu'à jeter une lumière jaune qui rendait mon entourage encore plus flou.

Je fixai des yeux l'application Boussole de mon portable, à laquelle je ne comprenais rien. J'étais complètement désorientée. L'aiguille indiquait que j'étais tournée vers l'est, mais si tel était le cas, est-ce que ça ne devrait pas me positionner en direction du sentier côtier ? Au milieu de la clairière, je contemplais les deux sentiers devant moi. Je n'entendais pas les vagues et, vu la brume épaisse et l'absence de réseau téléphonique, je conclus que je devais m'être de nouveau rapprochée du Jardin du galion.

J'arrivai bientôt dans une autre clairière, cette fois avec le choix entre trois sentiers différents. Je dus ravaler le premier accès de panique. Tous ces chemins se ressemblaient ! La carte de Tegan ne servait à rien.

De nouveau, je consultai ma boussole. Maintenant, elle indiquait que j'allais vers le sud. Le sud, c'était l'hôtel, non ? Je m'embarquai dans le sentier le plus à gauche, à pas rapides. À mon soulagement, il ne tarda pas à se changer en montée régulière.

Oui, là, j'étais certaine d'être sur la bonne voie, mais soudain, la pente se fit plus abrupte et je me retrouvai à trébucher sur un monticule de pierres couvert de lichens. Tout à coup, les fougères disparurent et la brume, plus haut, laissa place à des nuages noirs. J'entendais le son des vagues qui s'écrasaient en dessous, à présent. Je devais donc me trouver à la pointe nord de l'île, tout compte fait, mais au moins, une fois au sommet, je parviendrais à retrouver mes repères. Et à utiliser mon téléphone.

Je grimpai péniblement un moment, dépassai un banc de bois orné d'une plaque : le banc de William. De la brume émergeait, menaçante, une énorme formation rocheuse qui bloquait complètement le sentier. Je n'avais d'autre choix que de rebrousser chemin. Et puis… un crépitement de pierres et, du coin de l'œil, je perçus un bref mouvement. Il y avait quelqu'un.

— Vanessa ? C'est vous ?

Mais pour toute réponse, j'entendis un cri aigu tandis qu'un oiseau prenait son envol. Cet endroit me flanquait la chair de poule.

Je pris conscience d'une odeur familière flottant dans la brise vagabonde. De la fumée de cigarette. Mon imagination ne m'avait donc pas joué de tour, finalement. J'étais suivie. Mais qui fumait ? Jago ? Bill le pasteur ? Margot, même si elle prétendait avoir arrêté ?

Et puis, il y avait autre chose : un drôle de sifflement, spectral et irréel. Ça ne pouvait tout de même pas être le sifflet de la bouée au large ? Si tel était le cas, alors je devais m'approcher de Windward Point. Cheminer le long d'un sentier aussi traîtreux par ce temps, c'était pure folie.

Avec précaution, j'entrepris donc de revenir sur mes pas, sachant que le bord de la falaise devait se trouver sur ma droite. La brume s'était épaissie pour virer au brouillard. J'y voyais à peine assez pour mettre un pied devant l'autre.

J'allumai mon iPhone, malheureusement sa torche ne servait à rien. J'avais un signal, cependant, quoique faible. J'essayai d'appeler Margot, mais tombai sur son répondeur.

J'avançai d'un pas supplémentaire et, horrifiée, je sentis le sol se dérober. Le temps ralentit. Je tombai vers l'avant, les bras battant l'air dans un effort pour conserver mon équilibre. J'entendis un hurlement. Qui émanait de moi.

Soudain, des doigts puissants se refermèrent sur mes épaules et me tirèrent en arrière, me faisant pivoter. Perdant l'équilibre, je tombai lourdement sur le sol rocheux. Une vrille de douleur me traversa l'épaule, m'arrachant un cri.

— Quelle idiote ! tonna une voix furieuse. Vous auriez pu vous tuer !

Dennis. Sous le choc, je ne réussis qu'à bafouiller :

— J'ai failli… failli tomber dans le vide.

— Vous êtes blessée ? me demanda-t-il en m'aidant à me relever.

Je secouai la tête.

— Mais que diable fabriquez-vous ici ?

— Je cherchais Margot, admis-je. Je me suis perdue.

— Vous avez vu monsieur Jago ?

— Oui, il y a quelque temps. Près de la cabane d'affût et aussi peut-être un peu après… J'ai senti une odeur de fumée de cigarette. Il fume, non ?

Jago avait dû raccompagner Tegan à l'hôtel et puis ressortir.

— Vous tremblez encore, constata Dennis.

— Vous m'avez fait peur.

Et encore maintenant. Je percevais quelque chose de menaçant dans la façon dont il s'était matérialisé tout à coup, de nulle part, vêtu de sa cape imperméable noire de l'hôtel et de bottes en caoutchouc.

— Pardon, fit-il. Je ne voulais pas, mais… je souhaite vous montrer quelque chose.

J'hésitai. Il me prit le bras. Je me raidis.

— Je ne vais pas vous faire de mal ! s'emporta-t-il, l'air exaspéré.

Sur quoi, il me guida plus délicatement vers la bande de roche sur laquelle je me tenais quelques minutes plus tôt. Il alluma une lampe torche à LED.

— Pourquoi est-ce que vous ne l'allumez que maintenant ? m'étonnai-je. Au moins, je vous aurais vu arriver.

— J'ai bien peur de ne pas pouvoir vous expliquer. Vous allez devoir me faire confiance : j'avais une bonne raison. Tenez… vous voyez ça ?

Crispée, tendue vers l'arrière, j'enfonçai mes talons dans le sol.

— Non, vraiment, je n'ai pas envie.

— Regardez ! *(Il fit courir le rayon de sa torche sur le sol et puis... à mon immense désarroi... vers le bord de la falaise.)* Le sentier s'est effondré. Vous avez eu beaucoup de chance.

— Je sais, murmurai-je.

Dennis se rapprocha du bord.

— Vous avez envie de regarder à quel point c'est loin, en bas ?

— S'il vous plaît, le suppliai-je. Laissez-moi juste retourner à l'hôtel. Je vous crois.

— C'est un à-pic d'à peu près deux cents, deux cent cinquante mètres. Jusque tout en bas à la… *(Il se figea soudain.)* Oh non ! Oh Bon Dieu !

Sa voix était devenue étrange. Aiguë et guindée.

Mon estomac se retourna. La panique m'étreignit la poitrine.

— Qu'est-ce qui se passe ? m'exclamai-je. Qu'est-ce qu'il y a ? C'est quoi ?

— Reculez, ordonna-t-il d'une voix dure.

Mais cette fois, je n'obéis pas. Je lui pris sa lampe torche et, avec moult précautions, je m'avançai pour regarder dans l'abîme.

Il n'essaya même pas de m'en empêcher.

Le cœur au bord des lèvres, je projetai le rayon lumineux vers le bas et découvris ce qui ressemblait à un tas de haillons sur la plage, au pied de la falaise.

— Mon Dieu, chuchotai-je. Qui est-ce ?

L'espace d'un instant pétrifié, je songeai à Margot. Mais non, Alex l'avait vue remonter par l'escalier de secours. Était-ce Alex alors ? Je savais qu'il avait prévu de se diriger vers la falaise.

— Qui est-ce ? répétai-je.

La voix de Dennis me répondit, rauque et alarmée.

— C'est… c'est… monsieur Jago.

17

J'étais horrifiée.

— Il a dû tomber.

— Non, répondit Dennis. Monsieur Jago connaissait ce sentier comme sa poche. Il n'est pas tombé.

Il pivota face à moi avec, sur le visage, le masque du choc.

— Qu'est-ce que vous faisiez ici, au juste ?

— Je vous l'ai dit, je cherche Margot.

Il posa sur moi un regard suspicieux.

— Vous avez vu Vanessa ?

— Oui. Elle… elle m'a suivie jusqu'au Jardin du galion, bredouillai-je. J'ignore où elle est allée ensuite.

La mâchoire de Dennis se durcit.

— Pourquoi irait-elle vous suivre ?

J'étais mal à l'aise.

— Parce que Tegan m'avait demandé d'apporter son déjeuner à Cador.

— Donc Cador était encore dehors ? Quand ? C'était à quelle heure ?

— Je n'en sais rien ! m'exclamai-je. Des heures ! Vous ne pensez tout de même pas… C'était juste un accident. Jago se rendait peut-être au phare ? C'est par là, non ? Vous vous rappelez ? J'étais dans son bureau quand vous lui avez donné les clés.

Dennis secoua la tête.

— Non, quelque chose ne colle pas, ruminait-il, une main passée dans la brosse courte de ses cheveux. Je lui ai dit que j'allais m'en charger.

Mon estomac se retourna.

— De quoi parlez-vous ? Vous occuper de quoi ?

Je repensai à la fureur de Jago dans l'affût et à la détermination d'Alex de revoir ce phare une dernière fois.

Dennis me contemplait avec une expression que je n'arrivais pas à déchiffrer.

— Pourquoi me regardez-vous comme ça ? chuchotai-je, avant d'être frappée par une pensée alarmante. La plage est submergée par la marée ?

— Nom de Dieu ! s'affola Dennis. Oui. La marée monte jusqu'au pied de la falaise ! Vite, il faut descendre déplacer son corps, le mettre à l'abri en hauteur.

— Je ferais mieux d'aller chercher de l'aide, dis-je.

— Vous n'irez nulle part, répliqua-t-il froidement. Vous restez ici avec moi. *(Soudain, il s'interrompit.)* Écoutez.

— Je n'entends rien.

J'avais beau tendre l'oreille, je n'entendais rien d'autre que le clapotis des vagues en dessous et le chant de sirène de la bouée sifflante.

— Écoutez !

Dennis balança le rayon de sa torche vers la mer, mais je ne voyais pour ma part que l'eau noire. Il m'attrapa par la main.

— Qu'est-ce que vous faites ? m'affolai-je, les orteils plantés dans le sol. Je veux retourner à l'hôtel.

— Je ne peux pas vous laisser ici, je... vous devez venir avec moi.

Mon cœur manqua un battement.

— Pourquoi ?

— Il faut venir avec moi, je vous dis, répéta-t-il durement. Le sentier qui descend jusqu'à la crique est traître. Si je tombe, personne ne saura où je suis.

Il marquait un point.

— D'accord. Mais je n'ai pas besoin de vous tenir la main.

Il se mit en route, moi sur les talons. À la lumière de sa torche, je réalisai à quel point le chemin était étroit. Accroché au flanc de la falaise, il n'était à plein d'endroits pas plus large qu'un rebord d'une soixantaine de centimètres. Oui, effectivement, j'avais eu beaucoup de chance.

Quand nous atteignîmes la formation rocheuse, Dennis désigna une fissure étroite.

— On peut passer à travers. Je vais y aller en premier.

C'était serré, mais de l'autre côté, nous arrivâmes au sommet d'une volée de marches raides, taillées à même la paroi. Et qui descendaient en serpentant jusqu'à perte de vue. Une corde était passée dans une série d'anneaux d'acier rouillés scellés à même la falaise.

Je fus frappée par l'évidence : comment diable allions-nous pouvoir remonter le corps de Jago par cet escalier ? Et soudain, le brouillard se leva aussi vite qu'il était tombé. Un troisième quartier de lune brillait fort au milieu d'un tapis d'étoiles pour éclairer notre chemin.

Nous étions à la moitié des marches quand un autre sentier vira sur la droite, où il se divisait en une fourche. Un panneau en bois délavé indiquait qu'à gauche partait l'escalier vers le phare ruiné et à droite, un chemin boueux vers celui de Windward Point.

— Dennis ! appelai-je. Jago n'est peut-être pas tombé du sommet. Le sentier du phare est là… Vous voyez ?

Pas de réponse. Dennis semblait décidé à aller récupérer le corps de Jago aussi vite que possible, il dévalait les marches, au point de presque sauter les cinq ou six dernières. Après quoi, il se mit à courir sur la plage. Je terminai ma descente à pas lents et le suivis, non sans avoir auparavant remarqué un creux en forme de V dans le sable, depuis le front de mer jusqu'à la base de la falaise.

On aurait dit une coque de bateau que quelqu'un aurait traînée jusque-là. Et le fait que la trace soit aussi fraîche indiquait que ce déplacement était récent. La marée ne tarderait pas à l'effacer. Déjà, elle montait vite. Si Dennis ne l'avait pas repéré, le corps de Jago aurait été emporté par la mer et personne n'aurait jamais su ce qui lui était arrivé.

— Evie ! cria Dennis en agitant la main dans ma direction. Vite !

Je partis au trot. Après tout, Jago était peut-être encore en vie, qui savait ? Hélas, à mesure que j'approchais, je me rendais compte que c'était impossible.

— Vous voyez ? s'écria Dennis. Alors, vous voyez ?

Jago était allongé sur le ventre, le visage dans le sable et l'arrière de la tête défoncé.

— Oh, mon Dieu, soufflai-je. Oh non !

— Les blessures que nous voyons là n'ont pas été causées par une chute accidentelle, commenta Dennis d'une voix tremblante.

— Non, non, en effet, convins-je. Qu'est-ce qu'on fait ?

— Le coup a dû venir de derrière. C'était délibéré.

Nauséeuse, je me tenais là, impuissante.

— Mais qui a voulu faire ça ? s'écria Dennis. Qui a pu faire une chose pareille ?

Je secouai la tête.

— Je n'en sais vraiment rien.

Dennis se releva et ôta sa cape imperméable, qu'il déposa sur le visage de Jago.

— Aidez-moi à le traîner sur la corniche. Là-bas, la marée ne viendra pas le chercher.

J'acquiesçai.

— Normalement, on n'est pas censés le bouger, mais…

— Vous avez une meilleure idée ?

Déplacer Jago ne fut pas chose aisée. Dennis faisait de son mieux pour envelopper la tête de Jago dans sa cape, mais il se tacha quand même de son sang. Finalement, nous réussîmes à hisser le cadavre sur un rebord à environ deux mètres au-dessus du niveau du sable. J'étais physiquement et émotionnellement épuisée. Dennis avait l'air anéanti.

— Et maintenant ? demandai-je.

— Montez jusqu'en haut. Appelez à l'aide. Avertissez Cador. Si quelqu'un peut amener un bateau sur cette plage, c'est lui. Autrement, il nous faudra attendre l'arrivée des urgentistes. Non, le garde-côte, ce serait mieux. Il pourra hélitreuiller le corps de Jago.

— Vous n'allez pas rester ici toute la nuit, c'est impossible, lui fis-je remarquer. Au moins, retournez chercher des vêtements chauds.

— On ne laisse pas un homme, grommela-t-il.

J'hésitai, ne sachant pas trop si je devais lui parler de ce que j'avais remarqué sur le sable, mais mon visage avait dû me trahir.

— Qu'est-ce qui se passe ? s'enquit-il.

— Je veux vous montrer quelque chose. La marée monte, mais les traces seront peut-être encore visibles.

Nous courûmes jusqu'à la plage. Dennis s'accroupit pour étudier les marques en forme de V, ou ce qu'il en restait, mais ces traces lui suffirent.

— C'est la coque d'un bateau, pas vrai ? demandai-je enfin.

— On dirait bien, marmonna-t-il de sa voix bourrue. Et dans trente minutes, ces empreintes auraient été effacées.

Tout à coup, je fus frappée par une terrible pensée. Cador était la seule personne capable de naviguer sur ces eaux. Or, il s'était disputé avec son père, plus tôt dans la journée. Se pouvait-il que leur querelle soit devenue violente ?

Nous quittâmes la plage.

— Ça n'explique toujours pas pourquoi Jago marchait sur le sentier côtier, reprit Dennis. Ni pourquoi vous, vous étiez là.

— Mais je vous l'ai déjà dit. Vous ne pensez tout de même pas…

Je n'en revenais pas.

— Je sais que Jago et vous vous êtes disputés, fit Dennis. À propos de quoi, d'ailleurs ?

Alors là, j'étais bouche bée.

— Ce ne sont pas vos affaires !

— C'est pour ça que vous étiez si pressée de quitter l'île, cet après-midi ? me demanda-t-il, les sourcils froncés. Et pourquoi votre amie n'est-elle pas descendue déjeuner ? Où est-elle ? Vous avez admis vous-même que vous étiez sortie à sa recherche…

— Vous êtes ridicule, là, m'emportai-je.

Dennis m'attrapa par le bras. Sur son visage se dessinait le masque hideux de l'accusation.

— Lâchez-moi !

— Votre plan vous est revenu en pleine face parce que vous vous êtes perdue, poursuivait-il, de plus en plus agité. Votre amie et vous, vous êtes complices. Je vous ai entendues sur le tracteur de mer, parler de vos projets de reprise de l'hôtel…

— Vous vous trompez sur toute la ligne ! m'écriai-je. Vous n'êtes pas logique. Où est-ce que je serais allée trouver un bateau, pour commencer ?

Sans crier gare, Dennis s'affala sur une marche et se prit la tête entre les mains. Il avait l'air dévasté.

— Ça ne peut pas être Cador. Je refuse de le croire. Jamais il ne ferait ça. Monsieur Jago et lui ne sont peut-être pas d'accord, mais Cador n'est pas un homme violent. Il n'aurait jamais frappé son père.

— Je suis sûre que vous avez raison.

Mais au fond, qu'en savais-je ? Mon propre monde, bien sécurisé, avait été complètement chamboulé au cours des vingt-quatre heures précédentes. Connaissait-on vraiment les gens, même ceux que l'on croyait connaître ?

— Monsieur Jago était un homme bon, reprit doucement Dennis. Certes, il pouvait être dur, arrogant et sûr de son bon droit, mais il m'a sauvé d'une vie dans la rue. J'aurais fait n'importe quoi pour lui. *(Ne sachant quoi répondre à cet aveu, je me contentai de l'écouter.)* Après mon retour de ma dernière mission en Afghanistan, j'étais dans une mauvaise passe. Monsieur Jago m'a trouvé devant la gare. J'étais sans domicile. Il m'a offert un boulot, à travailler ici à l'entretien des jardins. C'était il y a treize ans. *(Il secoua la tête, manifestement bouleversé.)* Monsieur Jago ne méritait pas ça… il…

— Allons chercher de l'aide, l'interrompis-je doucement. Ensemble.

Il se remit debout et son expression se durcit soudain.

— Quand j'aurai découvert celui qui a fait ça, je le tue.

18

Dennis se tenait devant le comptoir de la réception, les mains serrées.

— Madame Tegan…

— Un moment, j'ai presque fini.

Et Tegan continuait à taper sur l'un des ordinateurs du poste de travail, tout en jurant à mi-voix en même temps qu'elle consignait quelque information. Son manteau était jeté sur le dossier de la chaise et je voyais qu'elle portait encore ses chaussures de randonnée.

— Il nous faut vraiment de nouveaux ordinateurs, grommela-t-elle. Ceux-ci sont archaïques !

Dennis se mit à frissonner. Il n'avait pas pipé mot tout le long de notre trajet de retour jusqu'à l'hôtel, après avoir annoncé qu'il porterait lui-même la nouvelle à Tegan et qu'il la laisserait ensuite appeler la police. Trouvant le processus un peu bizarre, j'avais voulu protester, mais il m'avait ordonné de rester en dehors de ça. À présent, cependant, je me demandai si le choc ne commençait pas à le rattraper.

Il tenta de se racler la gorge.

— Madame…

Tegan leva les yeux, irritée.

— Quoi ? Qu'y a-t-il donc de si important ?

— Il y a eu… il y a eu…

Voyant que Dennis ne parvenait pas à terminer sa phrase, je m'en chargeai pour lui.

— Un accident.

Tegan restait assise, immobile, son visage n'exprimant pas la moindre émotion.

— Mais il va bien, non ?

Dennis secoua la tête.

— Non, murmura-t-elle. Non ! *(Elle bondit de sa chaise.)* Où est-il ?

— Nous l'avons laissé sur une corniche au-dessus de la plage. À l'abri de la marée montante, expliquai-je.

— Il était en chemin vers le phare, c'est ça ? voulut savoir Tegan.

— Je ne sais pas, admis-je. Mais on dirait bien, oui.

— Il était déterminé à s'y rendre ! s'exclama-t-elle. Dé-ter-mi-né. Vous ne l'avez pas laissé seul là-bas dehors, tout de même ?

— Juste pour le moment. Il est à l'abri de la marée, répétai-je. Dennis est venu chercher des vêtements chauds et puis, il y retourne.

— Il a quelque chose de cassé ? Il peut marcher ? s'enquit Tegan.

— Dennis, me dépêchai-je de dire, allez donc dans le bureau téléphoner aux gardes-côtes, à la police ou à ceux dont vous avez besoin.

Sur un hochement de tête, il s'éclipsa. Je me tournai vers Tegan.

— Allons nous asseoir.

À ma surprise, elle se laissa entraîner dans le Salon des résidents. Je n'étais jamais entrée dans cette salle, mais le décor des années 1970 y était difficile à rater. Nous nous assîmes sur un canapé modulaire tape-à-l'œil en similicuir marron.

La tension était gravée sur le front de Tegan : des rides profondes qui n'y étaient pas la veille. Elle paraissait dix ans de plus que son âge.

— Je dois vous remercier de m'avoir épargné la colère de mon mari cet après-midi, dans la cabane d'affût, dit-elle d'une voix plate. Alors… merci. Et maintenant, me voilà punie. Oui, c'est ma punition.

J'exerçai une pression sur sa main.

— Je suis désolée.

— Il est mort, c'est ça ?

— Oui.

Elle hocha la tête, à croire qu'elle s'y attendait.

— Que s'est-il passé ?

— Apparemment, l'accident est arrivé sur le sentier côtier en direction du phare. Il…

Je me refusais à lui donner les détails, je laissais ça à la police.

— Ce sentier… il est dangereux, fit lentement Tegan. J'ai dit à Alex qu'on ne pouvait pas aller au phare, mais il a dû faire demi-tour quand même. Pourtant, je l'ai prévenu que ce chemin était dangereux, insista-t-elle avec un sourire mélancolique. Jamais il ne s'est soucié du danger. Il était déterminé à revoir le phare avant… enfin… c'est peut-être mieux pour tout le monde. Alex était très malade.

Avec un sursaut, je compris : Tegan croyait que c'était Alex qui était tombé. Ce qui signifiait qu'elle ne l'avait pas revu depuis l'incident à l'affût. Alex n'avait pas dû revenir à l'hôtel.

— Tegan, je… ça n'est pas Alex. *(Je pris une profonde inspiration.)* C'est votre mari.

Sa mâchoire se décrocha.

— Jago !? fit-elle en secouant la tête avec véhémence. Non, ça n'est pas possible. Jago n'irait jamais là-bas. Jamais. *(Elle tourna vers moi des yeux écarquillés.)* Que s'est-il réellement passé, Evie ? Qu'est-ce que vous ne me dites pas ?

De nouveau, je pris une inspiration. Je n'avais pas prévu de tout lui raconter, mais après tout, elle l'apprendrait bien assez vite.

— Il se peut qu'il ne s'agisse pas d'un accident, commençai-je prudemment. Au vu des circonstances, il se pourrait que votre mari ait été…

Je revis le crâne ensanglanté de Jago et me trouvai dans l'incapacité de terminer ma phrase. Mais je n'en eus pas besoin.

— Vous êtes en train de me dire que quelqu'un lui aurait délibérément fait du mal ?

— Il semblerait, en effet, admis-je sans m'avancer de trop.

Tegan se fit soudain silencieuse. Et nous restâmes assises là pendant ce qui m'apparut comme un long moment, jusqu'à ce qu'elle demande :

— Où est Cador ?

— Je l'ai vu près du bois de William, un peu plus tôt dans la journée. Enfin, c'était il y a plusieurs heures maintenant. *(Évidemment, il fallait avertir Cador.)* Voulez-vous que j'aille le chercher ? Et Alex ? Souhaitez-vous que j'appelle quelqu'un ?

— J'ignore où est Alex, dit-elle en se mordant la lèvre. Nous nous sommes disputés.

Elle marmonna quelque chose d'incohérent qui ressemblait à : « Cador ne peut pas savoir. » Et je songeai à la trace en forme de V dans le sable.

Sur une tablette en teck, je vis un plateau d'argent supportant des carafes à décanter en cristal taillé et plusieurs verres. Je me levai et allai nous servir un ballon de cognac à chacune.

— Tenez.

Le liquide me brûla la gorge, mais il me fit du bien. Du moins eus-je l'impression qu'il m'éclaircissait l'esprit.

— Puis-je avoir une cigarette, s'il vous plaît ? me demanda Tegan en désignant le guéridon. Il y a un paquet de Benson Lights dans le tiroir, derrière. Lily les commande sur Internet et les cache de Jago. On dirait que je n'ai plus à me soucier de ces précautions.

J'obtempérai. Tegan alluma sa cigarette et inspira longuement. Et je repensai à l'odeur de fumée, plus tôt, sur le chemin côtier.

— Est-ce qu'Alex fume aussi ?

— Bien sûr. Tout ce qui peut le mettre en danger, ajouta-t-elle, avant de boire une gorgée de cognac. Ils se sont toujours disputés, vous savez. Ils étaient si différents. Jago trouvait le rêve de Cador puéril – sa chasse aux vaisseaux naufragés. Il insistait pour que son fils reprenne le domaine de Tregarrick. Pourtant, il l'aimait. Je le sais.

Elle posa sur moi un regard triste.

Vanessa apparut sous la voûte.

— Qu'est-ce qui se passe ? Pourquoi Dennis est-il aussi bouleversé ?

L'attitude de Tegan changea sur-le-champ.

— Merci, Evie, dit-elle, impérieuse. Je vais prendre les choses en main à partir de maintenant.

J'étais congédiée. Je me remis debout, vidai le reste de mon cognac et reposai le verre ballon sur le plateau d'argent.

— Vous êtes censée être de service, Vanessa, reprit Tegan. Où étiez-vous passée ?

L'interpellée ne répondit pas.

— Vous avez vu Cador ? lui demanda Tegan.

— Non. Pourquoi Dennis est-il bouleversé ? répéta la jeune femme.

Je me faufilai hors du Salon des résidents, pressée de remonter dans ma chambre, et passai sous le comptoir afin de récupérer ma clé dans son casier.

En même temps que je la fourrai dans ma poche, je ne pus m'empêcher de remarquer l'écran de l'ordinateur. Ouvert sur une page de voyage. Je m'approchai, consciente du côté déplacé de ma curiosité, mais j'avais l'étrange pressentiment de savoir d'avance ce que j'allais découvrir.

Et j'avais raison. C'était la confirmation d'un aller simple de l'aéroport d'Heathrow pour Stockholm. Avec la date de lundi matin. Normal, songeai-je d'abord : Tegan devait aider Alex à réserver son billet de retour chez lui. Sauf que je notai ensuite la mention de deux noms enregistrés et que le second était celui de Tegan Ferris. En observant de plus près, je réalisai que le billet n'avait pas encore été acheté. Elle avait dû s'interrompre quand Dennis et moi étions arrivés.

J'avais la nausée. Ainsi donc, ils avaient prévu de s'enfuir ensemble. Peut-être Jago et Alex s'étaient-ils croisés sur le sentier côtier et qu'ils s'étaient bagarrés.

Je regrettai soudain d'avoir vu cette réservation. Car je ne savais plus quoi faire. Ou à qui en parler. À la police ?

Pour le moment, j'espérais juste qu'Alex avait dit vrai et que Margot était revenue à l'hôtel. J'avais désespérément besoin de lui parler. Elle saurait quoi faire.

Et soudain, je fus frappée par une horrible pensée : et si Margot avait quelque chose à voir avec tout ça ? L'idée semblait extravagante, mais comme rien n'était normal depuis notre arrivée ici... Non, ça n'était pas possible. Si ?

Je me hâtai de regagner notre chambre.

19

Margot ouvrit la porte enveloppée dans un peignoir blanc moelleux, les cheveux remontés dans une serviette. La mine affreuse, les yeux gonflés et rougis.

— Qu'est-ce qui ne va pas ?

— Je pourrais te poser la même question, répliqua-t-elle en reculant d'un pas pour me permettre d'entrer. On dirait que tu as vu un fantôme.

Elle déroula ses cheveux et entreprit de les sécher.

— Heureusement que j'ai apporté mon sèche-cheveux et mon peignoir, marmonna-t-elle. Ils ne proposent aucun produit de courtoisie ici… Quoi ? Pourquoi est-ce que tu me regardes comme ça ?

— Où étais-tu passée ? Pourquoi es-tu partie aussi longtemps ? Et tu avais oublié ton portable. Jamais tu ne vas nulle part sans l'emporter !

— Encore une fois, je pourrais dire la même chose de toi, rétorqua-t-elle. Ça fait des heures que je suis rentrée. Qu'est-ce qui t'arrive, bon sang ?

— Jago est mort ! lui dis-je.

Et j'éclatai aussitôt en sanglots. Margot écarquilla les yeux, sous le choc.

— De quoi est-ce que tu parles ?

Alors je lui racontai toute l'histoire.

Il est une chose que je peux mettre à l'actif de ma sœur : elle a beau paraître blasée la plupart du temps, il n'empêche que dans les situations graves, elle est toujours efficace.

— Sérieusement ? Tu as pensé que j'avais quelque chose à y voir ? me demanda-t-elle, incrédule. Merde, Evie.

— Bien sûr que non, protestai-je. C'est juste que… tu étais partie en vadrouille… Je déteste cet endroit. Je veux rentrer à la maison. Mais on ne peut pas. On est coincées !

— Nous discuterons d'un plan d'action plus tard, m'interrompit-elle sèchement. Pour le moment, déshabille-toi et file prendre un bain chaud. Tu vas adorer la salle de bains.

— Ne me dis pas : il y a une baignoire d'angle couleur avocat comme dans la maison d'hôtes de papa et maman ?

— Elle était vraiment hideuse, pas vrai ? s'esclaffa-t-elle. Mais non, là, tu vas pouvoir te faire plaisir.

Pendant un instant, effectivement, j'oubliai Jago en admirant la salle de bains Art déco, tout en onyx et marbre, avec des miroirs biseautés du sol au plafond. Les robinets et les poignées qui ornaient les meubles sous-vasques étaient inspirés par l'océan et, naturellement, l'ensemble était parachevé par une baignoire à cylindre.

— Et pas le moindre tapis à poils longs en vue, commenta Margot. Même si ce lino vert est carrément moche.

Elle me fit couler un bain, dans l'eau duquel elle ajouta une touche de son bain moussant d'aromathérapie qu'elle avait acheté « pour rien » – selon ses propres termes – chez Barneys, une boutique de Beverly Hills.

Alors que je m'abandonnais jusqu'au menton dans les bulles, Margot vint se percher sur la lunette des toilettes et me demanda de lui raconter à nouveau tout depuis le début.

— La vache ! lâcha-t-elle. Tu parles d'un meurtre, Evie.

— Je sais. C'était l'horreur. Jamais je ne réussirai à m'ôter cette image de l'esprit.

— *Cui bono ?* murmura Margot. À qui profite le crime ?

— Alex et Tegan.

Et je continuai en lui parlant de l'odeur de fumée de cigarette sur le chemin côtier et des réservations de billets d'avion que j'avais vues sur l'ordinateur de Tegan.

— Ils se sont rencontrés quand ils étaient adolescents, conclus-je.

— On se croirait dans *La Maison du lac*[1].

— Ils ne sont pas si vieux, nuançai-je.

— À Hollywood, dès trente ans, tu es considéré comme ayant un pied dans la tombe, me dit ma sœur. Au premier signe de rides, les femmes sont envoyées dans la vallée de la Mort, aller simple. Mais bref. Tegan est… était mariée, fit-elle avec une grimace désapprobatrice.

1 Film américain de 1982 qui tourne autour d'un conflit familial entre générations.

Ma sœur ayant des idées très arrêtées concernant la fidélité, je choisis d'omettre l'altercation déplaisante que j'avais eue avec Tegan dans la pièce de stockage. Jamais je n'avais vraiment raconté à Margot les circonstances exactes de ma rencontre avec Robert. Joanna avait déjà déménagé du domicile conjugal et je n'étais pas la cause de leur divorce, mais il était toujours marié devant la loi.

— Evie ? m'interpella Margot, interrompant le fil de mes pensées. Je te demande ce qu'il en est de Cador.

— Le seul bénéfice qu'il ait pu en tirer, c'est de n'avoir pas eu à répondre à son père, dis-je.

— Et puis, bien sûr, il y a toi.

— Comment ça ? demandai-je lentement.

— Toi ! répondit-elle en levant les yeux au ciel. Le crime te profite, à toi.

— En quoi ?

— Tu m'as dit que le récépissé que Jago t'a montré n'était pas signé de la main de Robert. Il n'y a donc pas de preuve que l'argent ait vraiment été reçu par feu ton mari. Conclusion… il est possible que tu revendiques, même de façon modeste, la propriété de l'hôtel.

— Enfin… c'est ridicule ! m'exclamai-je.

Margot haussa les épaules.

— Je ne dis pas que c'est vrai, je dis juste qu'au moment où la police va commencer à poser des questions, tu ferais bien d'avoir préparé une bonne réponse.

— Tu délires.

— Qui t'a vue dehors ?

— Vanessa, Dennis, Cador… Tegan, Alex et Jago. Tout le monde.

— Et puis, tu as disparu, sourit-elle, ironique. Alors que faisais-tu sur le sentier côtier ?

— J'ai été désorientée et me suis perdue en te cherchant. *(Elle commençait à m'agacer.)* Pourquoi est-ce que tu me poses cette question ?

— Parce que tu n'as pas d'alibi.

— Je n'ai pas besoin d'alibi ! Sérieusement, tu regardes trop la télévision.

Pourtant, quelque chose dans le raisonnement de Margot me déconcertait. Elle marquait un point.

— Mais dis-moi, puisqu'on parle d'alibi : et toi ?

Elle marqua un temps d'hésitation.

— Bien vu.

— Tu as été aperçue portant une cape imperméable noire et des bottes en caoutchouc par au moins une personne, repris-je.

Elle me dévisageait comme si je venais de l'accuser d'avoir fait ses courses au magasin hard discount.

— Tu as perdu la tête ? Est-ce que j'ai l'air d'une femme capable de porter… Je n'arrive même pas à prononcer le mot.

— Dennis m'a dit que tu en avais emprunté une. Et Alex t'a vue grimper par l'escalier de secours.

— Il a besoin de se faire ausculter les yeux.

— Et pourquoi est-ce que tu n'avais pas pris ton portable ? insistai-je.

— J'ai reçu un appel irritant de la part d'un de mes clients, me répondit-elle, droit dans les yeux. Il se montrait pénible et j'avais envie de me changer les idées.

— Qui ça ? Johnny Depp ?

Je m'esclaffai à mon trait d'humour, mais pas Margot.

— Tu veux bien arrêter de me harceler ?

— N'importe quoi ! protestai-je.

Elle se leva et quitta la salle de bains en trombe, claqua la porte derrière elle, me laissant là, blessée et perdue. Nom d'une pipe, mais qu'est-ce qui n'allait pas chez elle ?

Quand je retournai dans notre chambre, Margot avait enfilé un jean skinny et un pull à col roulé marron foncé qui lui descendait jusqu'aux cuisses. Elle travaillait sur son ordinateur portable.

— Oh, il y a une enveloppe pour toi, dit-elle sans lever les yeux. Sur le guéridon. Sans doute une lettre de bienvenue. Je ne l'ai pas ouverte.

On aurait pu croire que sa crise de colère n'avait jamais eu lieu.

L'enveloppe portait le logo de Tregarrick Rock dans le coin supérieur gauche.

— Ils n'ont pas intérêt à me faire payer le déjeuner, marmonna ma sœur.

— Non, ça ne peut pas déjà être la facture. On vient juste d'arriver !

Quand j'ouvris, cependant, mon estomac se retourna. Je fixai le papier d'un œil d'abord incrédule, puis de plus en plus horrifié.

— Qui t'a donné ça ?

— Je l'ai trouvée sous la porte en me réveillant de ma sieste, répondit-elle, sans cesser de taper sur son clavier d'ordinateur. Pourquoi ? Il y a un souci ?

Je lui fourrai la lettre sous le nez.

Margot lâcha un hoquet horrifié et leva les yeux vers moi, choquée.

— La vache. Comment diable…

Retrouvez-moi au banc de William à 16 heures pour discuter de l'hôtel. Venez seule.
J. Ferris.

20

— C'est arrivé quand ? demandai-je d'une voix que je tâchai de garder calme, malgré le fait que j'étais secouée jusqu'au tréfonds.

Margot avait les yeux ronds.

— Aucune idée. Je t'ai dit : elle était par terre quand je me suis réveillée de ma sieste.

— Mais c'était à quelle heure ?

Il était fondamental que je détermine l'heure d'arrivée de cette lettre par rapport à celle où j'avais effectivement quitté l'hôtel avec le déjeuner de Cador.

— Je n'en sais rien ! Je ne l'ai remarquée qu'en me réveillant, je te répète.

J'étais furieuse.

— Tu n'as pas vu mon mot ? Je l'avais laissé sur la table. Tu aurais dû m'appeler.

— Tout ne tourne pas autour de toi, Evie. Si tu veux savoir, j'étais épuisée. Le décalage horaire… Alors si ce mot était là, eh bien, je ne l'ai pas vu.

Elle crispa la mâchoire dans une expression butée que je connaissais trop bien.

— Je n'en reviens pas que personne à la réception n'ait songé à m'avertir de ton retour, m'agaçai-je. Cette Vanessa, elle ne sert à rien.

Margot hésita.

— Oui, enfin, bon, tu as raison. Je suis bien remontée par l'escalier de secours.

— Mais bon sang, pourquoi tu ne me l'as pas dit ?

— Je viens de le faire.

— Je t'écoute.

— J'ai aperçu cette affreuse Lily à la réception, qui se disputait avec Vanessa, et j'étais sûre qu'elle allait me coincer. Je n'étais pas d'humeur à faire la conversation, alors je suis ressortie en vitesse et j'ai contourné la terrasse par l'arrière. La porte de notre balcon n'était pas fermée à clé… Au passage, Dennis était en train d'allumer un feu de joie pour brûler quelque chose, et j'ai vu Tegan plantée derrière une fenêtre qui l'observait. Très bizarre, comme scène.

— Ah, il a donc brûlé son portrait, au bout du compte. Il m'a semblé apercevoir de la fumée.

J'étais profondément déçue par la disparition de l'une des œuvres de jeunesse d'Alex. Quand je m'en ouvris à Margot, elle répondit :

— Eh bien, tu l'as. Le mobile. Alex et Tegan ont dû pousser Jago du haut de la falaise, conclut-elle en bâillant. Cet endroit est rempli de cinglés. On se croirait à Los Angeles.

Je lui parlai du récépissé que m'avait montré Jago : j'étais certaine que la signature n'était pas celle de Robert. Margot opina du chef.

—Alors peut-être que Jago s'apprêtait à t'avouer qu'il te devait encore les cent mille livres, mais qu'il ne souhaitait pas voir sa femme mise au courant. Et si la signature sur le reçu n'était pas celle de Robert, de qui était-elle ?

—De Joanna, forcément, déclarai-je. Après tout, c'est arrivé du temps où ils étaient mariés. Et non, je t'ai déjà dit que je n'appellerai pas cette femme pour le lui demander, merci beaucoup.

—Il y a une troisième possibilité, ajouta Margot. Tu m'as dit que Jago connaissait le sentier côtier et à quel point il était traîtreux. Admettons qu'il se soit volontairement jeté au bas de la falaise ? Je veux dire… il prend conscience qu'il te doit tout cet argent, il découvre que son épouse va s'enfuir avec un Suédois et il sait que son fils préfère jouer les pirates et partir à la chasse au trésor…

—Alors il s'assomme d'un coup dans la nuque aussi ?

—Ah oui, bonne remarque.

—Selon moi, tout ça n'explique toujours pas le message.

Margot fronça les sourcils.

—Tu as demandé à Jago comment il avait remboursé l'argent ?

—Avec la somme qu'il avait placée sur une police d'assurance-vie.

—Non, je veux dire comment, concrètement : il lui a donné l'argent de la main à la main ?

—Je suis plus troublée par le fait qu'il ne m'ait pas donné rendez-vous dans son bureau.

— Parce qu'il ne voulait pas qu'on l'entende, pardi, déclara Margot. Toi, ma sœur, il va absolument te falloir un alibi.

J'en avais la nausée.

— Tu as raison.

— Bien sûr que j'ai raison !

— En l'état, on dirait que j'ai délibérément organisé ma rencontre avec Jago et… Oui, j'avais toutes les raisons de le pousser en bas de la falaise ! Oh, mon Dieu ! Qui va me croire ?

— Allons, calme-toi. Tu deviens hystérique, maintenant.

— Bien sûr que je suis hystérique ! m'écriai-je, hystérique. Et pour cause !

— Minute… et si Jago lui-même t'avait attirée en haut de la falaise avec l'intention de *te* pousser en bas, mais que quelqu'un l'ait tué avant ?

— Ça ne nous avance pas à grand-chose.

— Je pense qu'il faut jeter ce message, affirma ma sœur. De toute façon, maintenant, il ne sert plus à rien. De toute évidence, c'est Jago qui l'a glissé sous la porte. Il n'y a que toi et moi qui soyons au courant. Et puis, ce n'est pas comme si tu avais fait quelque chose de mal.

Sur quoi, elle prit le papier et le déchira en morceaux, qu'elle jeta dans la poubelle.

— Tu vois comme c'était facile ?

— Mais… et si c'était Dennis qui l'avait glissé sous la porte ? Il m'a dit qu'il était entièrement dévoué à Jago. Autrement dit, il est peut-être au courant que j'étais censée le retrouver. Comment pourrais-je prouver qu'il s'agissait juste d'une coïncidence ? Qu'allons-nous faire ?

— Appelle Nigel. Dis-lui de téléphoner à Joanna, histoire de confirmer qu'elle a bien touché l'argent.

— Je lui ai déjà parlé. *(Je racontai à ma sœur la conversation que j'avais eue avec Nigel, un peu plus tôt dans la journée.)* Je dois dîner avec lui mardi.

— N'empêche, je continue à penser qu'on devrait interroger Joanna.

— Plutôt mourir.

— Méfie-toi quand tu parles comme ça. Je commande à manger en chambre ? Je suis affamée.

Mais bien entendu, il n'y avait pas de service en chambre et Vanessa nous rappela que nous étions censées nous habiller pour le dîner. Que l'apéritif serait servi à 18 h 30 dans le Salon des résidents, suivi par le dîner à 19 h 30.

Je m'étonnai que tout continue normalement après ce qui venait de se passer, mais Vanessa répondit que Tegan avait insisté en ce sens.

Au bout du compte, nous nous retrouvâmes toutes les deux dans la salle de restaurant. Du jazz baignait doucement la pièce. Dehors, la nuit était d'un noir d'encre, le vent hurlait et la pluie fouettait les vitres. Je songeai à Dennis, assis auprès du corps de Jago, et je me demandai ce qui avait été décidé. Tegan avait-elle appelé les gardes-côtes ? La police ? Quand je demandai à Vanessa, engoncée dans une tenue de soubrette des années 1920, où était tout le monde, elle m'expliqua que Lily avait prescrit un sédatif à Tegan, qui était allée se coucher. Quant à Lily, elle était trop bouleversée pour descendre dîner et mangerait dans sa chambre. Puis elle ajouta que Cador et Dennis étaient partis chercher le corps de Jago.

Aucun signe d'Alex.

Margot semblait d'humeur étrange. Presque euphorique. Elle avait pris le *dress code* du Tregarrick Rock très au sérieux et enfilé une robe noire des plus ajustées, avec un décolleté plongeant, remonté ses cheveux au sommet de son crâne et se pavanait, des pendants en diamants scintillant aux oreilles. Elle m'avait confié que c'était un cadeau de dixième anniversaire de mariage et qu'ils coûtaient cinq mille livres. De mon côté, j'avais résolu de lui emprunter l'un de ses chemisiers en cachemire, mais n'étais parvenue à enfiler aucun de ses pantalons. Au bout du compte, j'avais opté pour l'un de ses leggings Wolford et, comme nous faisions presque la même pointure, réussi à coincer mes pieds dans ses bottines Louboutin coupées au niveau de la cheville.

J'avais l'estomac noué. Aucun appétit du tout. Je n'arrêtais pas de penser au message de Jago me demandant de le retrouver, alors que l'image de son crâne ensanglanté restait gravée dans mon esprit. Il avait reçu un coup violent, mais à l'aide de quoi ? Une pierre ? Une hache ? Cador avait une hache.

Vanessa nous apporta un pichet d'eau fraîche.

— Pas de glaçons ? s'enquit Margot.

— La machine est cassée.

— Et alors, qu'est-ce qui va se passer maintenant ? demanda ma sœur en remplissant son verre à vin. Ils ne peuvent tout de même pas laisser le cadavre de Jago sur la falaise.

— Si les gardes-côtes ne réussissent pas à se déplacer ce soir, répondit Vanessa, l'équipe médicale d'urgence viendra demain.

— Imaginez, si Evie et Dennis n'avaient pas retrouvé le corps de votre employeur sur la plage, poursuivit Margot à l'intention de Vanessa, il aurait pu être emporté par la mer et personne n'en aurait jamais rien su. M. Jago Ferris aurait juste disparu… Enfin, au moins vous avez la possibilité de conserver votre emploi.

— Margot !

J'aurais pu étrangler ma sœur. Pourquoi tenait-elle des propos pareils ? Je lui avais raconté ce que j'avais appris de la bouche de Lily au sujet du passé trouble de la jeune femme, sans penser une seconde qu'elle irait le répéter. Et puis, le ventre serré, je me rappelai que ma sœur n'avait jamais su garder le moindre secret.

— Oui, continuait-elle, ça a dû être particulièrement compliqué de trouver un boulot avec un casier… Aïe ! Evie ! Qu'est-ce qui te prend ? Ça fait mal !

— Pardon, j'ai cru que c'était le pied de la table.

Je ponctuai mon mensonge d'un regard noir vers ma sœur, en espérant qu'elle saisirait l'allusion et se tairait, mais je me leurrais.

— Je n'en reviens pas que Dennis et Cador aillent déplacer le corps, s'étonnait-elle à présent en tartinant du beurre sur sa seconde tranche de pain. Ça n'arriverait jamais en Amérique. Je veux dire… ça revient à souiller une scène de crime.

— La marée montait, je te rappelle, sifflai-je.

Vanessa se raidit.

— Comment ça, une scène de crime ? Je croyais que monsieur Jago était tombé.

Margot feignit l'étonnement.

— Dennis ne vous a pas dit ? Je croyais que vous étiez comme cul et chemise.

Je l'avais cru aussi. Pourtant, la perplexité avait envahi les traits de Vanessa.

— Ça signifie que la police va poser des questions ?

— Bien sûr que oui, répondit Margot, la bouche pleine. J'espère que vous avez un alibi.

Vanessa s'empourpra.

— Pourquoi dites-vous ça ?

Margot balaya la salle de restaurant vide d'un geste magnanime de la main.

— Eh bien… il y a combien de personnes sur cette île ? C'est forcément l'un de nous qui l'a assommé. Vous n'avez donc jamais lu *Dix petits nègres* ?

Vanessa la regardait fixement.

Margot s'esclaffa.

— C'est l'un des romans les plus connus d'Agatha Christie. Il a été adapté en minisérie avec Aidan Turner dans l'un des rôles principaux. Ça m'apparaît très adapté à la situation, si vous voulez mon avis.

Vanessa semblait médusée.

— Aidan Turner ? Je ne comprends pas.

Margot reprit une gorgée de vin.

— J'ai toujours trouvé qu'Aidan Turner faisait un méchant délectable. Et dans *Poldark* ? N'oublions pas son rôle dans cette série aussi. Il reste du pain ?

Vanessa opina du chef et s'éclipsa de la salle au pas de charge.

Il y avait dans l'attitude de Margot ce soir quelque chose d'irréfléchi que je ne lui avais plus connu depuis qu'on sortait en boîte de nuit ensemble, au début de la vingtaine.

— Qu'est-ce qui t'arrive ? je soufflai. Et le vin, là ? Je croyais que tu ne buvais pas.

— J'ai changé d'avis, répliqua-t-elle en reprenant la bouteille. Ce *rioja*, il est excellent d'ailleurs.

— Et ce pain, tu es au courant qu'il contient du gluten ?

— Je prends le risque, lâcha-t-elle en renversant la bouteille vide, l'air stupéfaite. On en commande une autre ?

— Non, répondis-je fermement. Tu en as bu plus qu'assez.

Elle posa les yeux sur ma tourte à la viande intacte.

— Tu n'en veux pas ? demanda-t-elle en agitant sa fourchette.

Je secouai la tête.

— Je n'ai pas faim du tout.

— Passe. Je vais la manger.

— C'est recouvert de pâte.

— Je sais, mais regarde…

Elle désigna les restes de la poêlée de légumes peu appétissante que Vanessa lui avait préparée.

— Tu as demandé un plat végétarien, lui rappelai-je. Vanessa t'avait avertie qu'elle ne disposait que d'une palette d'ingrédients limitée.

Avec un air de défi, Margot piqua dans la tourte.

— Tu ne comprends pas. Je vis de salades, de poulet et de poisson à l'eau. Brian me trouve grosse. À Los Angeles, tout le monde fait une taille 0.

Je n'en croyais pas mes oreilles.

— Tu n'as jamais été grosse.

— Là-bas, elles sont toutes taillées comme des allumettes, continua-t-elle, incontrôlable. Des allumettes avec de gros nichons qui ne sont pas les leurs. Elles les achètent chez Macy's, c'est un grand magasin, au cas où tu n'en aurais jamais entendu parler. Tu vois ça ? *(Elle montrait sa propre poitrine.)* Brian me les a offerts pour mes trente-cinq ans.

— Oui, j'avais remarqué, admis-je. Mais parle plus bas.

— Pourquoi ? Il n'y a personne !

Vanessa revenait avec le pain. Elle fit une drôle d'expression en voyant Margot finir ma tourne à la viande.

— Désolée, lui dis-je. Elle était très bien, c'est juste que je n'ai pas faim.

— Il reste encore du crumble pommes-mûres du déjeuner.

— Miam ! s'exclama Margot. Apportez-le !

Sur quoi, elle engloutit une grosse part du crumble en question, avec crème anglaise et crème fouettée du Devonshire.

— Tu vas être malade, l'avertis-je. Allez, viens, remontons.

— Tu n'es pas drôle, marmonna-t-elle.

Plus tard, devant la porte de notre chambre, Margot se figea soudain et m'attrapa le bras.

— Vite ! Il faut que j'aille aux toilettes.

— D'accord.

— Là, Evie, maintenant !

Elle m'arracha les clés et déverrouilla la porte, avant de se ruer dans la salle de bains.

De celle-ci me parvenaient les bruits peu ragoûtants d'une diarrhée explosive et pas mal de grognements. Pas étonnant. Je me déshabillai et me démaquillai, enfilai mon pyjama. Au bout de quinze minutes, voyant que Margot ne ressortait pas, j'allai frapper à la porte, gênée.

— Tu vas bien ?

— Non, me parvint la réponse. Et ne me dis pas que tu m'avais avertie. Ça n'est pas normal. J'ai été empoisonnée.

— N'en rajoute pas des tonnes. Tu as bu presque une bouteille de vin à toi toute seule et mangé des aliments que tu n'as pas l'habitude de consommer. Tu iras mieux demain matin.

À ma grande surprise, je l'entendis se mettre à pleurer. Or Margot ne pleurait jamais.

— Laisse-moi entrer, Margot.

— Non. Tu vas mourir si tu entres là-dedans, répondit-elle lamentablement. Je me sens hyper mal. Oh. C'est l'estomac.

— Ouvre la porte, insistai-je.

Margot était d'une pâleur cadavérique, recroquevillée en position fœtale, les mains serrées sur le ventre et manifestement en proie à une intense douleur.

— Ce n'est pas normal, grommela-t-elle encore. Je sais faire la différence. Je me purge. Tu dois me croire. Là, ça n'est pas normal.

— Je vais appeler le docteur, annonçai-je.

Avant de réaliser que non, ça n'était pas possible.

Margot dut arriver à la même conclusion. Elle parvint à m'adresser un sourire faiblard.

— Ils n'ont pas pu faire venir un docteur pour un cadavre sur la plage, je doute donc qu'on se déplace pour moi.

Elle avait raison. Il n'y avait pas de médecin sur l'île… et puis, je me souvins de Lily. Elle était infirmière. Elle saurait quoi faire, et en plus, elle disposait d'un véritable arsenal de médicaments dans son armoire à pharmacie.

— Ne bouge pas d'ici. Je vais demander conseil à Lily.

21

Lily ne répondait pas et, bien sûr, sa porte était fermée à clé. Pourtant, j'entendais brailler la télévision dans sa chambre. Elle était donc forcément encore éveillée.

Je regagnai notre chambre. Margot avait réussi à se remettre assise, mais elle avait toujours une mine de papier mâché.

— Je vais y aller par le balcon, lui dis-je. Lily laisse la porte ouverte pour le chat. Ne bouge pas.

— Je ne comptais pas aller danser, souffla-t-elle.

J'enfilai mes bottes en caoutchouc Dansko, attrapai mon manteau et tirai les rideaux. Il pleuvait des cordes. Sur le balcon, je faillis trébucher sur un M. Tig très mouillé. Il fila aussitôt dans notre chambre et sous le lit. J'eus beau l'appeler, je ne parvins pas à le convaincre de ressortir. Il avait l'air effrayé. Je devrais m'en occuper plus tard.

La porte du balcon donnant chez Lily était déverrouillée, comme je m'y étais attendue. Il ne m'avait fallu que deux minutes pour effectuer la traversée, mais j'étais trempée.

— Lily ? appelai-je.

Son salon était vide, malgré la télé allumée à plein volume sur *Je suis une célébrité, sortez-moi de là !*

J'entrai avec une rafale de vent qui balaya les magazines sur la table basse et les jeta par terre. La double porte donnant sur la chambre de Lily était fermée.

— Lily ? appelai-je encore. C'est Evie. Vous êtes là ? Vous êtes réveillée ?

Toujours pas de réponse. J'étais confrontée à un dilemme. Cependant, réveillée ou pas, Lily avait ce qu'il me fallait pour aider la pauvre Margot, qui se tordait de douleur. J'entrebâillai la porte de sa chambre. Tout était plongé dans l'obscurité, à l'exception du rai de lumière provenant de l'ouverture de la porte. Lily était profondément endormie, bien bordée sous sa couette.

J'allais lui laisser un mot. Dans la salle de toilette, je fouillai parmi les flacons de Lily, ses paquets de médicaments, avant de me décider pour une boîte d'Imodium. Il y avait un petit coffret en cuir rouge au fond de l'armoire à pharmacie, mais il était fermé à clé.

En me dirigeant vers le bureau de Lily pour lui rédiger un message, je me pris les pieds dans son sac à tricot en cretonne, dont le contenu se renversa par terre. Soudain, on frappa à la porte.

— Lily ? C'est Vanessa ! Je vous apporte votre souper.

Sans attendre de réponse, la jeune femme déverrouilla et entra, me surprenant en train de ramasser le tricot de Lily.

— Elle est déjà partie se coucher, dis-je.

Vanessa me contemplait avec un air surpris.

— Que faites-vous ici ? Comment êtes-vous entrée ?

— Par la porte du balcon. Margot ne se sent pas très bien, me justifiai-je en brandissant l'Imodium. J'espère que ça va la soulager.

Vanessa posa le plateau de sandwichs et un chocolat chaud sur le bureau de Lily.

— Qu'est-ce qui lui arrive ?

— Je pense qu'elle a mangé quelque chose qui lui a retourné l'estomac.

— J'espère que vous ne sous-entendez pas que ça vient de ma cuisine, répliqua-t-elle, l'air furieux.

— J'ai le chat de Lily dans ma chambre, éludai-je. Je le ramènerai dans un moment.

Vanessa fronça les sourcils.

— Qu'est-ce que le chat de Lily fait dans votre chambre ?

— Il était enfermé sur le balcon.

— Sous la pluie ? s'étonna-t-elle – un étonnement sincère. Il déteste ça. Lily n'irait jamais se coucher sans vérifier qu'il est rentré bien au chaud dans son igloo. Il dort toujours dans sa chambre.

— Je vais le chercher. Vous avez un passe ?

Au moins, je n'aurais pas à affronter de nouveau la pluie. Vanessa désigna le guéridon dans le vestibule et finit de déposer le repas de Lily, alors même que je venais de lui indiquer qu'elle dormait.

— Je reviens tout de suite.

Ayant donné à Margot un verre d'eau et deux Imodium, je l'aidai à se mettre au lit et lui ôtai ses chaussures.

— Mets-toi à l'aise et au chaud.

Margot était encore pâle, mais je fus soulagée de noter une légère touche de couleur sur ses joues.

— Je pense que c'était la tourte, me chuchota-t-elle.

— Ou bien l'abus de pain beurré ? la taquinai-je. Ou le crumble pommes-mûres ? Ou le vin ?

Elle consentit un sourire faiblard et se pelotonna sous les couvertures.

— Tu as vérifié la date d'expiration sur l'Imodium ?

— Oui, bien sûr, mentis-je.

Tout à coup, M. Tig se mit à miauler près de la porte du balcon. Il agitait la queue et n'arrêtait pas de sauter sur place, essayant d'actionner la poignée.

— Qu'est-ce qu'il a, ce chat ? me demanda Margot.

— Il veut retourner chez lui.

Mais quand je le pris dans mes bras, il rua, crachant et sifflant, jetant la patte vers mon visage. Et il me griffa. Je portai la main à ma joue, où je sentis une légère trace de sang.

J'étais médusée.

— Il a peur de moi.

— Non, il est possédé. C'est un chat démon. *(Margot parvint à relever la tête de son oreiller.)* C'est comme dans un film d'horreur. Deux filles prisonnières sur une île. Un cadavre. Et puis, un orage…

Un coup de tonnerre retentit dans une explosion assourdissante et un éclair zébra le ciel pile à cet instant. Et nous fûmes plongées dans le noir.

Margot lâcha un cri.

— Je plaisantais !

La lumière se ralluma en clignotant et, soudain, un hurlement à donner la chair de poule déchira la nuit.

Margot se rassit d'un mouvement brusque.

L'instant d'après, on tambourinait à notre porte.

— Lily est morte ! criait Vanessa. Elle est morte !

22

Vanessa était une épave, les mains tremblantes, le visage pâle comme un linge. Ma première pensée fut que la chute de Lily, dans la matinée, avait finalement été plus sérieuse que je ne l'avais cru. Peut-être qu'elle avait subi un traumatisme après tout.

Laissant Margot seule – à sa grande indignation –, je suivis Vanessa dans la chambre de Lily, où elle avait allumé la lampe de chevet. La vieille dame semblait paisible, allongée dans le grand lit, sur le dos, les couvertures remontées jusque sous son menton. Elle avait les yeux fermés et, hormis la vilaine bosse à son front, on aurait pu croire qu'elle faisait juste une sieste et avait dérivé vers un sommeil éternel.

Vanessa paraissait pétrifiée.

— La police va devoir venir ici aussi ?

— Je pense, oui. Pourquoi n'iriez-vous pas chercher Tegan ? Je reste.

Sur un hochement de tête, elle obtempéra.

Je m'affalai dans le petit fauteuil tapissé près de la table de chevet. Les mauvaises nouvelles n'arrivaient-elles pas par trois ? Robert, Jago et maintenant Lily.

Je remarquai alors le coussin en tricot que Lily avait tellement hâte de terminer. Il était tombé au sol, pas très loin de l'igloo de M. Tig. Je me rendis compte à cet instant que je n'avais pas remarqué son absence dans le sac à tricot en cretonne de Lily.

Quelque chose clochait. Pourquoi aurait-elle emporté le coussin dans sa chambre mais laissé le sac dans le salon ?

J'allai pour le ramasser et m'immobilisai. Les lunettes en écaille de Lily étaient posées sur le coussin, à même la moquette. Les verres en étaient fêlés.

Et puis, j'aperçus un soulier à lacet qui dépassait de sous la couette de Lily.

Avec précaution, je soulevai le tissu rembourré et lâchai un hoquet. La défunte portait encore l'autre chaussure. Rabattant un peu plus la couette, je réalisai qu'elle était tout habillée.

Affolée, je partis en courant vers le téléphone sur le bureau de Lily et appelai la police.

Patty décrocha à la troisième sonnerie. Apparemment, elle terminait une autre conversation, car je l'entendis rire et une voix d'homme lui lancer : « Tu es une vilaine fille. » Une musique torride jouait en fond.

— Si c'est au sujet de Jago Ferris, me dit-elle d'une voix quelque peu essoufflée, je crois que l'ambulance aérienne des Cornouailles a déjà récupéré son corps à Windward Point. Et j'ai informé Dennis que nous serions sur place demain matin à la première heure. On ne peut rien faire ce soir.

— Je ne vous appelle pas au sujet de Jago Ferris, corrigeai-je, avant de lui parler de Lily.

Je lui donnai les détails de ma découverte, à savoir qu'elle était tout habillée.

— C'était une vieille chouette excentrique, commenta Patty. Rien ne pourrait me surprendre de sa part.

— Mais… et le coussin en tricot ? insistai-je. Et ses lunettes cassées ?

— Écoutez, vous avez passé une journée terrible. Je vous ai dit qu'on n'avait pas de criminalité dans les Scilly. On trouvera une explication parfaitement raisonnable pour les deux cas, j'en suis certaine.

— Je l'espère.

Était-elle saoule ? Lui avait-on parlé de la blessure à la tête de Jago ?

— Le mieux que vous puissiez faire en attendant, c'est de passer une bonne nuit de sommeil, reprit Patty, l'air complètement détachée. Et surtout, ne touchez à rien. Oh, Henry, arrête… Arrête, je te dis ! Pardon, je dois vous laisser.

Sur ces mots, l'inspectrice Patricia Williamson mit un terme à la communication.

Je reposai le combiné, envahie par un mélange d'agacement et de soulagement. De toute évidence, Patty avait passé le cap du quatrième rendez-vous avec Henry et peut-être réagissais-je de façon disproportionnée. La policière m'avait affirmé que le crime était inexistant dans les Scilly et elle était bien placée pour le savoir. Quoi qu'il en soit, je décidai d'attendre que Vanessa revienne avec Tegan afin de les informer que j'avais parlé à la police et aussi que l'ambulance aéroportée des Cornouailles avait réussi à emporter le corps de Jago, probablement à la morgue.

J'espérais qu'elles ne tarderaient pas trop, car je m'inquiétais pour Margot. Pendant que j'attendais, remarquant le cahier de Lily sur le bureau, j'y jetai un coup d'œil. Comme elle me l'avait indiqué, il ne contenait que des coupures de presse sur des célébrités et autres histoires salaces prises dans les tabloïds. Je notai aussi un méli-mélo de photographies encadrées d'argent alignées sur une commode en noyer. Toutes représentaient une Lily nettement plus jeune, notamment une sur laquelle elle portait un uniforme d'infirmière bleu et blanc, avec une pèlerine à l'ancienne, juchée sur une bicyclette dont le guidon était alourdi d'un panier en osier. Un autre cliché la montrait le jour de son mariage, devant une vieille église. Et, quand je regardai la rangée de photos derrière, mon cœur manqua de s'arrêter. Je n'en croyais pas mes yeux !

Attrapant la photo, je retournai à notre chambre au pas de course via le balcon, sans me soucier qu'il tombe des cordes.

— Qu'est-ce qui se passe ? s'exclama Margot. On dirait que tu as vu un fantôme.

— Je suis contente de constater que tu n'en es pas devenue un.

— Je me sens beaucoup mieux, merci.

Je lui tendis la photo.

— Qu'est-ce que c'est ? demanda-t-elle. Qui sont ces gens ?

— À ton avis ?

Il s'agissait d'un cliché de deux hommes et deux femmes habillés aux couleurs bleu turquoise et blanc d'une équipe de sport. À en juger par les coiffures crêpées des femmes, je déduisais qu'elle avait été prise à la fin des années 1980.

Un trophée en argent trônait sur une petite table entre chaque couple. Dans le fond, on apercevait une partie d'un catamaran et le nom de l'embarcation était clairement visible. *Joanna.*

Je posai un doigt sur l'homme le plus grand, sur la gauche, celui aux cheveux blancs.

— C'est Robert, Margot.

— Il avait déjà les cheveux blancs à l'époque, commenta-t-elle. Bel homme. Et la femme à côté de lui… waouh… elle est sublime.

— Merci, Margot. Oui, en effet. C'est Joanna.

— On dirait Elizabeth Taylor en jeune. Robert avait même appelé son bateau *Joanna*, poursuivit-elle, avant de remarquer mon expression et de tendre une main pour serrer la mienne. Pardon. Ça n'est pas bon de les voir aussi heureux sur cette photo. Je me l'étais toujours figurée comme une vieille rombière.

— Ce n'est pas pour ça que je te montre cette photo, rétorquai-je sèchement. Tu ne vois donc pas ? Je l'ai trouvée dans la chambre de Lily. Elle devait donc connaître Robert. Je pense que c'est elle, là, à côté de lui, sauf que Lily n'a pas de grain de beauté. Tandis que cette femme, si.

— Ils sont faciles à enlever, dit Margot. Il y a peut-être quelque chose d'écrit au dos de la photo ?

— Non, ne…

Mais déjà ma sœur avait décroché le dos et l'enlevait.

— La vache ! Tu ne vas pas le croire.

Elle me rendit la photo. La légende était clairement notée :

Coupe Anderson. Juillet 1987.

Et en dessous, quatre noms : Bobby, Joanna, Jago et… Millicent.

Je n'en revenais pas.

— Lily est Millicent Small ?! Ce qu'on est bêtes. Bien sûr, Lily doit être le diminutif de Millicent.

— Et Small sans doute son nom de femme mariée, ajouta Margot.

— Elle m'a raconté qu'elle avait été mariée deux fois.

— Ce devrait être assez facile à vérifier.

— Mais quel intérêt maintenant ? répliquai-je, exaspérée. J'ai demandé à Jago s'il connaissait une certaine Millicent Small. Je lui ai même posé la question à elle. Pourquoi m'ont-ils menti ?

— Peut-être que Jago le lui a demandé ? *(Margot se figea.)* Oh non ! Attends. Pardon. Faut que je file aux toilettes…

Et elle se précipita vers la salle de bains.

— Je vais reposer ça, lui criai-je.

Et je m'apprêtais à sortir par la porte de la chambre quand une pensée me vint. Et si je tombais sur Tegan et Vanessa dans le couloir ?

J'optai donc pour le trajet via le balcon, songeant que cette journée émaillée d'épreuves commençait à virer à la farce.

Et juste au moment où je passais devant la fenêtre de Lily, je m'immobilisai. Je voyais Vanessa par l'entrebâillement des rideaux, qui feuilletait l'énorme album en cuir de Lily. À première vue, elle était seule. Et puis, à ma grande surprise, Vanessa arracha plusieurs pages, les froissa et les fourra dans la poche de sa tenue de soubrette. Un instant plus tard, la porte s'ouvrit sur Tegan, Bill le pasteur et Roger l'ara. Hélas, l'oiseau dut me sentir sur le balcon, car il se mit à battre des ailes en criant : « Feu dans la cale ! Feu dans la cale ! »

Je m'apprêtais à rebrousser chemin à la hâte quand la porte du balcon s'ouvrit et Tegan passa la tête.

— Bon Dieu, mais qu'est-ce que vous fabriquez là à rôder sous la pluie ?

— Euh… je me mouille ?

— Entrez, m'ordonna-t-elle.

Discrètement, je lâchai la photo dans une jardinière. Un geste intuitif, mais je ne savais que faire d'autre avec. Puis je retournai dans la suite de Lily, terriblement gênée par mon pyjama et mes bottes Dansko. Roger l'ara hurla : « Cor ! C'est bien ! » Bill le pasteur entra dans la chambre avec son oiseau et referma la porte derrière lui. M. Tig bondit immédiatement du fauteuil à oreilles pour aller se poster devant la porte où il miaula plaintivement pour qu'on le laisse entrer.

Tegan posait sur moi un regard suspicieux.

— Comment vous êtes-vous fait cette griffure au visage ?

Je lui expliquai que Margot était victime d'une intoxication alimentaire et que j'étais venue demander des conseils à Lily, mais qu'elle n'avait pas répondu quand j'avais frappé à sa porte. Sachant qu'elle gardait celle de son balcon ouverte pour le chat, j'avais décidé de tenter ma chance par là. M. Tig, qui était dehors sous la pluie, s'était précipité dans ma chambre quand j'avais ouvert ma porte-fenêtre.

— Il a filé sous le lit, mais lorsque j'ai voulu l'attraper, il m'a griffée.

Tegan fronça les sourcils.

— Pourquoi est-ce qu'il était dehors, ce chat ? Vous êtes bien sûre de ne pas l'avoir laissé sortir en pénétrant chez Lily ?

— Certaine.

— Eh bien, nous ne tarderons pas à connaître le fin mot de l'histoire. Vous dites que votre amie a fait une intoxication alimentaire ?

— Oui. Assez sévère pour me pousser à aller demander de l'aide.

Tegan se tourna vers Vanessa, furieuse.

— Il faut vraiment que ça cesse ! Je ne le supporterai pas !

L'interpellée rougit et marmonna quelques paroles incompréhensibles.

— Vous me prenez pour une idiote ? fulminait Tegan. Chaque fois qu'une femme séduisante séjourne ici et à qui Cador manifeste le moindre intérêt, vous l'empoisonnez avec votre nourriture.

Je tournai vers Vanessa un regard sidéré. Elle fit volte-face et sortit de la pièce en courant. S'ensuivit un silence embarrassé.

— Je suis désolée, repris-je enfin. Je comprends ce que vous devez ressentir.

Elle releva vivement la tête.

— Ah bon ? Ah oui, vraiment ?

— Oui. Perdre un époux, c'est dévastateur. Et maintenant Lily.

La porte de la chambre se rouvrit et Bill le pasteur passa la tête.

— Le téléphone de Lily est-il quelque part ?

— Pourquoi diable en avez-vous besoin ? s'étonna Tegan.

— Elle le posait toujours sur sa table de chevet, répondit-il. Or, il n'y est pas. C'est inhabituel.

À mes yeux, cela constituait une preuve supplémentaire que la mort de Lily était suspecte, mais je préférai garder mes théories pour moi.

De retour dans notre chambre, je trouvai Margot profondément endormie. Elle avait laissé une lampe allumée pour moi. Je me déshabillai aussi silencieusement que possible et me glissai sous les couvertures, absolument éreintée. Pourtant, malgré la fatigue, mon cerveau tournait à plein régime. Je ne pouvais cesser de penser à Robert et Joanna et au bonheur qu'ils avaient dû partager toutes ces années en arrière.

Et puis, il y avait Alex.

Alex qui était sur l'île, cet après-midi. Il avait aisément pu voir Jago en train de m'attendre sur le sentier côtier. Ce qui lui aurait offert une occasion parfaite de se débarrasser de son rival, surtout avec ce brouillard. La destruction du portrait de Tegan avait peut-être été la goutte d'eau qui avait fait déborder le vase. Et pourtant, lors de notre conversation dans l'affût, il m'avait plutôt fait l'effet d'un homme résigné à son destin que d'un homme animé par la violence.

Et Lily, quel rôle jouait-elle dans cette histoire ? J'étais convaincue qu'elle avait été assassinée, quoi que Patty m'ait affirmé au téléphone. Et Vanessa, qu'avait-elle arraché à l'album de Lily pour le cacher dans sa poche ?

Enfin, il y avait le message de Jago. Pourquoi souhaitait-il me rencontrer au banc de William, sur le chemin côtier, plutôt qu'à son bureau ?

Tandis que j'étais là, allongée dans mon lit, incapable de dormir, l'idée me vint peu à peu que la personne qui avait été poussée au bas de la falaise n'était peut-être pas la bonne. Margot avait bien raisonné : c'était peut-être moi qui étais visée.

23

— Je ne serai pas fâchée de partir d'ici, avouai-je à Margot en refermant mon sac de voyage. Allez, viens, on ne peut pas se permettre de rater le tracteur de mer, cette fois. Pas question de rester ici une minute de plus.

— J'ai presque fini, me répondit Margot, qui pourtant était loin d'avoir achevé ses bagages. En revanche, je prendrais bien un café.

— Il n'y a pas de service en chambre ici, tu le sais. Mais s'il faut que je t'en prépare un pour que tu sois prête à temps, je le ferai.

— Noir. Non, ajoute un nuage de lait et trois bonnes cuillerées de sucre – et je t'interdis de faire le moindre commentaire.

Quand je sortis dans le couloir, je fus surprise de tomber sur un jeune officier de police montant la garde devant la porte de la chambre de Lily. Le visage glabre, constellé de taches de rousseur, il ne pouvait pas avoir plus de vingt-deux ou vingt-trois ans.

Il hocha la tête en guise de salutation et redressa les épaules. Je savais que les Scilly étaient un monde à part entière, mais depuis quand avait-on les moyens d'utiliser l'un des quatre policiers qui parcouraient les 142 îles pour qu'il fasse le planton devant la porte d'une vieille dame ?

Une sensation désagréable, sorte de mauvais pressentiment, s'installa au creux de mon ventre. Peut-être Patty m'avait-elle prise au sérieux au bout du compte.

Je fus contente de trouver Dennis à la réception.

— Que se passe-t-il ? Il y a un policier en faction devant la chambre de Lily.

— Honnêtement, je n'en sais rien.

Il avait l'air anéanti. Des ombres noires avaient fleuri sous ses yeux rougis. Il avait besoin d'un bon coup de rasoir et ses vêtements étaient froissés.

— Puis-je commander un café pour Margot ? Oh, et puis non, ne vous tracassez pas. Je vais demander à Vanessa.

— J'ai bien peur que vous ne deviez vous le préparer vous-même, me dit-il. Vous ne l'auriez pas vue ce matin, à tout hasard ?

— Non. Pas depuis hier soir.

Je décidai de ne pas lui répéter le commentaire de Tegan comme quoi la jeune femme empoisonnait les clientes séduisantes.

— Elle était vraiment dans un sale état, mais… *(Il hésita.)* Je ne l'ai pas trouvée dans sa chambre. En fait, son lit n'était pas défait.

Je réfléchis un instant.

— Peut-être est-elle allée consoler Cador ?

Dennis secoua la tête.

— Non. J'ai passé la majeure partie de la nuit avec Cador. On a dû attendre l'ambulance aérienne.

Alex Karlsson nous rejoignit au comptoir d'accueil. J'étais étonnée de le voir déjà à l'hôtel, avant de comprendre qu'il avait dû y passer la nuit. Mes soupçons concernant son rôle dans la mort de Jago s'accentuèrent.

— Tegan dit que Vanessa ne lui a pas apporté son café matinal. Si vous m'indiquez la cuisine, je le préparerai volontiers.

— Dans ce cas, je vais vous conduire tous les deux à la cuisine. Avec mes excuses quant à son état, ajouta Dennis en passant devant nous. Comme vous le verrez, Vanessa était trop bouleversée hier soir pour faire la vaisselle.

Effectivement, la cuisine semblait avoir été dévastée par un bombardement. Alors que Margot et moi avions été les deux seules convives au dîner, Vanessa avait réussi à utiliser tous les plans de travail disponibles.

Alex et moi échangeâmes à peine deux mots en attendant que l'eau bouille pour le café. Il semblait préoccupé et je sentais qu'il n'avait pas envie de me faire la conversation.

Pour une fois, Margot tint parole. Quand je retournai à notre chambre avec deux cafés et deux croissants que j'avais dénichés et réchauffés au micro-ondes, elle était prête à partir.

— Tu vois, m'exclamai-je, tu peux y arriver quand tu fais des efforts !

— Je ne tiens surtout pas à porter le chapeau si on rate la moissonneuse.

Elle prit le mug de café et dévora le croissant, auquel elle ajouta une bonne dose de confiture de framboises.

— Quoi ? lança-t-elle d'un ton de défi.

— Je suis contente de constater que tu as retrouvé ton appétit.

Je remarquai qu'elle avait seulement appliqué une touche de mascara et de rouge à lèvres. Apparemment, ma sœur super glamour avait renoncé au vernis hollywoodien, du moins pour un moment. Elle portait d'ailleurs un jean – de créateur, tout de même.

— Dennis va venir prendre ma valise ?

— Non, répondis-je, avant de lui raconter que Vanessa était introuvable.

— Et la vieille chouette, elle est morte dans son sommeil ?

Le manque de cœur de ma sœur me fit grimacer.

— C'est peu probable.

Et je lui parlai du jeune planton devant la porte de Lily.

— Ou alors, ils n'ont rien d'autre à faire, conclut-elle sèchement.

Elle usa néanmoins de son charme sur l'officier de police, qui nous autorisa timidement à l'appeler Owen et accepta de porter l'énorme bagage de Margot jusqu'à la jetée.

— Allez, Owen, le taquinait-elle. Vous pouvez bien nous dire. Quelqu'un l'a tuée ?

— Je ne suis pas autorisé à le révéler, m'dame, répliqua Owen avec raideur.

— Vous regardez trop de films, commenta Margot. Cette phrase est rebattue. Vous savez, je travaille dans le cinéma. Si vous nous racontez ce que vous savez – sous le sceau du secret, bien sûr –, je suis quasi certaine de vous trouver un rôle dans mon prochain film, un *spin-off* de *Pirates des Caraïbes*.

Je lui jetai un regard furibond, auquel elle répondit par un sourire narquois. Je les laissai donc à leur discussion. Quand je passai devant pour entamer la longue descente jusqu'à la jetée et au tracteur de mer qui nous attendait, je ne vis pas le moindre signe de Dennis. Bill le pasteur n'était nulle part non plus. En fait, la jetée était déserte.

Margot, suivie à quelques pas d'un Owen peinant avec sa valise, me rejoignit pour demander :

— Où sont-ils tous passés ?

— Arrêtez-vous immédiatement, tonna une voix féminine familière.

Patty émergea de l'ombre de la falaise. En uniforme.

— On s'en va, mesdames ?

— Eh bien, il se trouve que oui, répondit Margot. Nous avons un vol retour pour Los Angeles demain et devons être à Heathrow ce soir.

— J'ai bien peur que ça ne soit pas possible, déclara Patty. Vous allez devoir rester une nuit supplémentaire, voire deux, jusqu'à ce que la police et notre médecin légiste aient eu le temps de terminer leurs examens.

Mon cœur se serra.

— Donc… vous êtes d'accord que la chute de Jago n'était pas un accident ?

— Je ne suis pas en mesure de le révéler.

— Je ne vois pas bien en quoi nous pouvons vous être utiles, intervint Margot.

— Et moi, je pense que si, argua Patty. En fait, j'en suis certaine.

— Bien sûr, nous vous aiderons du mieux que nous pourrons, me hâtai-je de dire. Je me doutais que vous auriez des questions à me poser, puisque j'étais avec Dennis quand nous avons trouvé… quand…

— Et n'oublions pas que vous étiez dans la suite de Lily Travis alors qu'elle était morte dans son lit hier soir, ajouta Patty en inclinant la tête. Hmm ?

— Mais… mais j'ignorais qu'elle était… morte à ce moment-là, protestai-je. C'est Vanessa qui l'a découverte et si vous vous souvenez bien, c'est moi qui vous ai appelée !

— Exact. Mais hélas, j'étais quelque peu distraite et ne vous ai pas très bien écoutée, fit-elle, avec un sourire qui n'éclairait toutefois pas ses yeux. En revanche, je suis tout ouïe désormais, alors… tout le monde remonte à l'hôtel.

— C'est fort embêtant, fulmina Margot. Je dois rentrer à L.A. ! J'ai des gens qui comptent sur moi ! Je pourrais perdre des financements pour…

— Quoi ? *Pirates des Scilly ?* ironisa Patty. Allons, je vous ai dit de remonter à l'hôtel. Hop, hop, hop ! Par chance, la gendarmerie du Devon et des Cornouailles va pouvoir vous prêter Owen comme porteur pour le trajet retour.

Owen rougit.

— Désolé, m'dame.

— Je vous suggère de remonter défaire vos bagages, mesdames, et puis de me rejoindre dans le Salon des résidents dans trente minutes. Alors, nous pourrons avoir une petite conversation.

24

Nous arrivâmes les premières.

Owen attendait près de l'entrée du Salon des résidents, l'air grave.

— Patty ne va pas tarder.

Le Salon des résidents emmenait son décor typique des années 1970 à un niveau supérieur. Tout au fond, un pan de mur encastré en teck avec une fausse cheminée en son centre, flanquée de grands haut-parleurs. Au-dessus, du côté gauche, une platine huit pistes et sa stéréo et, du côté droit, un bar bien garni avec un miroir en guise de paroi du fond. Les tissus, les rideaux et les coussins étaient tous rouge et vert. Une moquette à poils longs, qui avait connu des jours meilleurs, dégageait d'étranges effluves de renfermé. Sans les fenêtres du sol au plafond – une caractéristique récurrente et appréciable de l'hôtel –, le salon aurait été étouffant. Au lieu de quoi, il y régnait une impression incroyable de lumière et d'espace.

Plusieurs fauteuils en similicuir étaient regroupés autour de quelques tables ici et là, ainsi qu'un canapé Chesterfield en cuir rouge devant une longue table basse en teck. Deux fauteuils à oreilles étaient positionnés dans une alcôve en surplomb avec vue sur la terrasse. Des périodiques, des magazines et les journaux de la veille étaient rangés dans des casiers prévus à cet effet.

Margot se dirigea tranquillement vers la fenêtre et s'abîma dans la contemplation du dehors, l'air pensive. Je jetai un coup d'œil au mur de livres. Des étagères entières, pleines à ras bord de collections de fictions à suspense ou de polars, depuis l'âge d'or – des premières éditions, à en juger par les couvertures en cuir ou en tissu. Dennis n'avait pas exagéré. Je me demandai ce qu'Agatha Christie ou George Goodchild auraient dit du groupe de personnages sur le point de se rassembler dans le Salon des résidents.

Dennis entra chargé d'un plateau avec une *cafetière*[1], du lait et du sucre, une théière et une assiette de biscuits. Il déposa le tout sur le guéridon en teck, puis sortit d'autres petites assiettes, des tasses et des sous-tasses du placard en dessous, ainsi que des serviettes en papier.

Patty apparut accompagnée de Tegan et de Cador. Tegan avait l'air éreintée. Quant à l'expression de Cador, elle était difficile à déchiffrer. Il guida sa mère jusqu'au Chesterfield où tous les deux s'assirent.

Alex suivit, qui opta pour un fauteuil dans l'angle opposé. Margot et moi choisîmes les deux fauteuils au cadre en teck et d'une couleur effroyablement moutarde, en face du Chesterfield. Dennis alluma la fausse cheminée, puis se retira au fond de la pièce.

1 En français dans le texte.

Personne ne parlait. Bill le pasteur entra à son tour, en chemise cléricale noire et col sous une veste usée jusqu'à la corde, heureusement sans son ara mais, à mon grand étonnement, avec M. Tig dans ses bras. Il alla s'asseoir sur l'un des fauteuils à oreilles et installa le chat sur ses genoux.

— Toujours pas de nouvelles de Vanessa Parsons ? s'enquit Patty en sortant son carnet de la police.

— Toujours pas, confirma Dennis avec un sourire forcé.

— Elle n'est pas dans sa chambre, intervint Tegan. J'ai déjà vérifié. Vous l'avez vue ce matin, à un moment donné ?

Dennis secoua la tête.

— Ça ne lui ressemble pas du tout.

— Nous allons la retrouver, déclara Patty.

— Et toi, Cador ? voulut savoir Tegan. C'était quand, la dernière fois que tu l'as vue ? Elle te suit comme un pot de colle.

— Hier après-midi, répondit Cador. Dans le vallon, pendant que je discutais avec Evie.

Tegan ricana.

— Elle a dû partir en trombe, très vexée.

— Elle n'a pas pu aller bien loin, reprit Cador. Quelqu'un a essayé de l'appeler ?

— Bien sûr, répondit Dennis. Mais son téléphone est éteint.

— C'est bien ce que je dis. Vexée, marmonna Tegan.

— Très bien, reprit Patty. Servons-nous du café, ou du thé, et ce qui ressemble à des biscuits faits maison.

Ou devrais-je dire des cookies, puisque nous avons une Américaine parmi nous.

— En fait, je ne suis pas américaine, corrigea Margot. Et non, merci, j'ai déjà mangé un croissant ce matin.

— Je croyais que vous aviez une intoxication alimentaire, fit remarquer Tegan.

— Je me sens beaucoup mieux. Merci de votre sollicitude.

Patty prit position devant la cheminée. Et but une gorgée de son thé.

— Délicieux, commenta-t-elle. J'aime bien une bonne tasse de thé.

Elle balaya la pièce d'un regard attentif, s'arrêtant ostensiblement sur chacun de nous.

— On se croirait un peu dans une scène d'Hercule Poirot, n'est-ce pas ? Les suspects réunis dans le salon et puis, à la fin, on découvre que c'est le majordome qui a fait le coup.

Margot me donna un coup de coude en murmurant sans un son : « C'est quoi ce cirque ? »

— Des suspects ? répéta Tegan, blanche comme un linge. Je n'aime pas ce que vous sous-entendez.

— Je ne sous-entends rien du tout, répliqua Patty en prenant une nouvelle gorgée de thé. Je vous énonce juste les faits tels qu'ils sont sans les enrober. Jago a délibérément été frappé à la tête à l'aide d'un objet contondant.

Il y eut un hoquet collectif d'horreur, mais si la nouvelle ne me surprenait pas, j'étais en revanche étonnée que Tegan n'ait pas déjà été au courant. Dennis avait pourtant dû l'en informer.

Le visage de la veuve venait de prendre une teinte cireuse. Je la vis tourner les yeux vers Alex, qui avait l'air plongé dans l'étude approfondie de ses mains posées sur ses genoux.

— Mais il est ju… juste tombé… non ? bredouilla Tegan. Je croyais qu'il était tombé.

— Mon équipe passe toute la piste piétonne au peigne fin, en particulier la zone autour du banc de William, de la tour de garde en ruine et du phare de Windward Point.

— Par « équipe », je suppose que vous faites allusion au jeune Kip ? demanda Tegan, qui semblait requinquée.

— C'est exact, confirma Patty. L'agent de police Kip Granger a l'œil d'un aigle.

Je perçus une lueur alarmée dans le regard de Tegan et la vis jeter un autre coup d'œil vers Alex. Qui secoua la tête. Le geste était si subtil que si je n'avais pas déjà été au courant de ses sentiments pour elle, je ne l'aurais pas remarqué.

— Mais pourquoi la piste piétonne ? s'enquit encore Tegan. Je croyais que Jago était tombé du sentier côtier près du banc de William ?

— Comme je l'ai dit, nous avons beau être une équipe réduite, nous nous enorgueillissons de notre minutie… Raison pour laquelle nous avons besoin de l'autorisation de fouiller les chambres.

— Les chambres ! s'exclama Tegan. Mais… pourquoi diable ?

— Alors ça, c'est un secret. Non, mais sérieusement, ironisa Patty, vous me posez vraiment la question ?

Bon, je vous donne un indice : nous cherchons tout ce qui pourrait être incriminant.

— Si quelqu'un avait frappé Jago à la tête, il – ou elle –, fit Margot, les yeux braqués sur Tegan, n'aurait sûrement pas rapporté l'arme ou l'objet « incriminant » dans sa chambre. La personne ne l'aurait-elle pas plutôt jeté à la mer ?

— Ah ! L'avis de Hollywood est toujours le bienvenu, se moqua Patty. Mais dans la vraie vie, vous serez surprise d'apprendre que les criminels laissent derrière eux toutes sortes d'indices étranges. Un Kleenex oublié, par exemple. Ou un mégot de cigarette.

— De toute façon, faites ce que vous avez à faire, bien sûr, Patty, intervint Cador.

— Non, mais vous n'êtes quand même pas en train de nous accuser – et par « nous », j'entends moi-même, Cador, Dennis et… et Alex, décréta Tegan.

Cador posa une main sur le bras de sa mère pour la calmer.

— Laisse la police faire son travail, maman.

Pourtant, elle le repoussa avec colère. Et se tourna pour poser sur Margot et moi un regard furibond.

— Nous n'avions jamais eu le moindre problème avant qu'elles débarquent.

— Et Vanessa, ajouta Patty. N'oublions pas Vanessa… où qu'elle soit. Est-ce elle qui a préparé ces biscuits, Dennis ? Ils sont vraiment très bons, dites-moi.

Sur quoi, la policière prit un second gâteau et croqua dedans.

Soudain, Tegan se mit debout.

— Je vous accompagne. Ma chambre est un vrai fouillis.

Patty sourit.

— En fait, mon équipe a déjà commencé la fouille des chambres. Que dit l'expression ? « Ne demande pas la permission, implore plutôt le pardon » ? Eh bien, pardon !

Tegan se rassit, manifestement ennuyée.

— Toutefois, madame Tegan a soulevé un point intéressant, reprit Patty. Puis-je vous appeler Tegan ?

— Arrête un peu ton cirque, Patty. Maman te gardait quand tu portais encore des couches.

— Comme je le disais, poursuivit la policière à travers une bouchée de miettes, nous n'avons pas de crime dans les Scilly et tout à coup, nous voilà avec deux meurtres.

— Deux ? releva aussitôt Dennis.

— C'est en rapport avec Lily ? demanda soudain Tegan. C'est ça, hein ? Oh, mon Dieu.

Autre regard angoissé à Alex, qui de nouveau se hâta de baisser les yeux vers ses mains.

Patty se figea.

— Qu'est-ce qui vous porte à penser que la mort de Jago soit en lien avec celle de Lily Travis, Tegan ?

Cette dernière ressemblait à un lapin pris dans les phares d'une voiture. Elle cilla et s'empourpra.

— Je… je ne me sens pas bien. J'ai besoin d'aller m'allonger.

— Vous pourrez vous allonger dès qu'on en aura fini, décréta Patty sur un ton que je ne lui avais jamais entendu.

Et je me rendis compte que ses manières douces, ses plaisanteries cachaient une femme de fer. Elle savait comment amener les gens à se détendre, et puis elle passait immédiatement au « méchant flic », les prenant au dépourvu. Il y avait, dans sa personnalité, quelque chose de légèrement psychopathe que je trouvais pour le moins déstabilisant.

— Je suis certaine à 99 % que Lily a été étouffée par le royaume de Dorne, reprit-elle. Pour ceux qui ne seraient pas familiers de la série télévisée *Game of Thrones*, c'est l'un des sept royaumes qui la peuplent.

— Elle tricotait les sept pour les vendre sur Etsy, confirmai-je, avant de me demander ce qui m'était passé par la tête pour songer à mentionner ce détail.

— Quelle bonne idée, commenta Margot. Même si, en ce qui me concerne, je n'ai jamais été fan.

— Je suis sûre qu'à la fin de nos investigations, nous aurons trouvé des traces de fibres de laine dans son nez… Oh, ne me regardez pas comme ça, madame Chandler. Ce n'est pas parce que je suis policière dans ces îles que je ne suis pas au courant des dernières procédures et autres pratiques de pointe.

Sur quoi, Patty mordit de nouveau dans son biscuit.

— Et comme Evie… puis-je vous appeler Evie ?

— Oui.

— Comme Evie me l'a fait remarquer hier soir, Lily a été mise au lit tout habillée. De quoi agiter un chiffon rouge, non ?

— Mais pourquoi s'en prendre à Lily ? s'étonna Dennis, l'air sidéré. À moins…

— À moins que quoi ? voulut savoir Patty.

— Rien, se hâta-t-il de répondre.

— C'est en lien avec notre personne disparue ? s'enquit Patty.

— Non. Rien. Rien du tout, dit Dennis.

— Elle ! Elle a forcément quelque chose à voir avec tout ça ! s'écria Tegan en pointant sur moi un doigt accusateur. Je le sais. Dennis l'a trouvée près du banc de William ! Et après, elle rôdait sur le balcon hier soir. Elle fouinait dans la chambre de Lily.

— Je vous ai déjà expliqué pourquoi j'étais dans sa chambre, protestai-je. Margot souffrait d'une intoxication alimentaire. Or, je savais que Lily avait toutes sortes de médicaments dans son cabinet de toilette.

— Demandez à Mme Mead de détailler où elle était hier après-midi, continuait Tegan. Nous l'avons tous vue errer un peu partout sur l'île.

— Je m… me suis perdue dans les fou… fougères, balbutiai-je. C'est comme ça que j'ai atterri au banc de William, ajoutai-je, appelant Dennis à l'aide. Dennis m'a rattrapée, au bord de la falaise. Autrement, je tombais dans le précipice ! Il m'a sauvé la vie.

— Interrogez-la sur l'argent ! insista Tegan d'un ton triomphant. Oui, interrogez-la là-dessus !

— Vous ne savez pas de quoi vous parlez, intervint Margot. Si quelqu'un avait quelque chose à gagner, c'est Tegan et… *(Dans un geste théâtral, elle désigna Alex.)* Lui !

Cador parut perplexe.

— Nom de Dieu, mais qu'est-ce qui se passe ? Est-ce que vous… attends…

— Nous sommes de vieux amis, chuchota Tegan.

— Oui, ça, je suis au courant, confirma Cador. Je sais qu'Alex est venu ici un été, il y a des années, et qu'il a participé au repêchage de la figure de proue de l'*Isadora*, mais… Oh, je vois. C'est l'un de ces « amis »…

— S'il te plaît, le supplia Tegan, laisse-moi t'expliquer.

— Non, merci, je ne préfère pas.

Cador avait l'air écœuré. *A priori*, son père lui avait parlé des infidélités de Tegan avec les touristes. Patty, qui nous observait tous avec intérêt, s'était resservie en biscuit – le troisième. À croire qu'elle laissait les joueurs abattre leurs cartes.

— Calmons-nous, calmons-nous, dit-elle enfin. Je crains de devoir vous poser à tous quelques questions très difficiles. Quelqu'un veut-il encore du thé ou du café, peut-être aller se repoudrer le nez ? *(Elle regarda Margot.)* N'est-ce pas ainsi que vous dites, vous les Américains ?

— C'est une question ? rétorqua ma sœur.

— Ne te la mets pas à dos, lui murmurai-je.

— Oui, mais elle m'agace, me répondit Margot sur le même ton.

Patty riva sur moi son regard perçant.

— Evie… J'ai cru comprendre que vous avez perdu votre mari le 2 novembre dernier.

J'étais médusée.

— Eh bien… oui.

— Votre mari ? s'exclama Cador. Vous n'avez jamais parlé…

— Donc pour clarifier la chose, l'interrompit Patty, si vous travaillez pour Mme Chandler – vous permettez que je vous appelle…

— Margot, oui, oui, la coupa celle-ci.

Patty s'éclaircit la gorge.

— Si vous travaillez pour Margot sur ce film intitulé *Pirates des Scilly* à Los Angeles et que votre époux et vous viviez à Penshurst, dans le Kent… je n'ai pas le code postal en tête… Bref, je suis un peu perdue.

— Veuillez m'excuser, m'dame. Y a quelque chose que vous devriez voir.

Owen entra dans le salon chargé de plusieurs sachets refermables. Il tendit le premier à Patty. Je discernai un petit flacon en plastique avec un bouchon pointu.

La policière écarquilla les yeux.

— Où as-tu trouvé ça ?

— Dans la chambre de Vanessa Parsons, m'dame.

Sur ces mots, Owen se pencha pour lui chuchoter quelque chose à l'oreille. À quoi, elle acquiesça.

— Elle a pris la fuite ?

— Impossible à dire. Ses vêtements et son iPhone sont encore dans sa chambre.

— Je m'inquiète pour elle, intervint Dennis.

— Vanessa a un passif, déclara Patty. Pourquoi Jago a-t-il accepté…

Elle se tut.

— Monsieur Jago a eu la gentillesse de lui offrir une seconde chance, répliqua froidement Dennis. Ma nièce a été malmenée par la vie, mais je peux vous promettre que jamais elle…

— Vanessa est votre nièce ?! s'exclama Margot.

Nous échangeâmes un regard surpris. Voilà en tout cas qui expliquait la patience de Dennis envers la jeune femme tourmentée.

— Je peux vous assurer que la police est tout à fait au courant de la vie dure de Vanessa, confirma Patty. Jusqu'à maintenant, elle ne nous a jamais causé le moindre souci.

— Je suis content de l'entendre, intervint Cador d'une voix lourde d'ironie. Elle s'est contentée de me harceler sur une base quotidienne. Je dirais au contraire que c'est une cause de souci, non ?

Owen se tourna vers Dennis.

— Et j'ai trouvé un petit paquet livré par Amazon dans sa chambre, dit-il en le désignant. Mais il était adressé à Vanessa Parsons.

— Un colis d'Amazon, s'étonna Patty. Voyez-vous ça. Quand a-t-il été livré ?

L'expression de Dennis ne changea pas.

— Il est arrivé il y a une semaine. Elle… Vanessa n'est pas au courant qu'il est en ma possession.

— Et savons-nous ce qu'il contient ? s'enquit Patty.

Dennis ne répondit pas. La policière s'adressa à Owen :

— Je peux hasarder une raison assez plausible.

Et elle désigna son ventre en faisant un drôle de geste de la main, comme si elle était enceinte. Owen sourit.

— Eh bien, si Mlle Parsons ne se montre pas dans les vingt-quatre heures, reprit Patty, je pense que nous jetterons un petit coup d'œil à l'intérieur de ce colis.

— Et j'ai aussi trouvé ça, ajouta Owen.

Il tendit un autre sachet refermable, qui contenait des morceaux de papier déchiré.

— C'était dans la chambre de Mme Mead. J'ai pris la liberté de reconstituer le message.

— Oh non ! murmurai-je.

Car je savais exactement ce qu'étaient ces morceaux de papier.

25

— Quel message ? De quoi parlez-vous ? s'emporta Tegan. Oh, pour l'amour de Dieu, Patty, cessez de faire tous ces mystères.

— Un message demandant qu'Evie rejoigne votre mari au banc de William sur le sentier côtier.

Tegan poussa un cri alarmé.

— Jago lui a demandé, à elle, de le retrouver là-bas ? Pourquoi ?

— J'y viens, répondit la policière. Vous voyez que nous sommes très rapides à rassembler les pièces du puzzle – au sens propre – même si je dois dire qu'un message incriminant déchiré en quatre gros morceaux n'a pas été ce que je qualifierais de challenge énorme pour nous. *(Patty posa sur Margot et moi un regard froid.)* L'une de vous deux a eu l'idée de l'avaler, je parie. Ils font ça à Hollywood ?

— Evie n'a vu le mot qu'après son retour, intervint Margot. C'était une pure coïncidence qu'elle se soit trouvée à proximité de la chaise ou du banc de William, quel que soit le nom que vous lui donniez.

— Oui, c'est absolument vrai, confirmai-je.

— L'enveloppe a dû être glissée sous la porte de notre chambre pendant que je faisais une sieste dans l'après-midi, poursuivit Margot.

— Comme c'est pratique, siffla Tegan.

— À quelle heure êtes-vous revenue à votre chambre après votre promenade matinale ? voulut savoir Patty.

Ma sœur eut l'air surprise.

— Moi ? Vers 14 heures peut-être, 14 h 30. Je ne me rappelle pas précisément.

— De ce que nous en savons, vous n'étiez pas rentrée pour le déjeuner.

— J'ai mangé une barre de protéines. Je ne déjeune pas, en général. Et puis, en l'occurrence, je me suis perdue dans les fougères. C'est un véritable labyrinthe, non ?

— Comme moi, ajoutai-je. Raison pour laquelle je me suis retrouvée au banc de William, en fait. Je vous ai déjà raconté ça.

— J'étais en plein décalage horaire, quelque chose de terrible, continuait ma sœur. Alors quand je suis revenue chez cette bonne vieille Margery Allingham, j'ai fait une sieste et à mon réveil, j'ai remarqué une enveloppe qui avait été passée sous notre porte. Elle était adressée à Evie, j'ai pensé qu'il s'agissait d'une de ces lettres de bienvenue qu'on vous donne dans les hôtels.

— Y a-t-il une heure mentionnée dessus ? intervint soudain Tegan. Une date ?

— Je ne pense pas, répondis-je.

Tegan claqua des doigts en direction de la policière.

— Passez-la-moi. Et non, je n'en toucherai pas le contenu.

Patty lui tendit le sac zippé. Tegan le lissa afin de lire le message à travers le plastique. Au bout de moins de trente secondes, elle éclata de rire.

— Ça ne vient pas de Jago.

Pour la première fois, je perçus une surprise sincère chez Patty.

— Vous en êtes certaine ?

— Ayant été mariée trente ans avec lui, je peux vous assurer que je connais mon mari. Jago était obsessionnel : il notait toujours la date et l'heure exacte, à la minute près, sur tous les messages qu'il rédigeait. Ça faisait partie de ses petites manies.

— Même sur un mot de ce genre ? s'enquit Patty.

— Absolument.

— Madame Tegan a raison, confirma Dennis. Monsieur Jago était à cheval sur la ponctualité. Si vous prenez la peine de jeter un coup d'œil au registre de l'hôtel, vous constaterez qu'il insiste – insistait – pour que soient notées les heures d'arrivée et de départ d'un client. J'ai un échantillon de ses notes aussi, si vous souhaitez les comparer.

— Donc si Jago Ferris ne l'a pas rédigé, reprit Patty, qui est-ce ?

Personne ne répondit.

Patty adressa un signe de la tête à Owen, qui lui tendit encore un sachet refermable contenant une lettre.

— Qu'avez-vous trouvé d'autre ? voulut savoir Tegan. Le livre ? Le livre y était ?

Patty ne prit pas la peine de lui répondre, trop concentrée à enfiler des gants jetables pour sortir la lettre du sachet plastique. Soudain, ses yeux s'écarquillèrent de surprise.

— Voilà qui est vraiment fascinant.

— Qu'est-ce que c'est ? demanda encore Tegan. Montrez-moi !

— Cela ne vous concerne pas, rétorqua Patty, qui se retourna vers moi. Il s'agit de la copie d'un arrangement concernant un prêt consenti à Jago Ferris pour une somme de cent mille livres de la part d'un certain Robert Mead – votre époux, Evie, je présume – avec pour témoin Millicent Small. Aussi connue sous le nom de Lily Travis.

— Quoi ?! s'exclama Cador, l'air sous le choc. Comment se fait-il que je n'aie pas été au courant de ça ?

Tegan ne réagit pas. Son visage semblait dénué de toute émotion.

— La mise en garde à l'emprunteur stipulant que si le prêt n'était pas remboursé, l'hôtel de Tregarrick Rock deviendrait la propriété de Robert Mead – et donc, étant donné le décès de votre mari, il doit désormais vous appartenir, Evie. Félicitations.

— Maman ? lança Cador.

Et puis, voyant qu'elle ne réagissait pas, il tourna vers moi un regard perplexe.

— C'est donc pour ça que vous êtes ici ?

— Non, répondis-je. Ce n'est pas pour ça que nous sommes venues. En plus, l'emprunt a été remboursé.

— C'est faux ! fulmina Tegan. Vous affirmiez que l'emprunt n'avait jamais été remboursé… Je vous ai entendus vous disputer à ce sujet !

— Au début, oui, admis-je. Et puis, il m'a prouvé que si, reçu à l'appui. Pourquoi aurais-je été le pousser de la falaise ? Je n'avais rien à y gagner !

— Mais vous étiez en colère, argua Tegan.

— Pourquoi un emprunt ? voulut savoir Cador. Pourquoi père aurait-il seulement eu besoin d'emprunter une telle somme d'argent ?

— Je n'en ai aucune idée, répondit Tegan avec lassitude. Des réparations de dégâts causés par la tempête ? Une nouvelle toiture ? Jago ne parlait jamais d'argent avec moi.

Cador était sidéré.

— Mais pourquoi aurait-il emprunté cet argent au mari d'Evie ?

— Je l'ignore, répondis-je. Tout ça s'est passé avant que je l'épouse.

— Mais… quel rapport avec le tournage d'un film ici ? *(Cador me regardait.)* Evie ?

— Ah ça, intervint Patty. Voilà une autre histoire !

Je ne pensais pas que mon cœur pouvait se serrer davantage, et pourtant si.

— Je suis cinéaste ! s'écria Margot. Je vis à Los Angeles. Je peux vous montrer mon passeport ! J'ai une carte verte !

— Ah oui, c'est vrai. J'ai failli oublier, ironisa Patty. Ce que vous ne semblez pas comprendre, mesdames, c'est que les Scilly prennent très au sérieux quiconque vient visiter leurs rivages. Nous effectuons des recherches sur tous nos touristes. Nous avons accès à toutes les listes de passagers. Je savais précisément qui vous étiez avant même que nous ayons été officiellement présentées.

Margot lâcha un hoquet, mais pour ma part, j'étais trop choquée pour émettre le moindre son. J'étais furieuse. Folle de rage contre ma sœur ! Si nous avions été honnêtes d'emblée, rien de tout ça ne serait arrivé. Rien du tout !

— Mais… pourquoi n'en avoir rien dit sur le moment ? demanda Margot.

— Parce que je m'amusais bien trop à regarder les « sœurs des Scilly » s'enfoncer dans leur mensonge.

Cador ouvrit grand la bouche.

— Quoi ?!

Tegan semblait médusée.

— Vous êtes sœurs ?!

— Comme je le dis à plein de gens qui essaient de m'embobiner, je ne suis pas qu'une jolie tête, ajouta Patty. Les gens viennent dans les Scilly soit pour se cacher de quelque chose, soit pour fuir quelqu'un, fit-elle en nous regardant, curieuse. Parmi ces options, j'hésite à établir votre motif, à toutes les deux.

— On est juste venues passer un week-end, tentai-je sans conviction.

Margot se mit à applaudir lentement.

— Bravo. Félicitations d'avoir découvert ça. Seulement j'ai le regret de vous informer que vous êtes hors piste, en l'occurrence.

— Margot ! m'exclamai-je.

Patty eut l'air prise au dépourvu.

— Je vous demande pardon ?

— *Cui bono ?* fit ma sœur. À qui profite la mort de Jago et de Lily ? Certainement pas à ma sœur ici présente. Et même ce pauvre Alex… qu'y gagneraitil ? Il est déjà condamné à mort. Non, ajouta-t-elle en balayant la pièce et ses occupants du regard, vous feriez mieux de vous regarder, vous, au lieu d'essayer de faire porter le chapeau à des étrangères.

Ma rage de l'instant d'avant s'évanouit. C'était en des moments pareils que j'adorais ma sœur. Jamais elle n'avait eu peur d'exprimer son opinion.

— Comment osez-vous !

Tegan tremblait de colère.

— Parle-leur de la police d'assurance-vie, Evie, m'invita Margot.

— Je suis tout ouïe, lança Patty.

— Jago m'a dit qu'il l'avait dénoncée pour rembourser le prêt, répondis-je.

— Vous pouvez donc faire une croix là-dessus, madame Ferris, conclut Margot, avant de marquer une pause théâtrale pour ménager ses effets. Et je parie que Mme Ferris croyait que l'assurance-vie existait toujours. De quoi recommencer une nouvelle vie avec Alex… en Suède !

— En Suède ? s'étonna Cador. En Suède ?!

— Théorie intéressante, opina Patty. Étiez-vous au courant de cet emprunt, Tegan ?

— Non. Du moins, je ne l'étais pas il y a encore deux jours. Mais ce que vous sous-entendez est profondément offensant !

Patty regardait désormais Margot avec un air qui ressemblait… à du respect.

— Vos théories m'intriguent, Margot. Continuez.

— J'aimerais prendre la parole.

Alex se leva et vint se poster au centre de la pièce.

— Alex ! s'exclama Tegan. S'il te plaît, non.

— Je le dois. *(Il prit une profonde inspiration.)* Je suis venu voir Tegan sans y avoir été invité. Elle m'a supplié de ne rien en faire, mais comme vous pouvez le constater, je suis là. Je n'ai rien à perdre, or l'homme qui n'a rien à perdre est le plus dangereux de tous. *(Il ponctua sa phrase d'un sourire triste.)* Mais je peux vous assurer que je ne suis pas un meurtrier.

Patty notait furieusement dans son carnet.

— Oh, mais nom d'un chien, quelqu'un va m'expliquer ce qui se passe, merde ? s'exclama Cador.

— Ta mère et moi sommes tombés amoureux alors que nous avions tout juste dix-sept ans, répondit Alex. Nous avons été séparés. Nos lettres interceptées par la mère de Tegan, qui avait payé la postière…

— Lily Travis, dîmes-nous de concert, Margot et moi.

— Ou Millicent Small, comme on l'appelait à l'époque, précisa Patty.

Tegan avait l'air malheureuse comme les pierres.

— Alex, s'il te plaît…

— Chuuut, laisse-moi finir, lui dit-il avec un tendre sourire. Tegan est complètement innocente de tout. Je voulais juste la voir une dernière fois. Cela fait une quarantaine d'années qu'elle me hante. Il fallait que je sache si la flamme que je nourrissais pour elle depuis tout ce temps n'était qu'un effet de mon imagination.

— Et alors ? demanda Patty d'une voix douce.

— Non.

Alex tendit la main derrière lui vers un fauteuil et s'assit lourdement. Son intervention l'avait épuisé.

— Ni pour elle, ni pour moi. Elle continue de briller fort.

Un silence inconfortable s'ensuivit. Des larmes coulaient sur les joues de Tegan et j'éprouvai une immense compassion pour elle. Quant à Cador, son expression était de marbre.

— Donc le portrait que Dennis brûlait dehors, ce feu de joie, ça avait quelque chose à voir avec vous ?

— Je ne l'ai pas brûlé ! s'exclama Dennis. Je l'ai mis à l'abri.

Tegan lui adressa un sourire reconnaissant.

— Merci.

Alex prit une profonde inspiration.

— Cador, il y a quelque chose que tu dois savoir…

L'interpellé se leva d'un bond.

— Je ne veux pas entendre ça. Tout s'éclaire maintenant. Tout.

Sur quoi, il fit volte-face et se dirigea vers la fenêtre à grandes enjambées.

— Bien, reprit Patty. Tout cela est très romantique, et c'est une femme qui s'y connaît en histoires d'amour et en cœurs brisés qui le dit : bien tenté, Alex. Mais… je crains tout de même de devoir vous interroger sur vos déplacements d'hier après-midi.

— Bien sûr, convint-il. Tegan et moi sommes allés faire une promenade. J'ai insisté pour qu'elle me montre le moindre mètre carré de cette petite île. Bien entendu, je voulais aller au phare, mais Dennis a dit que la passerelle avait été emportée par les eaux.

— Donc vous avez dû passer par le sentier côtier ? suggéra Patty.

— C'est exact. Nous sommes allés au Jardin du galion et puis au banc de William et aux affûts à oiseaux. Tegan affirme que rien n'a changé depuis ce fameux été… Même la décoration à l'intérieur de cet hôtel me ramène à ces années lointaines. On est comme dans une capsule temporelle, ici.

— Tu m'étonnes, me chuchota Margot.

— Vous pouvez demander à Evie, reprit Alex. Elle était dans l'affût.

— C'est vrai, confirmai-je.

— Jago a dû nous suivre, continua Alex. Il était très en colère. Evie a gentiment tenté de le détourner de notre piste, mais évidemment, il ne l'a pas crue. Tegan est partie avec lui. Je suis resté parler avec Evie un moment et puis, nous sommes tous les deux repartis dans des directions différentes. Je suis rentré à l'hôtel. Mais comme la chaussée surélevée était fermée, je ne suis pas retourné au Salty Boatman.

Patty fronça les sourcils.

— Où avez-vous passé la nuit dernière, dans ce cas ?

— Il était avec moi, lança Tegan d'une voix pleine de défi. Je suis désolée, Cador, mais c'est la vérité. Jago et moi faisions chambre à part depuis des années.

— Ça alors, souffla Margot.

— Chhhuuuut ! sifflai-je.

— Donc votre alibi pour hier après-midi, c'est que vous étiez ensemble ? voulut confirmer Patty. Compliqué.

Un autre silence inconfortable s'installa, jusqu'à ce que la policière ajoute :

— Peut-être que Jago n'a pas supporté que vous ayez retrouvé votre amour de jeunesse. Après tout, il n'est pas délirant de présumer qu'Alex et lui se connaissaient d'avant ?

— Connus de loin, pas personnellement, nuança Alex. Jago était plus vieux. Quand on est gamins, la différence d'âge est énorme.

— Si vous suggérez qu'il s'est donné la mort, je peux vous assurer que jamais il n'aurait fait ça ! lâcha soudain Tegan.

— Les preuves suggèrent qu'il ne s'agit pas d'un suicide, confirma Patty. Nous essayons juste…

— Ma relation avec Alex n'a rien à voir avec la mort de Jago ! s'écria Tegan. Ce sont ces filles, là, qui s'efforcent de vous détourner de la vérité en mettant tout sur le dos d'Alex et de moi.

— Ce n'est pas vrai ! s'insurgea Margot.

Dennis s'éclaircit la gorge.

— Veuillez m'excuser. Je souhaiterais dire quelque chose.

Tout le monde se tourna vers lui.

— Monsieur Jago a remboursé l'emprunt en liquide. Je le sais, parce que c'est moi qui suis allé livrer l'argent.

26

— Quoi ? siffla Tegan. Quand ?

— Il y a neuf ans. Et oui, il existe un reçu, répondit Dennis. Je suppose qu'il se trouve quelque part dans les papiers de monsieur Jago. Donc, vous voyez…

— Oh oui, nous voyons très bien, fulmina Tegan, avant de pointer un nouveau doigt accusateur vers moi. Vous n'étiez même pas mariée à Robert à cette époque-là, je me trompe ? Alors au pire, cet argent appartenait à Joanna.

— J'en suis tout à fait consciente ! m'exclamai-je. Pourquoi ne la questionnez-vous pas, elle ? Après tout, Joanna est votre amie.

— Vous connaissiez le mari d'Evie ? *(Pour la première fois, Patty paraissait déstabilisée.)* Mais… comment ?

— Vous n'étiez pas ici à l'époque, Patty, répliqua sèchement Tegan. Vous viviez sur le continent…

Patty réfléchit quelques secondes.

— Ah bon ? Avec quel époux ?

— Le numéro 2. Le vegan.

— Ah oui, d'accord. Carl le vegan.

— L'époux d'Evie était marié à ma meilleure amie, poursuivit Tegan. Et puisqu'elle a menti sur son soi-disant travail à Hollywood…

— Evie n'y travaille pas, mais moi, si, protesta Margot.

Tegan ne lui prêta même pas attention.

— Qu'est-ce qui nous dit qu'Evie ne ment pas sur tout le reste ?

— Et qu'est-ce qui nous dit que Dennis raconte la vérité ? contra Margot. Sans vous offenser, Dennis. Je veux dire, si l'argent a été remboursé en liquide…

— Vous allez devoir accepter que je dis bel et bien la vérité, fit Dennis.

— Et si seule une partie de la somme avait été remboursée ? suggéra Margot.

— Jago m'a montré le reçu, qui stipulait la somme totale, intervins-je. Tu te rappelles ?

— N'importe qui peut rédiger un truc pareil, insista Margot avec un reniflement. Jago aurait pu s'en charger lui-même.

— Vous soulevez un point intéressant, acquiesça Patty.

— Margot ! hoquetai-je. Tu ne fais qu'empirer les choses !

Mais ma sœur était lancée, inarrêtable.

— Avez-vous envisagé la possibilité que Jago ait tué Lily ? Il savait qu'il devait encore l'argent et il savait aussi que Lily avait été témoin de l'emprunt. Evie débarque… lui met le nez dans son mensonge. Bingo. Il doit agir.

Tegan ne répondit rien. Elle était toujours sur le sofa, mais recroquevillée, les mains étroitement serrées.

— Encore une théorie hollywoodienne, commenta Patty. Mais je vous en prie, continuez donc.

— Le crime aurait été facile à mettre en œuvre. Une rapide escalade par l'issue de secours. Lily laissait toujours la porte du balcon déverrouillée pour son chat. Un coussin à portée de main et…

— Non ! Non ! s'écria Tegan, dont la voix confinait à l'hystérie. Si on va par là, c'était plutôt Evie qui avait besoin de se débarrasser du témoin ! Vous logez dans la chambre voisine. C'est bien pratique.

— Ou vous ! lui renvoyai-je. Qu'en est-il des lettres d'amour que Lily conservait depuis toutes ces années ? Est-ce qu'elle vous faisait chanter ? Est-ce qu'elle menaçait de parler à Jago de… de…

Je m'interrompis soudain. Tegan avait blêmi.

— De quoi ?

— Oui… de quoi ?

Patty tourna la tête vers Cador et de nouveau vers Alex, mais elle ne pipa mot.

Tout à coup, l'évidence me frappa, en voyant les deux hommes dans la même pièce : même taille, même carnation, mêmes yeux bleu vif et mêmes pommettes hautes. Je ne pouvais pas être la seule à l'avoir remarqué. Pour ce qui était de l'âge, ça correspondait aussi. Cador avait quoi ? Une petite quarantaine ?

Margot me donna un coup de coude et se pencha vers moi.

— Tu penses ce que je pense ?

Je hochai la tête.

— Mais gardons ça pour nous, lui chuchotai-je.

— Alex n'est pas au courant, je parie, murmura-t-elle – à quoi je ne pouvais qu'acquiescer. On se croirait dans une scène de *Star Wars*, non ?

Je comprenais mieux l'hystérie de Tegan. Et maintenant, si quelqu'un avait un mobile pour se débarrasser de Lily, c'était elle. Forcément. Lily était la sage-femme. Elle avait donc mis son fils au monde et, sachant son amitié avec la mère de Tegan, n'aurait-elle pas deviné que Cador n'était pas l'enfant de Jago ? Apparemment, Tegan et Alex avaient vécu une histoire d'amour passionnée. Aussi, quand Alex était rentré chez lui en Suède et que Tegan avait soudain épousé Jago, à la surprise générale… La raison m'apparaissait désormais comme évidente.

Patty reprit enfin la parole. Mon ventre se crispa dans cette attente. J'avais l'impression d'assister à une pièce de théâtre à suspense. Mais à ma grande surprise, ce fut sur moi qu'elle reporta son attention.

— Vous pouvez peut-être m'expliquer ce qui est arrivé à votre visage ? demanda-t-elle en désignant le sien. Vous avez une petite égratignure. Ça a l'air douloureux, mais je ne pense pas que ça marquera sur le long terme.

— J'ai trouvé le chat de Lily enfermé dehors sur le balcon. Quand j'ai voulu le prendre dans mes bras, il m'a griffé.

— Quelle transition parfaite vers la partie la plus enthousiasmante de notre programme du jour, commenta Patty. Pasteur ? Je pense que c'est votre tour.

J'avais complètement oublié le pasteur, assis en silence dans le fauteuil à oreilles et qui caressait M. Tig. Bill souleva délicatement le chat et le posa par terre, avant de rejoindre Patty devant la cheminée.

— Vous aimeriez peut-être éclairer notre joyeuse petite bande, dit la policière.

— Oh, s'il vous plaît, non ! grogna Tegan. Pas le docteur Dolittle.

Bill le pasteur s'éclaircit la gorge.

— Comme vous le savez tous – à l'exception de nos visiteurs –, je sais communiquer avec les animaux.

Prise au dépourvu, Margot lâcha un son proche du reniflement.

— Pardon, fit-elle en l'étouffant dans sa main. C'est juste… waouh… tellement L.A.

Bill le pasteur ne se laissa pas perturber pour autant.

— J'ignore pourquoi, mais depuis que notre Bon Seigneur m'a donné ce don, je me conforme volontiers à Ses ordres.

— Et toutes nos condoléances, à propos, intervint aussitôt Patty.

— Pas de souci. Millicent et moi n'avons jamais été très proches, mais merci.

Il balaya la pièce d'un regard attentif, d'une façon qui, je l'imaginais, devait le rendre impressionnant à sa chaire. Et puis… il ferma les yeux.

— Pour clarifier les choses : je ne vois que des images. Ensuite, à vous de les interpréter.

Le stylo levé, Patty était prête à noter de nouveau.

— Allez-y.

— M. Tig dit que la femme qui l'a fait rentrer dans la chambre de Lily portait un pyjama. Elle est allée dans les toilettes et a fouillé dans le placard au-dessus du lavabo.

— C'est vrai ! m'exclamai-je, stupéfaite. Je cherchais de l'Imodium…

— Puis la femme a feuilleté l'album de Millicent.

— Attendez une minute, l'interrompis-je. Avec tout le respect qui est dû à… M. Tig, est-ce qu'il parle de la même femme que celle au pyjama ? Parce que j'ai vu Vanessa arracher des pages de l'album de Lily. Qu'elle a ensuite fourrées dans sa poche.

Bill le pasteur gardait les yeux clos.

— Je corrige : une fille avec un tatouage a feuilleté l'album de Millicent.

— Waouh ! souffla Margot. Ce chat n'en perd pas une.

— Savons-nous quelle est la signification de cet album ? voulut savoir Patty.

— Il est rempli de coupures de journaux, répondit Tegan. Lily était obsédée par les célébrités, les histoires criminelles bien sanglantes, tout ce qui était scandaleux.

— Eh bien, n'est-ce pas amusant ? commenta Patty. J'aurais cru que cet album contenait les noms de tous les bébés qu'elle avait fait naître sur l'île.

Elle tourna les yeux vers Cador, puis revint sur Alex. Un regard que Tegan perçut et qui la figea complètement.

— Je ne comprends pas l'intérêt de tout ça, fit-elle enfin.

— Owen, ordonna Patty, pourrais-tu aller chercher l'album et nous le rapporter ? Et peut-être aussi chercher un livre qui compile tous ces petits bébés ?

— M. Tig dit que c'est dans une boîte de cuir rouge sur l'étagère du haut dans le cabinet de toilette, l'informa Bill le pasteur. Mais il vous faut la clé. Il la porte à son collier.

— Quel chat extraordinaire ! s'exclama Patty. Continuez, monsieur Tig. Vous me facilitez grandement la tâche.

— S'il vous plaît, non, murmura Tegan.

— La femme en pyjama a pris une photo sur la bibliothèque, poursuivit Bill.

— Je… J'allais le mentionner, bredouillai-je. Je voulais la montrer à Margot.

— Et où se trouve cette photo maintenant ?

Je me sentis rougir.

— Je l'ai laissée dans l'une des jardinières du balcon.

— Mais pourquoi avoir fait ça ? s'étonna Patty.

Je haussai les épaules.

— Honnêtement, je n'en ai pas la moindre idée, mais si Owen monte à l'étage dans la chambre de Lily, il peut jeter un coup d'œil sur le balcon et elle y sera encore. *(Les capacités de médium du pasteur commençaient à me faire peur.)* Bill pourrait peut-être demander à M. Tig ce qu'il a vu plus tôt cet après-midi-là ?

— Chaque chose en son temps, tempéra Patty. Pour le moment, parlons de cette photo que vous avez cachée dans la jardinière du balcon.

Je pris une profonde inspiration.

— On y voit mon mari et sa première femme, Joanna, en compagnie de Lily et de Jago, avec un trophée de voile.

— C'est moi qui l'ai prise, indiqua Tegan. C'était au World Pilot Gig Championship autour des Scilly. Nous y participions chaque année.

— Voilà pourquoi je souhaitais la montrer à Margot, repris-je. J'avais demandé à Jago s'il connaissait mon mari et si le nom de Millicent Small lui disait quelque chose. Or Jago avait répondu non aux deux questions. J'allais pour reposer la photo à sa place, mais Tegan m'a surprise sur le balcon et… vous savez le reste.

Bill le pasteur se racla la gorge.

— M. Tig a quelque chose d'autre à vous dire.

— Nous sommes toutes moustaches, plaisanta Patty. Allez-y.

Bill ajusta son col de pasteur et se passa la langue sur les lèvres. Il avait l'air nerveux.

— M. Tig dit que madame Tegan et le monsieur étranger sont venus parler à Lily hier.

Je gardais un souvenir vivace de cette conversation. Elle avait eu lieu juste avant que je dévale l'escalier à fond de train et tombe nez à nez avec Jago.

— À quelle heure à peu près ? s'enquit Patty. Oh, zut, M. Tig ne porte pas de montre.

— Comme je l'ai dit, reprit Bill le pasteur, je ne vois que des images. Mais il m'a raconté qu'un assez joli oiseau s'est posé sur la rampe du balcon, bien gros et bien lent, donc j'en déduis qu'il faisait encore jour dehors.

— Bien. Merci, monsieur Tig, répondit Patty. Un mystère de moins : voilà qui explique pourquoi le chat était enfermé dehors, sur le balcon. Il pensait à son repas, commenta-t-elle avec un sourire. Veuillez nous éclairer sur les raisons de la présence de Tegan et d'Alex dans la chambre de Lily, si vous n'y voyez pas d'inconvénient.

— Il y a eu une dispute, continua Bill le pasteur. Millicent était bouleversée. Madame Tegan fouillait dans ses affaires : elle ouvrait et fermait des tiroirs, elle cherchait quelque chose… mais ils sont repartis les mains vides.

— Que cherchiez-vous ? s'enquit Patty.

— Nos lettres, répondit Alex.

— Et où se trouvent ces lettres maintenant ?

— Nous l'ignorons, admit Tegan. Mais ça n'a rien à voir avec ce qui est arrivé à Lily.

— Peut-être devrions-nous demander à M. Tig ce qu'il a vu d'autre… avant d'être enfermé sur le balcon. *(Patty se tourna vers le pasteur.)* Alors ?

Bill referma les yeux et, au bout d'un instant, il opina du chef.

— M. Tig a vu quelqu'un vêtu d'une cape à capuche imperméable noire et de bottes en caoutchouc.

Je tournai vers Margot un regard interdit. Elle hésita, puis :

— C'était moi, mais je ne faisais que retourner dans ma chambre.

— Ce n'est pas l'avis de M. Tig, corrigea Bill le pasteur.

Patty referma son carnet.

— Je pense que c'est assez pour maintenant. Merci, Bill et monsieur Tig. Si j'ai besoin de réinterroger le chat, je vous le ferai savoir. Pour ce qui est de vous autres, les non-Scilloniens, comme ils disent à la télé : « Ne quittez pas le pays. » Même si, en l'occurrence, vous n'iriez pas très loin. La marée est haute.

Tegan lâcha un soupir de soulagement.

— Alors nous sommes libres de partir ?

— Absolument, oui. Mais... Evelyn Mead et Margot Chandler... non.

— Pourquoi ? demanda ma sœur.

— Je me sens obligée de vous mettre en garde, reprit calmement Patty. Vous avez le droit de garder le silence. Tout ce que vous direz pourra être utilisé contre vous devant une cour de justice. Vous avez le droit de parler à un avocat... J'ai oublié le reste.

J'échangeai un regard horrifié avec Margot.

— Quoi ?! Est-ce que nous... Est-ce que vous nous arrêtez ?

— Pas exactement. Je vous lis juste les droits Miranda.

— Les droits Miranda ? répéta Margot, perplexe. Mais... n'est-ce pas réservé aux États-Unis ? Je ne pensais pas que ça existait ici.

— Vous avez raison, confirma Patty. Mais j'ai toujours voulu dire ça et je pensais que vous apprécieriez. *(Elle souriait, toutefois son regard était froid.)* Cependant, je vous garde à l'œil, donc considérez cela comme un avertissement.

Le sourire de Tegan était narquois.

— Dennis, veillez à ce que Patty ait tout ce dont elle a besoin. Vous pouvez utiliser la chambre Ngaio Marsh comme camp de base. Dennis va vous rapporter du café et des sandwichs.

— Merci, répondit Patty. Vous êtes tous libres de partir. Oh, Margot, attendez un instant. J'ai quelque chose pour vous.

— Moi ? Ici ?

Ma sœur me regarda et haussa les épaules.

— Quelle chance vous avez ! ironisa Patty. Ceci vous a suivie depuis Los Angeles, en passant par le Kent et puis St Mary's. Ce doit être important.

Sur quoi, la policière tendit une enveloppe FedEx.

Et soudain, le visage de Margot se vida de toute sa couleur. Elle arracha le courrier à Patty et fila.

27

Margot n'étant pas revenue à notre chambre une heure plus tard, j'enfilai ma Barbour et sortis à sa recherche. Il avait commencé à pleuvoir.

En atteignant le Jardin du galion, j'entendis de terribles sanglots.

Margot était assise sur un banc de pierre dans une alcôve en partie cachée par une figure de proue dorée représentant un tigre d'un côté et une magnifique sirène de l'autre. Trempée et tremblant de froid, elle serrait l'enveloppe FedEx contre sa poitrine. Je me glissai à son côté et lui pris la main.

— Tu vas attraper la mort à rester ici dehors.

— Je m'en fous, marmonna-t-elle.

— Tu veux me raconter ce qui ne va pas ?

Elle me tendit l'enveloppe. Qui contenait une feuille à en-tête officiel provenant d'un cabinet d'avocats à une bonne quinzaine d'associés.

— Oh non, dis-je. Une action en justice ?

— Lis !

J'obtempérai, de plus en plus interdite.

— Je ne comprends pas : Brian demande le divorce ?

Elle se mit à se balancer d'avant en arrière, des larmes ruisselant sur ses joues.

— Mais… je ne comprends pas, répétai-je. Vous étiez tellement heureux !

— Je le croyais, fit-elle d'une voix morne, avant de recommencer à pleurer. J'ai le cœur brisé.

Je lui passai un bras autour des épaules et l'attirai plus près.

— Oh, Margot, je suis vraiment, vraiment désolée.

Son chagrin était si puissant que je me retrouvai en larmes, moi aussi. J'enlevai ma veste et nous nous blottîmes dessous l'une contre l'autre.

— Comme dans le temps, sous la couverture à la plage de Brighton, commentai-je. Tu te rappelles ?

— Papa n'a jamais apprécié Brian, fit-elle d'une voix plate. J'aurais dû l'écouter. Il le trouvait trop imbu de lui-même. Il le surnommait le Paon.

— Papa n'aimait pas Robert non plus, lui rappelai-je. Il m'a dit que j'épousais un vieux et que je finirais infirmière améliorée.

— « Tout en bouche mais rien dans le pantalon », voilà comment papa décrivait Brian, reprit Margot. En l'occurrence, je dirais plutôt : « Pas de pantalon ». Il était incapable de le garder sur lui.

— Je suis vraiment désolée, répétai-je.

— Et dire que je me suis presque obligée à mourir de faim. J'étais tombée à une taille 38 et il continuait à me dire que j'étais grosse.

— Je le déteste, lançai-je.

Et je me rendis compte en le disant que je le pensais.

— Ça fait quatorze ans que j'ai faim.

Voilà en tout cas qui expliquait pourquoi ma sœur dévorait l'équivalent du PIB de l'Angleterre depuis douze heures.

— Je craignais que tu n'aies attrapé le ver solitaire ou quelque chose comme ça. Je ne t'avais jamais vue manger autant.

— Beurk. Tu es dégoûtante. *(Margot lâcha un rire creux.)* Quelle ironie ! Quand tu t'es mariée, j'étais persuadée que Robert te tromperait. Le jour où je l'ai rencontré, je me suis dit : « Qu'est-ce qu'il veut à ma petite sœur, cet homme ? » Je le trouvais trop beau pour être honnête.

— On ne parle pas de moi, là.

Pas question d'avoir cette conversation maintenant.

— Ça m'apprendra, continua Margot d'un air contrit. J'étais trop sûre de moi, avec Brian. Je pensais qu'il y avait plus de chances d'avoir en lui un tueur en série qu'un mari infidèle.

— C'est vrai qu'il ressemblait un peu à Ted Bundy[1], admis-je. Avec ce drôle de regard super intense.

— Surtout à la bougie. Non, je viens de te dire : c'est parce que je suis grosse.

J'étais écœurée.

— Margot ! Tu n'es pas grosse.

— Je me suis fait refaire les seins et ensuite, il a voulu que j'aie les fesses de Kim Kardashian. Soi-disant que les miennes étaient trop plates.

— Dieu merci, tu ne l'as pas fait.

Elle m'adressa un sourire faiblard.

1 Un tueur en série qui a sévi aux États-Unis dans les années 1970.

— Brian s'est fait poser des implants capillaires, tu sais.

Malgré le sérieux de la situation, je ne pus m'empêcher de rire.

— Comme Elton John ?

Elle opina du chef.

— On les lui a posés un peu trop bas. Du coup, maintenant, il ressemble à un moine, à cause de sa tonsure.

J'exerçai une nouvelle pression autour de ses épaules.

— L'exigence de la beauté, à Los Angeles, c'est vraiment démoralisant, dit-elle.

— J'aurais aimé que tu m'en parles.

— Non. Tu étais déjà accablée de chagrin. Toi et ton merveilleux mariage avec le parfait Robert. Parfois, ça me paraissait irréel. Et moi, je passais mon temps à espérer que Brian finirait par revenir au bon sens. *(Elle s'essuya le nez d'un revers de la manche de son pull en cachemire.)* Bien sûr, je savais que quelque chose n'allait pas…

— D'où la profusion de messages et de coups de fil.

— Apparemment, il ne voulait pas que je sois prise au dépourvu. Il tenait à m'avertir, dit-elle. Oh, je voudrais qu'il soit mort ! Non, en fait non. Ce serait trop doux pour lui. Je préférerais qu'il meure d'une mort lente et douloureuse, genre par empoisonnement ou bien qu'il se fasse écraser par une voiture. Tu sais qu'on peut embaucher des gens pour s'acquitter de ce style de mission. C'est même très peu cher.

— Tu n'en penses pas un mot, je le sais.

— Détrompe-toi. Je le soupçonnais, bien sûr. J'avais perçu les habituels signes, très clichés et très révélateurs, que j'ai choisi d'ignorer. Brian travaillait systématiquement tard et, bien entendu, il a commencé un régime strict. Entre autres signaux.

— Vas-y, dis-moi.

— Le siège passager de sa voiture était toujours dans une position bizarre. Elle est plus jeune que lui, bien sûr. De seize ans. Jeniffer, un « n », deux « f » et un astérisque sur le « i ». Non, mais je te jure, quelle créature écrit son nom comme ça ?

— Les aspirantes actrices qui se passionnent pour les producteurs à implants capillaires ?

— Brian m'a raconté qu'il avait sans cesse des femmes qui se jetaient sur lui. *(Elle prit une profonde inspiration.)* Je… Je veux te montrer son SMS. C'est à cause de ça que j'ai pris la fuite hier après-midi.

Margot sortit son iPhone de la poche de son gilet et fit défiler l'écran jusqu'à tomber sur ce qu'elle cherchait.

— Ça va te plaire. Regarde.

Il n'y a pas de bonne manière de dire ça : notre mariage est terminé, on divorce.

J'étais stupéfaite par la cruauté de Brian.

— On ne connaît jamais les gens, hein ? chuchota Margot.

— Amen.

— C'est ironique, tu vois, continua-t-elle. J'étais là, à t'accuser d'enfoncer la tête dans le sable, alors que moi, pendant ce temps, je faisais exactement pareil.

— Je suis navrée, Margot.

— Il affirme qu'il essaie de me le dire depuis un bon moment et c'est peut-être vrai. Quand il m'a annoncé qu'il avait besoin d'un peu d'espace, j'ai cru qu'il voulait juste plus de temps dans sa caverne. Alors qu'en réalité, il cherchait à s'éloigner définitivement de moi, il avait besoin.

— Mais pourquoi FedEx ?

— Selon lui, c'était la seule manière pour que j'admette le sérieux de ses intentions.

— Il a dû poster la lettre quand tu es partie pour le Royaume-Uni, calculai-je, dégoûtée. Quel couard ! Mais… comment est-elle parvenue jusqu'à Tregarrick ? Tu lui avais dit qu'on venait ici ?

— Bien entendu. Il a dû l'intercepter ou la rediriger ou je ne sais comment il faut procéder. *(De nouveau, elle s'essuya le nez.)* Tellement il était pressé de se débarrasser de moi.

— Salaud.

— Attends, tu ne sais pas le pire, reprit-elle en me jetant un regard empli de tant de douleur que je parvenais tout juste à le soutenir. Il affirme que je n'ai pas besoin de rentrer, parce qu'il peut faire envoyer toutes mes affaires par container.

— Oh, Margot ! Pourquoi ne m'en as-tu rien dit ?

— Parce que toi, tu avais une vie tellement parfaite. Tu as toujours été la préférée…

— Ce n'est pas vrai !

— Papa n'approuvait rien de ce que je faisais, même quand je ramenais les meilleures notes de l'école ou que j'étais élue chef de classe.

— Oh, Margot ! chuchotai-je encore. Je me sens terriblement mal. Vraiment, vraiment mal.

Comment avais-je pu ne pas voir à quel point elle était malheureuse ?

— Je croyais que déménager en Californie allait être super excitant.

— Mais ça l'est ! m'exclamai-je. Regarde ta vie : une maison à Bel Air et un chalet de montagne à Deer Valley, à côtoyer des stars du cinéma ou aller aux Oscars…

— Aux *Academy Awards*, en fait. On ne les appelle pas les Oscars, rectifia-t-elle. C'est le nom officiel.

— O.K. Bon. Si tu veux. Tous les tapis rouges ! Comparée à toi, je me suis toujours sentie ennuyeuse. Tu étais brave et courageuse, tu vivais des aventures incroyables en Californie. Jamais je n'aurais pu faire ça.

— Je n'étais qu'une idiote impulsive.

— Mais non ! Je t'admirais énormément… et aujourd'hui encore, bien sûr. Cesse de te rabaisser. J'adore parler à tout le monde de ma sœur célèbre à Hollywood.

— Oh, Evie ! fit-elle, malheureuse comme les pierres. Pauvre petite Evie si crédule !

Je me hérissai.

— Quoi ? Qu'est-ce que tu veux dire ?

Ma sœur prit une profonde inspiration.

— Figure-toi qu'il n'y a ni maison à Bel Air, ni chalet à Deer Valley…

— Mais ça n'est pas vrai, protestai-je. Robert et moi, nous sommes allés dans l'Utah pour Noël…

— On gardait la maison d'un des clients de Brian.

Alors là, je n'en revenais pas.

— Mais… et tous les merveilleux films que Brian a produits ?

— Vu que tu ne regardes jamais ni les films ni les séries, tu ne peux pas le savoir, mais rien n'a jamais décollé, m'expliqua-t-elle. Certes, nous avons failli obtenir un million de fois le feu vert pour un film, mais… *(Elle rougit.)* Je faisais la serveuse dans des restaurants – de bons restaurants, je précise – pour payer le loyer.

— Le loyer ?

— Hollywood, c'est un monde d'illusions, poursuivit-elle. Nous vivions dans une grande maison, mais sans en être propriétaires.

— Tu plaisantes.

J'avais toutes les peines du monde à comprendre ce qu'elle me racontait.

— J'aimerais bien, dit-elle avec un sourire amer. Tu sais comment on appelle les producteurs de films indépendants ? Les charognards d'Hollywood.

— Eh bien, voyons les choses du côté positif, ironisai-je. Jeniffer avec un « n », deux « f » et un astérisque sur le « i » se prépare à une sacrée déception.

— Tu sais que je l'ai appelée ? lâcha soudain Margot.

— Tu as téléphoné à Jeniffer ?! Quand ?

— Environ deux minutes avant que tu me retrouves ici ce matin.

— Mais… ça devait être le milieu de la nuit à Los Angeles !

— Je sais. Et devine qui a répondu ?

— Brian ?

— Ouais, Brian. Un jour où il était censé se rendre en dehors de la ville, j'avais laissé mon téléphone allumé sous son siège dans la voiture. Avec mon ordinateur portable, j'ai tracé mon téléphone – tu sais, grâce à une appli – et ne voilà-t-il pas qu'il était dans le petit appart minable de cette nana sur Ventura Boulevard. Évidemment, j'ai pris la voiture. Et j'ai épié jusqu'au lendemain matin, histoire d'être sûre. Une partie de moi espérait que ça n'était qu'une horrible erreur et que sa voiture avait été volée, mais non, c'était bien Brian.

Mon cœur se serra pour ma sœur. Quelle terrible découverte ça avait dû être !

— Tu sais comment ils se sont rencontrés ? lui demandai-je.

— Elle était venue au bureau il y a des mois pour une audition. C'est pour ça que j'avais son numéro de téléphone. Voilà, tu sais tout.

— Merci de m'avoir parlé, murmurai-je. Je sais combien ça a dû être difficile.

— Tu m'as manqué, sœurette. Je suis vraiment contente d'avoir enfin pu tout t'avouer. Plus de secrets. Promis ? Concluons un pacte : plus jamais de secrets entre nous. *(Elle me tendit la main.)* Juré ?

J'hésitai un instant, avant de prendre sa main en disant :

— J'ai quelque chose à te dire.

28

— Tu avais raison, pour Robert et moi, commençai-je lentement. Il était encore marié à Joanna quand on s'est rencontrés…

— Oh Bon Dieu, Evie, lâcha Margot avec un air de dégoût. Comment as-tu pu faire subir ça à une autre femme ?

— Écoute-moi jusqu'au bout ! protestai-je. Il n'y a rien eu de physique entre lui et moi jusqu'à ce que son divorce soit prononcé. Jamais je n'ai été « l'autre femme ». Ce n'était pas comme ça.

— Et c'était comment alors ?

— Elle n'arrêtait pas de menacer de le quitter ! Quand j'ai connu Robert, Joanna avait emménagé avec un musicien qui avait la moitié de son âge. Et elle avait demandé le divorce à Robert.

— Tu ne m'avais jamais raconté ça.

— Tu ne vivais pas ici, lui rappelai-je. Le décalage horaire, huit heures, c'était compliqué. Et pour être honnête, la situation a été vraiment pénible. À l'instant où Joanna a compris que Robert était bel et bien tombé amoureux d'une autre, elle a changé d'avis et voulu le reprendre.

Je me remémorai les coups de fil furieux, Joanna qui débarquait sur le pas de la porte au milieu de la nuit et la façon dont elle manipulait leur fils, Michael. Le plus dur à comprendre, pour moi, c'était pourquoi Robert culpabilisait. À mes yeux, sa vie avec Joanna n'avait été qu'un long cauchemar. En plus, elle m'avait fait passer pour une briseuse de ménage, ce qui était à la fois injuste et complètement faux.

— Robert s'est montré très généreux avec sa pension alimentaire, repris-je. Et bien sûr, Michael est allé à la meilleure université. Malgré ce départ chaotique, nous avons été heureux, Margot.

— Donc, Robert était un homme de parole, conclut Margot. *(Je me demandai si sa remarque était sarcastique, avant de réaliser que non, quand elle continua.)* Il est difficile de trouver un homme honnête. Pas étonnant qu'il te manque. Je t'envie. En fait, j'ai toujours été envieuse de ton mariage parfait, alors même que je te trouvais folle d'épouser quelqu'un de tellement plus âgé.

— Rien n'est jamais ce qu'il paraît, Margot. *(Je pris une profonde inspiration.)* Le matin de la mort de Robert, je lui ai dit que j'avais besoin de prendre du temps pour moi.

La mâchoire de Margot se décrocha.

— Quoi ?! Mais pourquoi ?

— Ça concernait le sujet des enfants.

Ma sœur ne semblait guère avancée.

— Robert s'est soudain mis à vouloir des enfants ?

— Lui non, mais moi, oui. Et attention, je n'avais pas subitement changé d'avis. C'était une souffrance enfouie mais persistante qui avait viré au désir brûlant. Tu ne peux pas comprendre, je sais que toi, tu n'as pas ce gène.

— Ce n'était pas très juste vis-à-vis de Robert de lui demander de redevenir père à son âge, fit remarquer ma sœur.

Je commençais à regretter de m'être confiée à elle.

— Ce n'est pas ça le problème. Il avait répondu qu'il était d'accord pour essayer, mais qu'il espérait que je ne le quitterais pas si, finalement, il ne pouvait pas.

— Et comme vous n'en avez pas eu, on dirait que les craintes de Robert se sont réalisées.

— Laisse-moi finir ! m'exclamai-je. Robert n'aurait jamais pu concevoir un enfant lui-même, parce que… parce que… il avait subi une vasectomie des années auparavant.

— La vache ! Et il ne t'en avait jamais parlé ?

Je secouai la tête.

— Chaque fois que je constatais que je n'étais pas enceinte, il faisait semblant d'être déçu. Il m'envoyait des fleurs, m'emmenait dîner, il était hyper gentil et plein de compassion. Il ne cessait de répéter que ça ne nous empêcherait pas d'être heureux. Rien que nous deux.

— Vous n'aviez pas eu la fameuse conversation sur les enfants en vous mettant ensemble ?

— Si, bien sûr, acquiesçai-je. Il m'avait demandé si j'en voulais et j'avais répondu non parce que c'était le cas, à l'époque. Il aurait dû tout m'avouer à ce moment-là, il ne l'a pas fait.

— Et comment diable est-ce que tu l'as découvert ? Joanna le savait ? Forcément !

Je repris une profonde inspiration. Le souvenir de ce qui s'était ensuivi, encore plus douloureux à revivre, restait vivace et pénible.

— Je l'ai appris le jour des trente ans de Michael.

— Je croyais que ce garçon refusait de t'adresser la parole.

— Peut-être qu'il a grandi. Qui sait ? En tout cas, Robert et moi l'avions invité à dîner au restaurant. Michael a lâché un commentaire en passant sur le fait qu'il était le fils unique et le seul héritier et que ça le rendait heureux de savoir qu'il n'y aurait pas d'autres « mini-Mead ». C'est ainsi qu'il l'a formulé.

— Des mini-Mead ? C'est drôle.

Pourtant, Margot ne riait pas. Elle posait sur moi un regard tellement empli d'amour et d'inquiétude que je me rendis compte de l'immensité de ma reconnaissance pour l'avoir dans ma vie.

— En tout cas, ça m'a amenée à réfléchir et, plus tard, j'ai demandé à Robert ce que ça signifiait, alors il m'a révélé la vérité.

— Tu l'aurais quand même épousé si tu avais su ? me demanda ma sœur.

— Oui, c'est ce que je lui ai dit, mais je ne crois pas qu'il m'ait crue.

— Alors pourquoi est-ce que tu as éprouvé le besoin de prendre du recul ?

— Je… j'avais juste besoin de réfléchir. J'étais perdue. C'est un très gros mensonge, Margot.

— Pas délibéré, nuança-t-elle. Plutôt un mensonge par omission.

— Je ne peux m'empêcher de me demander si c'est moi qui l'ai tué.

— Comment ça ? Ne sois pas ridicule !

— Non, écoute : c'était le lendemain matin de ce dîner d'anniversaire fatidique. Robert se comportait comme si tout était revenu à la normale. Il ne comprenait pas pourquoi j'étais encore bouleversée et en colère. Je suppose que c'est à ce moment-là que j'ai pensé avoir besoin de prendre un peu le large, de m'éloigner de lui pour réfléchir. J'ai rempli un petit sac de voyage. Il n'a pas cherché à m'en empêcher, Margot. Il était là, assis à la table de la cuisine, à manger ces fichues céréales sans dire un mot.

— À sa décharge, je suis sûre qu'il ne savait pas quoi faire. Tes nerfs craquent rarement, mais quand ça arrive, il devient impossible de parler avec toi.

— Il aurait pu essayer, tentai-je sans conviction.

— Où est-ce que tu projetais d'aller exactement ?

— Je n'avais rien prévu de précis. J'ai pris la voiture et conduit comme une folle dans la campagne environnante, sans savoir où aller. Et puis, j'ai reçu le coup de fil de Nigel m'apprenant que Robert lui avait annoncé que je demandais le divorce – ce qui était faux. Nigel avait l'air vraiment sous le choc. Il n'en croyait pas ses oreilles. Il nous voyait comme le couple parfait et nous a suggéré d'aller au minimum voir un conseiller conjugal.

— Tu ne m'avais jamais raconté tous ces détails, commenta doucement Margot. Tu m'as juste expliqué qu'il avait eu une crise cardiaque au petit déjeuner, sans préciser que tu n'étais pas là.

— Nigel m'a dit que Robert était dans tous ses états…

— Bien évidemment, m'interrompit Margot. Qu'est-ce que Nigel t'a appris d'autre ?

— Il n'arrêtait pas de me répéter que vivre toute seule serait difficile, que j'aurais du mal à trouver un boulot…

— Waouh. Donc, Robert te croyait vraiment partie pour de bon. M'enfin, quelle drôle de chose à dire de la part de Nigel, comme quoi tu aurais du mal à trouver un travail, poursuivit-elle, l'air stupéfaite. Tu lui as parlé de la vasectomie de Robert ?

— Bien sûr que non ! *(J'étais horrifiée.)* C'est de l'ordre de la vie privée. Du coup, Nigel ne devait pas comprendre pourquoi je partais, mais je n'avais pas l'intention d'entrer dans les détails avec lui.

— Qu'est-ce qui s'est passé ensuite ?

— Environ vingt minutes plus tard, Nigel m'a rappelée pour m'apprendre que le temps qu'il arrive à Forster's Oast, Robert était déjà inconscient.

— Quelle horreur !

Le terrible souvenir de cette matinée revint me frapper.

— Quand je suis arrivée à la maison, les urgentistes chargeaient son corps dans l'ambulance. Mon dernier souvenir de Robert, c'est lui assis à la table de la cuisine en train de manger son bol de *corn flakes* en lisant le journal.

— Punaise…

Ce fut tout ce que Margot parvint à lâcher.

— Tu ne vois donc pas ? m'écriai-je. Si je n'avais pas quitté la maison, j'aurais pu le sauver.

— Mais comment ?

— En pratiquant un massage cardiaque. Je sais le faire. Nigel a bien essayé, mais il était trop tard.

— Je croyais que Robert avait un cœur robuste, s'étonna Margot.

— Moi aussi. Je savais qu'il avait de la tension, mais son cœur était sain… Peut-être l'attaque a-t-elle été causée par le choc ?

Nous retombâmes toutes les deux dans le silence. Un vol d'oiseaux passa lentement au-dessus de nous. Le soleil sortit, qui fit scintiller les gouttes d'eau sur les figures de proue du Jardin du galion. Partout le calme et la paix. Mon ancienne vie semblait tellement lointaine. Dennis avait déclaré que les gens venaient à Tregarrick Rock pour échapper à la réalité, que la tranquillité de l'île leur offrait un sanctuaire, un endroit où se retrouver et se soigner. J'avais jugé ce propos très américain sur le coup, mais à présent, je comprenais ce qu'il entendait par là.

— C'est étonnamment joli, ici, quand le soleil sort, commentai-je au bout d'un moment.

— Je pensais justement la même chose, admit Margot.

— On est toutes les deux dans un sale état, hein ?

— Et fauchées, ajouta-t-elle. Brian n'a pas un sou et apparemment, Robert non plus. Quel dommage pour cet hôtel ! Il a un potentiel énorme.

— C'est vrai.

Margot resta quelques minutes à réfléchir.

— Il est probable que Dennis a donné l'argent à Joanna. Il a dû tomber à pic.

— Probable, acquiesçai-je. Je doute qu'elle ait été avouer à Robert qu'elle l'avait reçu. Si la date est correcte, le remboursement a été effectué au cours des mois où Robert et moi nous sommes mis ensemble. *(Une soudaine pensée me vint.)* Elle n'a pas mis longtemps à le dépenser, dis donc.

— Comment tu sais ça ?

J'avais eu trop honte jusque-là pour raconter à Margot l'agression verbale de Tegan, mais sous le coup de notre nouveau pacte, je m'en ouvris à elle.

— Tegan a dit que Joanna n'a rien et que c'est ma faute si elle vit dans la misère.

— Tegan ! lança Margot avec mépris. Regarde-la avec son amant suédois ! C'est elle qui a poussé Jago de la falaise, de toute évidence. Mais évidemment, les Scilloniens serrent les rangs et ce sont les étrangers qui deviennent suspects.

— Oui, sans doute.

— Pourtant… cette Patty, elle n'est pas idiote. Je pense qu'elle sait que ce sont Tegan et Alex qui ont fait le coup. Elle feint juste de ne l'avoir pas compris afin qu'ils ne quittent pas l'île. C'est une méthode de police classique.

— Tu penses vraiment ?

— Garanti. Surtout maintenant qu'elle soupçonne que Cador pourrait bien être le fils d'Alex. Je donnerais cher pour être une mouche dans la pièce quand Tegan va avoir cette conversation avec lui.

Je songeai à la détresse manifeste de Cador dans le Salon des résidents et me demandai s'il l'avait deviné, lui.

— Et moi qui trouvais nos vies compliquées, commenta Margot. Viens, retournons à notre chambre. Il commence à faire froid.

Lorsque nous entrâmes dans le hall, Dennis, derrière le comptoir d'accueil, leva sur nous un regard impatient, mais la déception se peignit sur son visage quand il se rendit compte que ce n'était que Margot et moi.

— Vous voulez votre clé ? demanda-t-il en se tournant vers l'étagère à casiers.

— Non, je l'ai, répondis-je. Toujours pas de nouvelles de Vanessa ?

Dennis secoua la tête.

— J'ai bien peur qu'elle ne soit en chemin pour retourner à Penzance.

— Qu'est-ce qui vous fait penser ça ?

— Alex m'a dit que ses cuissardes avaient disparu hier soir. Elle a pu traverser la chaussée surélevée à marée basse.

— Pourquoi aurait-elle fait une chose pareille ? s'enquit Margot. Pourquoi s'enfuir à moins de… ?

— Ce n'est pas elle, affirma Dennis. Je la connais. Elle n'aurait jamais commis un crime de ce genre.

— Non, bien sûr, acquiesçai-je d'une voix douce.

Le pauvre homme semblait en proie à une terrible détresse, mais à la vérité, qu'est-ce qui nous garantissait que Vanessa n'était pas coupable ? En tout cas, Dennis m'adressa un sourire reconnaissant.

— Attendez ! s'exclama soudain Margot. Quand vous avez remboursé le prêt, vous rappelez-vous à qui vous avez remis l'argent ?

— Comment ça ?

— Était-ce à un homme ou à une femme ?

Dennis parut pris de court.

— J'ai pris le ferry jusqu'à Penzance et je l'ai donné à une femme. Pourquoi ?

— Comment saviez-vous où la trouver ? demanda encore ma sœur.

— Oui, repris-je, est-ce qu'elle vous avait appelé pour prendre rendez-vous ?

— Monsieur Jago s'était chargé de l'organisation, indiqua Dennis. Je ne suis pas payé pour poser des questions.

— Pas de nom, donc, conclus-je.

Dennis secoua la tête.

— Vous en êtes sûr ? insista Margot. C'est ennuyeux.

— Désolé, répondit Dennis. C'était il y a longtemps. Si vous voulez bien m'excuser, je dois continuer.

Alors que nous nous dirigions vers l'ascenseur pour monter dans notre chambre, Margot me dit :

— Donc, c'était bien Joanna.

— On n'en sait rien…

— En tout cas, ça explique le mystère de l'écriture qui ne correspond pas sur le reçu, insista-t-elle. Joanna a aisément pu noter le nom de Robert.

Je secouai la tête.

— Ça n'a pas de sens. Pourquoi Joanna serait-elle allée jusqu'à Penzance ? Pourquoi Dennis ne l'aurait-il pas retrouvée à Londres ?

— Tu as bien dit qu'elle vivait dans le Kent, non ?

Je haussai les épaules.

— En effet, mais… Je ne sais pas, c'est bizarre.

— Sauf si Joanna ne voulait pas que Robert soit au courant pour l'argent.

— Ne sois pas bête. Bien sûr que si, Robert était forcément au courant, arguai-je. Jago avait dû lui annoncer qu'il était en mesure de le rembourser. Et en cash, en plus. Ils ont dû prendre un rendez-vous, c'est obligé.

— Dans ce cas, il devrait y avoir un récépissé, non ? fit remarquer Margot. Tel que je le vois, Jago aurait insisté pour détenir la preuve que l'hôtel lui appartenait à nouveau.

— À moins qu'il n'ait pas souhaité risquer que Tegan le découvre et qu'il l'ait cachée quelque part.

Nous regagnâmes notre chambre, contentes de retrouver sa chaleur et plus contentes encore de découvrir une bouilloire et des sachets de thé, ainsi que du lait en poudre et du sucre sur un plateau de courtoisie, dans le placard sous le bureau. Pour une fois, Margot ne se plaignit pas.

— Il faut qu'on appelle Joanna, déclara-t-elle soudain. Qu'on découvre ce qu'elle sait.

La panique enfla d'un coup dans ma poitrine.

— Tu as perdu l'esprit ? Je ne veux absolument pas me mêler de ça. Donc non, pas question que je l'appelle.

— On doit lui apprendre la mort de Robert…

— Elle est sans doute déjà au courant, la coupai-je. Je t'ai dit que j'avais parlé à Michael à la minute où il a atterri à Sydney. Il aura appelé sa mère sur-le-champ.

— Très bien. Si tu ne le fais pas, eh bien, je m'en chargerai.

Sur quoi, elle ôta ses chaussures d'un coup de pied et se jeta sur son lit. Je m'assis sur le bord et la vis sortir son iPhone.

— J'utilise mon téléphone, dit-elle. Donc elle ne reconnaîtra pas le numéro.

— Je ne suis pas sûre d'avoir son numéro, mentis-je.

Je savais très bien être en sa possession. Pour la bonne raison que j'avais toujours tellement redouté un appel de sa part que j'étais allée le dénicher dans le portable de Robert pour l'entrer dans mes contacts sous le nom de Cruella. Ainsi, au cas où elle tenterait d'entrer en contact avec moi, je serais avertie. Elle ne l'avait jamais fait.

— Allons, je sais que tu l'as.

Margot claqua des doigts. Alors, à contrecœur, j'obtempérai. À la limite, cet appel la distrairait des SMS sans cœur de Brian et de cette horrible lettre.

— Je passe sur haut-parleur, annonça-t-elle. Le pire qui puisse nous arriver, ce serait qu'elle nous raccroche au nez.

Sur quoi, elle composa le numéro.

29

— Allô ? répondit une voix étonnamment juvénile.

— C'est bien Joanna Mead à l'appareil ? fit Margot, adoptant le ton professionnel d'une véritable assistante.

— Oui. Qui est à l'appareil ?

— Ne raccrochez pas, je vous prie, j'ai Evie Mead en ligne.

Ma mâchoire se décrocha et je me mis à secouer la tête avec véhémence. Margot me fourra son iPhone entre les mains et murmura sans un son : « Sois une grande fille ! »

— Je m'attendais à votre appel, admit aisément Joanna.

Mon cœur se serra. Je me préparai à un chapelet d'insultes. Au lieu de quoi, elle ajouta :

— Tegan me dit que vous séjournez au Tregarrick Rock.

Ainsi donc, Tegan l'avait appelée. Tout à coup, la question me brûlait les lèvres :

— Étiez-vous au courant que Robert avait subi une vasectomie ?

Margot était horrifiée. Elle tenta de m'arracher l'appareil, mais je bondis et filai vers la fenêtre. Mes mains tremblaient si fort que j'oubliai de couper le haut-parleur.

Contre toute attente, Joanna éclata de rire.

— Il ne vous l'avait pas dit ? *(Voyant que je ne répondais pas, elle reprit.)* Je l'avais averti que vous voudriez des gamins, mais il affirmait que non.

— Vous parliez de moi ?

J'étais consternée. Bizarrement, ça me faisait plus l'effet d'une trahison que le silence de Robert sur sa vasectomie.

— L'hôtel ! siffla Margot. Questionne-la à propos de l'hôtel !

— Alors dites-moi, quel est l'objet de ce coup de fil exactement ? lança Joanna. Vous m'invitez aux funérailles de Robert ou est-ce au sujet de l'autopsie ?

— Quoi, l'autopsie ?

— Il semble y avoir des interrogations autour des circonstances de sa mort.

Mon estomac se retourna. J'avais cru qu'il s'agissait juste d'une procédure de routine parce que Robert était décédé à la maison.

— Des « circonstances » ? Quelles circonstances ? Comment êtes-vous au courant de ça ?

— Parce que le docteur est un ami de la famille, répondit-elle en toute simplicité. Et après tout, j'ai été la femme de Robert.

— Vous avez été, répétai-je fermement. Vous avez été sa femme.

— Je suis étonnée que Harry – le docteur Barnaby, pour vous – n'en ait pas fait mention.

Je me sentais bête. Je n'avais même pas songé à demander de détails. J'étais trop bouleversée.

— L'hôtel ! souffla encore Margot.

— Oui, Harry trouvait ça étrange, poursuivait Joanna. Bobby l'avait vu pour un bilan médical complet juste trois jours plus tôt. Jamais Harry ne l'avait trouvé en meilleure santé. Raison pour laquelle il a ordonné une autopsie. Il ne comprenait pas que son cœur ait pu lâcher comme ça. S'était-il plaint de douleurs auprès de vous ?

— Non.

— Oui, non, bien sûr, commenta-t-elle. Il ne s'en serait pas ouvert à sa jeune épouse ! Pas question de vous laisser croire que vous aviez épousé un vieillard.

Margot m'arracha l'iPhone des mains.

— Bonjour, Joanna, c'est Margot à l'appareil. La sœur d'Evie. Avez-vous reçu cent mille livres de la part de Jago Ferris ?

— Je n'ai pas la moindre idée de quoi vous parlez.

— Robert avait prêté cent mille livres à Jago Ferris et, apparemment, ce dernier vous a remboursé la somme, à vous.

— Croyez-moi, je m'en souviendrais, répliqua Joanna. Je n'ai jamais entendu parler d'un emprunt d'aucune sorte. *(Elle s'esclaffa.)* Quelle paire vous formez ! Ça ne suffit pas qu'Evelyn ait hérité de tous ses biens matériels ? Vous ne recevrez rien de ma part, pour la bonne raison que je n'ai rien. Ce sera tout ? Vous avez d'autres questions ?

— Attendez ! m'écriai-je en reprenant le téléphone des mains de Margot, complètement déconcertée. Il n'y a pas de biens matériels. Robert est mort ruiné.

— C'est absolument impossible ! s'exclama Joanna. J'ai bien sûr eu connaissance de ses investissements peu judicieux par Michael, mais Bobby possédait beaucoup d'avoirs propres. C'était l'un des hommes les plus entreprenants qu'il m'ait été donné de rencontrer. Jamais il n'aurait permis que cela lui arrive. Il était bien trop intelligent.

— Donc vous affirmez que vous n'avez pas signé de papier stipulant que vous aviez reçu cent mille livres ? répétai-je pour m'en assurer. Et au passage, cet argent vous revenait de plein droit, vu que la transaction s'était produite pendant votre mariage.

— C'est fort généreux à vous de l'admettre, grinça la voix dégoulinante de sarcasme de Joanna. Mais non. Je n'ai rien signé du tout.

— Et vous affirmez donc que vous n'avez jamais rencontré Dennis Simmonds à Penzance ?

— À Penzance ? répéta-t-elle en éclatant d'un nouveau rire sec. Où ça ? Laissez-moi deviner : à la gare de chemin de fer, sous l'horloge ?

— C'était là ? demandai-je.

— Je plaisantais. Je ne connais aucun Dennis Simmonds.

— Il travaille pour Jago et ce, depuis pas mal d'années.

— Ah, ce Dennis-là. Je ne connaissais pas son nom de famille. Tegan m'a raconté que Jago était tombé sur lui, sans foyer je ne sais où et invalide de l'armée ou quelque chose du genre. Vraiment, je ne me rappelle plus trop.

En d'autres termes, Dennis avait forcément menti en affirmant avoir remis l'argent à Joanna.

— Pourtant, Dennis a certifié qu'il a remis la somme en liquide à une femme, arguai-je.

Joanna lâcha un bruyant soupir.

— Eh bien, ce n'était pas moi.

Vanessa, peut-être ? Mais pourquoi aurait-il inventé cette histoire de rendez-vous à Penzance s'ils étaient dans le coup tous les deux ?

Margot murmura sans bruit : « Oh là là, c'est Dennis ! »

Depuis le début, il devait jouer un rôle afin de cacher le fait qu'il avait lui-même volé l'argent. Pourtant, un doute continuait de me titiller, qui refusait de se taire.

— On dirait qu'il va falloir interroger Dennis, reprit Joanna, à croire qu'elle lisait dans mes pensées. D'après ce que j'entends, j'ai bien l'impression qu'il a empoché la somme lui-même.

— Connaissiez-vous une certaine Lily Travis ? demandai-je tout à trac. Ou peut-être vous la rappelez-vous sous le nom de Millicent Small ?

— Oui, je me souviens d'elle, confirma Joanna. Elle n'arrêtait pas de se jeter au cou de Jago et de Bobby. Une atroce bonne femme.

— Quand Tegan vous a appelée, vous a-t-elle appris que Lily était morte ?

— Ben, elle devait approcher les quatre-vingt-dix ans.

— Elle était témoin de la signature du document entre *mon* mari et Jago.

Joanna ne me corrigea pas.

— Oh, Millicent était témoin de plein de choses. D'ailleurs, elle en gardait la trace dans son petit cahier, à moins que ça n'ait été un livre noir. Je ne me rappelle pas. Mais je suis certaine que Tegan n'est pas la seule à se réjouir de sa mort.

Margot me fit signe : « Pourquoi ? Demande-lui pourquoi. »

— Qu'est-ce qui vous fait dire ça ? À qui pensez-vous ?

— Je crois que nous en avons terminé, non ? répondit Joanna.

« Demande-lui ! » répéta Margot sans un bruit, mais je n'insistai pas.

— Joanna, je…

— Au revoir !

— Merci, Joanna, cria Margot, qui avait brusquement récupéré son téléphone. Ayez une belle vie ! *(Elle coupa la communication.)* Cette femme est d'une amertume… Brrr… Pas étonnant qu'il t'ait préférée à elle.

Je lui montrai mes mains. Tremblantes.

— Je pense que ça ne nous a menées à rien. C'était horrible.

— Je ne suis pas d'accord. À présent, nous savons qui a tué Jago et Lily Travis… et qui a bien failli te tuer, toi, déclara ma sœur. Dennis.

30

— Non, répondis-je. Pourquoi irait-il écrire un message en se faisant passer pour Jago et puis renoncer à terminer le boulot en ne me poussant pas de la falaise ? En plus… quand Tegan a dit que ça n'était pas l'écriture de Jago, Dennis a précisé que Jago était très à cheval sur la date et l'heure exacte dans ses messages. Donc s'il avait imité son patron, il se serait assuré que le message ait l'air authentique, non ?

— Bien vu, convint Margot. Vanessa et Dennis sont complices dans l'affaire. De toute évidence, il t'a suivie là-haut et puis tout à coup, il s'est dégonflé.

— Il m'a tirée du bord de la falaise, Margot, lui rappelai-je. Tu aurais dû voir comme il était bouleversé pour Jago. En plus… *(Je frissonnai à ce souvenir.)* Le crâne de Jago était dans un état atroce. Du sang partout. Dennis n'en aurait-il pas eu sur les mains ?

— Je dis juste que c'est possible, fit Margot dans un haussement d'épaules. D'autant que Vanessa a disparu… ou pas, d'ailleurs. Selon moi, c'est une ruse pour détourner tout le monde de la véritable piste.

— Je ne sais pas que penser, admis-je.

— C'est Dennis le meneur, j'en suis certaine. Et ce mystérieux paquet d'Amazon qu'il a stocké dans sa chambre ?

— C'est un peu étrange, concédai-je.

— Qui sait ce que Dennis a pu acheter sur Internet en le mettant au nom de Vanessa ? Jago l'a repêché dans la rue… Il souffre sans doute d'une forme de stress post-traumatique. Sans vouloir le juger, on sait que la guerre a de drôles d'effets sur les gens.

— Je pense que ce que Vanessa a arraché à l'album de Lily nous fournirait un bon indice.

— On ne le saura jamais, déplora Margot. Manifestement, Vanessa a pris la poudre d'escampette. Je l'imagine d'ici s'enfuyant dans les cuissardes d'Alex. Je veux dire… tu as vu la taille de ses pieds, au Suédois ? Il chausse au moins du 48. Elle est si petite, je me la figure en train de patauger sur la chaussée surélevée.

Margot se mit à ricaner et puis nous explosâmes toutes les deux dans une série de gloussements qui virèrent à l'hystérie alors qu'elle mimait un pas maladroit qui aurait fait la fierté du ministère des Démarches ridicules des Monty Python.

— Et le chat ? ajouta-t-elle en se mettant à rigoler de plus belle. Je me demande s'ils vont l'appeler à la barre des témoins !

Nous nous tordions de rire quand le téléphone de Margot sonna. Elle jeta un coup d'œil à l'identité de l'appelant et se figea.

— Oh, Bon Dieu, Evie. C'est Brian. Je… je ne veux pas lui parler.

— Eh bien, ne réponds pas !

— Si, je le dois. Je déteste ça. Il a peut-être changé d'avis ? *(Elle bondit du lit.)* Brian ?... Oui ?... Oui ! Je l'ai eu ton putain de FedEx. Attends. *(Elle mit le téléphone en sourdine et tourna vers moi un regard plein d'angoisse.)* Il faut que je lui parle. Désolée. Accorde-moi juste une minute.

— Je vous laisse tous les deux. Je pense que je vais sortir un moment. Bonne chance.

Les événements de la matinée m'avaient laissée sous le choc : toutes les horribles révélations dans le Salon des résidents, sans parler du fait que nous nous retrouvions propulsées suspectes principales du meurtre de Jago. Et puis, les aveux de Margot concernant l'état de son mariage. Enfin, la difficile conversation téléphonique avec Joanna. J'avais besoin de réfléchir pour me remettre la tête à l'endroit.

Je ne pouvais pas me contenter de rester dans la chambre. J'étais lasse des théories et de les ruminer continuellement. J'allai repêcher mon appareil photo Canon dans mes bagages. C'était un vieux modèle, je me l'étais acheté en 2010, mais je l'aimais bien. Pour le moment, nous étions coincées sur l'île, alors autant en profiter. Je l'avais apporté avec moi pour photographier les oiseaux, c'était donc ce que j'allais faire.

Dans le couloir, je constatai que la porte de la chambre de Lily était ouverte. Qu'allait-il advenir de M. Tig maintenant que sa maîtresse était morte ? Je me réconfortai en songeant qu'il était le chat de l'hôtel. Avec un peu de chance, quelqu'un reprendrait le flambeau de son compte Instagram.

En bas, tout était calme. Dennis se tenait derrière le comptoir, l'air absent. Décidément, je ne le voyais tuer ni Jago ni Lily. Quel serait son mobile ?

— Ah, fit-il, sourcils froncés. Vous ressortez ?

— Je ne peux pas aller bien loin. Si ça vous rassure, appelez Patty et dites-lui que je sors prendre quelques photos… ou bien, je le fais moi-même, du moment que vous m'indiquez où elle se trouve.

— Cador a ramené la police sur son esquif. Patty a un fils…

— Ah bon ?

— Un gentil gamin. Elle est mère célibataire, il fallait donc qu'elle rentre le confier à sa grand-mère. Elle reviendra cet après-midi. Il ne peut pas se passer grand-chose d'ici demain. On est dimanche.

— Pas besoin de l'avertir, dans ce cas, conclus-je.

— Méfiez-vous, la brume retombe, m'avertit Dennis. Mieux vaut vous cantonner à la côte ouest.

Ainsi, nous n'étions plus que cinq sur l'île désormais. Tout à coup, je me rappelai une chose qu'avait dite Dennis.

— Quel âge a Vanessa ?

S'il fut décontenancé par ma question, il n'en montra rien.

— Vingt-cinq ans.

Il nous avait expliqué qu'il avait remis l'argent à une femme, neuf ans plus tôt. Ça ne pouvait donc pas être Vanessa. Elle n'aurait eu que seize ans… à moins qu'il ne mente.

— Pourquoi cette question ?

— Quand vous avez rencontré cette femme, à Penzance, vous vous rappelez à quoi elle ressemblait ? Son âge ? Plutôt grosse ? Mince ? Blonde ? Brune ?

— Elle était plutôt bien en chair, répondit-il avec un haussement d'épaules. Peut-être dans la trentaine.

— Trente ans ?

Alors là, je n'en revenais pas. Joanna aurait eu la cinquantaine à l'époque, donc même si elle avait menti quant au fait qu'elle n'avait pas reçu l'argent, en tout cas, il ne lui avait pas été remis directement.

— Et son nom, vous vous en souvenez ?

— On m'avait juste dit de retrouver une femme sous l'horloge du hall principal de la gare ferroviaire de Penzance.

C'était donc Joanna quand même.

— Pourquoi ne pas l'avoir précisé plus tôt ? m'exclamai-je. Vous avez dû vous tromper sur son âge.

Dennis secoua la tête.

— On m'avait indiqué qu'elle porterait un imperméable bleu marine et un foulard Harry Potter.

Un instant, je crus l'avoir mal entendu.

— Un foulard Harry Potter ?! répétai-je. Vous êtes sûr de ça ?

— Certain, confirma Dennis. Parce que quand je l'ai rencontrée, elle discutait avec des écoliers qui portaient des écharpes Poudlard. De l'école de Poudlard. Si je le sais, c'est parce qu'à l'époque, Vanessa était elle aussi obsédée par *Harry Potter*.

La seule femme de ma connaissance qui portait un foulard Harry Potter, c'était l'assistante de Nigel, Cherie. Pourtant, il me paraissait impossible qu'elle ait pu être la femme de l'horloge. Ou bien… si ? Robert m'avait dit qu'elle aurait fait n'importe quoi pour Nigel, absolument tout.

Je fus prise de nausée.

— Vous vous sentez bien ? me demanda Dennis. On dirait que vous venez de voir un fantôme.

— Non, ça va, parvins-je à répondre. J'ai juste besoin d'un peu d'air.

En fait, j'éprouvais le besoin désespéré de sortir. Je devais réfléchir.

Je ne sais comment, je me retrouvai dans le Jardin du galion. J'avais dû marcher en pilotage automatique. Je m'assis sur le banc où j'avais trouvé Margot en pleurs quelques heures plus tôt. Cherie – si ç'avait bien été elle à la gare – n'aurait jamais agi seule. Neuf ans plus tôt, elle aurait eu l'âge idoine. Nigel devait savoir que Jago remboursait le prêt, or une assistante personnelle, ça sait tout sur son patron. Peut-être qu'elle… Mais non, je ne pouvais pas ignorer l'évidence : Nigel était forcément impliqué. Il n'y avait pas d'autre explication.

Je sortis mon iPhone pour appeler Margot, avant de réaliser que le Jardin du galion se trouvait dans le vallon et qu'il n'y aurait pas de réseau.

Je devais retourner à l'hôtel aussi vite que possible. Mais une minute : même si c'était Cherie, qu'est-ce que ça prouvait ? Que Nigel avait empoché l'argent et falsifié le reçu ? Ça n'avait aucun rapport avec ce qui se passait en ce moment à l'hôtel. Nigel était à Paris.

Soudain, je vis un éclair filer dans les sous-bois. Quelqu'un se déplaçait très vite et remontait la pente en terrasses au-dessus de moi. Forcément Vanessa ! Elle était donc toujours sur l'île.

— Vanessa ! criai-je. Je vous vois !

Elle s'immobilisa. Avant de repartir, montant les marches deux à deux, et puis elle bifurqua sur la gauche dans un bosquet.

Je m'élançai à sa poursuite.

— Vanessa ! Ne fuyez pas ! Attendez ! Tout va bien !

Mais elle s'arrêta juste assez longtemps pour que je l'aperçoive brièvement, ensuite elle repartit en trombe. Quand elle entama l'ascension dans les fougères, je découvris que j'avais récupéré du réseau téléphonique et appelai Dennis. Qu'il vienne s'occuper de sa nièce.

— Elle prend la direction du sentier côtier ? me demanda-t-il d'une voix où la tension était palpable.

— Je pense, oui.

— Ne la laissez pas s'en approcher, Evie. Je vous en supplie. Elle risque… elle a déjà fait une tentative. Je ne veux pas qu'elle aille commettre l'irréparable. Elle est désespérée. S'il vous plaît… dites-lui d'attendre. Que j'arrive aussi vite que je peux.

J'essayai ensuite de joindre Margot, mais tombai directement sur sa boîte vocale. Elle était sans doute encore en ligne. Il n'y avait pas de temps à perdre. Je pressai le pas.

Vanessa parut ralentir dès qu'elle parvint dans les fougères, mais pas une fois, elle ne se retourna. Je réussissais à la garder à portée de vue, tout en jurant à mi-voix. Il fallait au moins que j'essaie de la protéger jusqu'à l'arrivée de Dennis.

En contrebas, les vagues s'écrasaient contre la falaise, dans un grondement de plus en plus sonore alors que j'approchais du sentier côtier.

Je repris la montée, m'arrêtant pour reprendre mon souffle au banc de William. Le jour tombait vite, pourtant la vue au loin sur les îles voisines de Tresco et de Bryher était spectaculaire. Et puis, j'atteignis la drôle de formation rocheuse où nous nous étions croisés la veille, Dennis et moi. Soudain, la faille me parut menaçante et un frisson me parcourut. Pas question que je passe par ce truc, sachant ce qui se trouvait de l'autre côté.

— Vanessa ? appelai-je. C'est Evie. Vous ne risquez rien. Votre oncle sera là d'une minute à l'autre. Venez avec moi. Je ne vous ferai aucun mal. *(Pas de réponse.)* Vanessa ? répétai-je en m'approchant de la fissure. Revenez près de moi.

— Bonjour, Evie, me répondit une voix que je ne connaissais que trop bien.

Je me figeai. Impuissante. Paralysée. Le cœur battant comme un fou. Soudain, la silhouette encapuchonnée sortit de derrière le rocher et rabattit sa capuche en arrière.

— Nigel, soufflai-je. C'est vous !

31

Le choc était si profond que je n'arrivais plus à parler. Nul besoin de m'enquérir de ce qu'il faisait là. Je le savais déjà.

Dissimulé sous l'une des capes imperméables noires de l'hôtel, Nigel m'avait bien eue. Comment avais-je pu être aussi idiote ? Vanessa faisait la moitié de sa taille. Comment ne m'étais-je pas rendu compte qu'il cherchait à m'éloigner de l'hôtel, tel le joueur de flûte ?

Il me dévisageait désormais avec un air méprisant.

— Je vous avais dit de ne pas vous en mêler. Rien de tout ça ne serait arrivé si vous m'aviez écouté. Personne n'aurait été blessé. Tout est votre faute. C'est vous, la coupable.

Je serrai fermement mon appareil, le cerveau en ébullition, en quête d'un moyen de fuir.

— Vous devriez voir votre tête, commenta-t-il en riant – en riant ! Pauvre petit lapin pris dans des phares de voiture, qui essaie de réfléchir à la manière de s'en sortir. Robert avait raison de dire que vous étiez un peu lente à la comprenette.

— Oui, vous avez raison, j'ai du mal à comprendre les choses, me hâtai-je de convenir.

Fais-le parler : n'est-ce pas ce qu'ils disent dans les films ? Dennis était déjà en chemin. Patty et Cador revenaient à Tregarrick. Et j'avais laissé un message à Margot aussi. Les renforts arrivaient. Il fallait juste que je garde la tête froide.

— Atteindre Tregarrick est déjà compliqué par les moyens légaux, commentai-je d'un ton léger. Alors comment diable y êtes-vous parvenu ? Je vous croyais à Paris !

— J'y étais, répondit-il. Mais après votre coup de fil d'hier, j'ai changé mes plans. Saviez-vous qu'il ne faut qu'une heure quarante de vol entre Paris et St Mary's avec un jet privé ?

— Dieux du ciel, je n'imaginais pas que vous étiez aussi inquiet pour moi. J'en suis flattée.

Je m'efforçai de maintenir ma voix à un niveau régulier malgré l'horreur qui m'emplissait à la pensée que Nigel avait été jusqu'à louer un jet privé.

— De là, j'ai emprunté un petit bateau du nom de *Sandra*...

— Vous avez navigué depuis St Mary's dans un Topper ?

J'avais parlé au hasard, mais à en juger par l'expression de Nigel, j'avais visé juste.

— Comment le savez-vous ?

— Par quel autre moyen auriez-vous pu traverser aussi vite, surtout avec la marée ? Je suis impressionnée. Vous avez toujours eu le pied marin.

Et soudain, je réalisai : c'était lui qui avait tiré l'embarcation sur la plage, laissant cette trace en forme de V dans le sable. Voilà comment il avait débarqué sur l'île sans être détecté. Je devais garder mon calme. Je devais continuer à lui parler, surtout. Gagner du temps.

— La police est en mer à la recherche du bateau, mentis-je. Il a été déclaré volé.

Nigel afficha un large sourire narquois.

— Bien tenté, mais c'est peu probable. Avec quatre officiers de police en tout et pour tout sur la totalité des Scilly, je ne pense pas que la recherche d'une vieille barcasse soit dans leurs priorités. Et puis, je compte bien la rendre.

Je me remis à réfléchir.

— Et bien entendu, Cherie était au courant de tout.

— Cherie ferait n'importe quoi pour moi, affirma Nigel.

— Oui. Robert disait toujours qu'elle était amoureuse de vous.

— Je la distrais de l'ennui de son mariage. C'est un arrangement gagnant-gagnant.

— C'était elle qui avait rendez-vous avec Dennis à la gare ferroviaire de Penzance, c'est bien ça ?

Nigel parut surpris.

— Comment avez-vous découvert ça ?

— Dennis a dit que la femme portait un foulard Harry Potter.

— Eh bien, c'est à mon tour d'être impressionné, admit-il. Excellente déduction, Sherlock Holmes. Je pense que nous devrions trouver un autre endroit pour continuer cette conversation. Je me sens un poil à découvert, ici.

Comme il allait pour me prendre la main, je reculai en secouant la tête.

— Je n'irai nulle part avec vous ! m'exclamai-je. Et dire que je vous faisais confiance !

— Voyons, Evie, ne soyez pas bête. Je vais vous montrer la petite grotte où j'ai passé la nuit dernière.

Je le repoussai sans ménagement et partis dans la direction d'où j'étais venue, trébuchant à moitié sur le sentier côtier tout en m'empêchant à tout prix de tourner les yeux vers l'abysse en contrebas.

J'arrivai au banc de William quand Nigel me fit tomber en recourant à un violent tacle de rugby, avant de me faire pivoter sur le dos. Je me débattis, lâchai mon appareil photo, mais il était bien plus fort que moi.

— Bien tenté, quoique quelque peu pathétique, si je puis me permettre, ironisa-t-il en reprenant son souffle.

Son visage n'était qu'à quelques centimètres du mien.

— S'il vous plaît, Nigel, non. Je n'ai jamais rien fait contre vous. Il y a forcément un moyen de se dépêtrer de cette situation.

Il se releva à genoux. Tout bien regardé, il n'était pas bel homme du tout. Ses yeux étaient noirs et froids. Il avait une profonde égratignure en travers d'une joue.

— On dirait que le chat vous a eue aussi.

Il dessina la griffure sur ma joue, puis la sienne. Cet homme était vaniteux. Il l'avait toujours été.

— Vous avez épargné le chat mais pas Lily ? m'étonnai-je. Pourquoi ?

— J'aime bien les chats, répondit simplement Nigel.

— Je ne comprends pas. Pourquoi tuer Lily ?

— Parce qu'elle m'avait vu.

— Où ça ? m'écriai-je. Comment ça ?

— Je me suis rendu compte qu'elle m'espionnait depuis un bon bout de temps à l'aide de son petit télescope. La vieille fouineuse !

Évidemment. Lily avait cru que c'était Margot qui arpentait l'île. Alex avait cru la voir et Cador aussi. Et chaque fois, ce devait être Nigel qui venait déposer le message émanant soi-disant de Jago à mon attention. C'était un miracle que Margot et Nigel ne soient pas tombés nez à nez quelque part.

— C'était fort culotté de votre part.

Continue à le faire parler.

— Mais… comment avez-vous su où elle était ? Dans quelle chambre ? Et nous, comment connaissiez-vous notre chambre ?

— Vous me l'avez dit quand je vous ai appelée. Vous étiez en plein crise d'hystérie, vous ne vous souvenez pas ? Il m'a suffi de pénétrer dans l'hôtel, de dérober du papier à en-tête… très facile à trouver dans un établissement aussi démodé. Il y en avait dans les nécessaires à courrier de courtoisie. Peu d'hôtels offrent encore ce petit présent. Ensuite, j'ai glissé le mot sous votre porte.

— Comment êtes-vous entré dans la chambre de Lily ?

— Je dois avouer qu'elle n'était pas peu surprise quand elle a réalisé que je n'étais pas Margot. Pourtant, elle m'a quand même invité à entrer.

J'imaginais d'ici la confusion de la pauvre Lily.

— Et quand elle s'est présentée, je n'en revenais pas de ma chance, poursuivit Nigel. Être tombé pile sur la personne qui avait œuvré comme témoin lors de la signature de l'emprunt, c'était la cerise sur le gâteau.

— Quelle importance qu'elle en ait été témoin ? m'enquis-je. Elle n'était probablement même pas au courant que Jago l'avait remboursé.

— Je ne voulais pas prendre le risque.

— C'est une vieille dame ! m'emportai-je. Que lui avez-vous fait ?

— Disons pour faire simple qu'elle a eu une conversation avec un coussin.

C'était dit avec un détachement qui me stupéfiait. Incrédule, je dévisageais cet homme que j'avais cru connaître, qui était venu chez nous pendant tant d'années, en qui j'avais implicitement confiance.

— Mais vous avez dû être interrompu, devinai-je.

La bouche de Nigel s'étira lentement sur un sourire.

— Hmm. Pas si lente que ça, en fait. Qu'est-ce qui vous amène à le croire ?

— Les lunettes de Lily étaient cassées. Vous n'avez pas remis le coussin à sa place. Et, bien sûr, l'indice qui tue…

— L'expression est appropriée…

— … c'est que Lily était tout habillée, terminai-je.

Il s'esclaffa.

— Vous avez raison. Oui, j'ai été interrompu. *(Il me tendit la main.)* Allez, debout. Vous allez finir par avoir froid, assise par terre comme ça.

— Je peux me relever toute seule.

Repoussant vivement sa main, je me redressai tant bien que mal et jetai un coup d'œil discret vers l'hôtel. Où étaient-ils donc tous ? J'aperçus mon appareil tombé dans l'herbe. Où je décidai de le laisser. Ainsi, ils sauraient… Quelqu'un comprendrait que j'étais passée par là.

— Comment avez-vous attiré Jago jusqu'ici ? demandai-je. Je veux le savoir.

— Il était facile de l'attirer, comme vous dites, au banc de William.

— Mais… comment ça ?

— De la même façon que je vous y ai invitée. Le mot qu'il a reçu, lui, émanait de vous !

— Un mot ?

J'ignorais qu'un autre message avait été trouvé.

— Par chance, Jago l'avait gardé dans sa poche. Je l'ai déchiré après qu'il a effectué cet atterrissage un peu rude sur la plage, m'expliqua Nigel – à croire qu'il lisait dans mes pensées. Malin, non ?

— Oui, ça aurait pu, sauf que, voyez-vous… ce message rédigé par *vous*, je ne l'ai vu que beaucoup plus tard.

— Je ne comprends pas, fit-il, les sourcils froncés par la confusion. Dans ce cas… que faisiez-vous sur le sentier côtier ?

— J'y étais déjà quand vous avez glissé le message sous la porte. J'étais avec Dennis. Nous avons découvert Jago ensemble. C'est la police qui a trouvé votre mot.

Un tic se mit à pulser sous l'œil de Nigel et je remarquai au niveau de ses épaules une tension qui n'y était pas auparavant. Un peu trop tard, je compris ce que je venais de dire.

— Mais pas de souci, personne ne pourrait jamais le relier à vous, me dépêchai-je d'ajouter. Nul n'est au courant de votre présence ici. Même Joanna m'a dit qu'elle ne savait pas que Robert avait prêté de l'argent à Jago, donc encore moins qu'il l'avait remboursé.

Nigel se raidit et m'attrapa fermement par les épaules.

— Vous avez parlé à Joanna ?!

— Oui.

— Quand ? C'était quand ? demanda-t-il d'une voix acérée.

— Aujourd'hui, juste après le déjeuner.

— Qu'a-t-elle dit d'autre ?

Il resserra son étau.

— Lâchez-moi !

— Répétez-moi ce qu'elle a dit ! siffla-t-il.

— Qu'elle n'était pas au courant d'une somme d'argent qui aurait été remboursée, répétai-je. Qu'elle n'est jamais allée à Penzance. J'ai alors compris que c'était forcément Cherie…

— Non… pas ça, s'impatienta Nigel. Qu'est-ce qu'elle a dit d'autre ?

— Rien… pourquoi ?

Il y avait une lueur dans ses yeux que je n'y avais jamais vue. De la peur.

— Et le docteur ?

J'étais perdue.

— Quel docteur ?

— L'ami de la famille, le docteur Barnaby. Joanna en a fait mention ? *(Il me secouait avec force.)* Hein ? Est-ce qu'elle a mentionné le docteur ?

— Seulement pour dire qu'il était… qu'il était… surpris, bégayai-je. Parce que Robert avait passé un bilan de santé complet seulement quelques jours plus tôt. Raison pour laquelle le docteur demandait une autopsie. Pourquoi ?

— Bon Dieu ! s'exclama Nigel, avant de faire volte-face. Merde !

Et tout à coup, la nausée à la gorge, je compris. Je compris tout. Je n'en revenais pas. Je n'osais pas le croire.

— Quoi ? chuchotai-je. Qu'est-ce que vous avez fait ? *(Nigel ne répondait plus. J'étais engourdie de la tête aux pieds.)* Vous avez quelque chose à voir avec la mort de Robert, c'est ça ? repris-je lentement. Il a fait une crise cardiaque et vous… vous ne l'avez pas aidé. Vous vous êtes contenté de le regarder mourir.

Nigel se retourna, de nouveau tout sourire. Et s'avança vers moi.

— Oui, quelque chose comme ça.

— Pourquoi ? Pourquoi avoir fait ça ? Il était votre ami. J'étais votre amie. Je vous ai toujours apprécié, Nigel.

L'espace d'une seconde, il sembla hésiter.

— Je ne veux pas vous faire de mal, Evie. Et je suis sincèrement désolé. Vraiment. Si seulement vous aviez suivi mes conseils et m'aviez laissé gérer cette affaire, rien de tout cela ne serait arrivé. *(Il s'approcha encore. Je commençai à reculer.)* Pourquoi êtes-vous venue ici ? voulut-il savoir.

— Pour passer un week-end avec ma sœur.

— La vérité, Evie.

— C'est la vérité, insistai-je. Oui, j'admets que j'étais curieuse. Qui ne l'aurait pas été ? Vous m'aviez annoncé que j'allais perdre ma maison. En gros, que Robert ne m'avait rien laissé. Mais vous vous trompez si vous imaginez que je l'ai épousé pour son argent. Je l'aimais profondément.

Il posait sur moi un regard plein de curiosité.

— Vous savez quoi ? Je pense que je vous crois.

— De toute façon, cet argent, il serait revenu à Joanna, continuai-je.

Cette fois, c'était avec une expression de pitié qu'il me contemplait.

— Sérieusement ? Vous croyez vraiment qu'il ne s'agit là que de ces cent mille livres ?

J'avais soudain la bouche sèche.

— Ce n'est pas le cas ?

— Finalement si, vous êtes bête.

Soudain, le constat m'apparut avec clarté : Nigel devait voler de l'argent à Robert depuis des années. Ce qui expliquait le lent et douloureux déclin de ses affaires jusqu'à la banqueroute. Et pendant tout ce temps, Nigel lui mentait sur la santé de ses finances.

Tout à coup, je reculai contre de la pierre dure. Nous étions arrivés au niveau des rochers. Pendant tout le temps de notre conversation, Nigel m'avait éloignée de plus en plus du banc de William et du sentier côtier.

— Ça a commencé tout petit, petit, dit-il d'un air presque triste. J'empruntais un peu, par-ci, par-là, mais je remboursais toujours. Je remboursais toujours !!

— Jusqu'au jour où vous ne l'avez plus fait.

Il esquissa un sourire sarcastique.

— Je vous aime bien, Evie, et pour information, Robert vous adorait.

— Je n'ai jamais douté de son amour, Nigel. *(Et pourtant, il y avait quelque chose que je devais savoir.)* Ce dernier jour, repris-je, était-il bouleversé par mon départ ? Vous m'avez dit qu'il était désemparé. Pourtant, moi, je l'avais trouvé indifférent.

— Il était dévasté, répondit Nigel. Vous étiez le centre de son univers. Il m'avait parlé de sa vasectomie. Il était persuadé que vous le quitteriez, que vous alliez demander le divorce.

— Je ne suis pas Joanna, rétorquai-je avec colère. J'étais sous le choc. Je voulais réfléchir.

— Robert, lui, en était convaincu. Je ne pouvais pas permettre que ça se produise.

— Tout est donc parti de là, compris-je, sidérée. Si Robert divorçait, le montant de ses biens serait mis au jour ! Et vous auriez été découvert. Tout aurait été révélé.

J'eus alors la certitude écœurante mais évidente que la crise cardiaque de Robert n'avait rien d'un accident.

— Qu'est-ce que vous lui avez fait ? soufflai-je.

L'espace d'un instant, je crus entrevoir une lueur de remords dans ses prunelles, mais elle disparut aussitôt.

— Saviez-vous que les symptômes d'une réaction allergique sont très similaires à ceux d'une crise cardiaque ? lança-t-il.

Je me pétrifiai.

— Robert était allergique aux arachides. Vous n'auriez pas… vous n'avez pas…

Je secouai la tête, refusant de croire pareille ignominie. La mort avait dû être lente. Robert avait sans doute souffert. Pas étonnant que Nigel ait paniqué en comprenant qu'on allait pratiquer une autopsie.

— J'avais toujours été au courant de son allergie aux arachides, poursuivit Nigel. Une simple lichette d'huile d'arachide sur le bord d'un verre d'eau… ça a suffi.

— Je n'ai pas d'huile d'arachide à la maison, répliquai-je, frappée par l'horreur absolue de son geste. Oh, mon Dieu… vous l'avez donc apportée avec vous ! Vous avez prémédité le meurtre de votre ami et vous l'avez tué de sang-froid.

— Je suis un survivant, répondit-il simplement. Bon, maintenant que vous êtes au courant, nous allons partir faire une petite balade en mer.

— Pas question que j'aille où que ce soit avec vous ! m'écriai-je. Laissez-moi tranquille.

Sans crier gare, il m'attrapa le bras et le tordit méchamment derrière moi.

— Je peux vous le casser, vous savez.

En cet instant, je sus qu'il allait me tuer.

— Vous avez deux solutions, me souffla-t-il à l'oreille. Soit vous descendez à la plage par les marches, soit… *(Il me fit pivoter brusquement face au bord de la falaise.)* Je vous aide à descendre.

— O.K., je viens avec vous, murmurai-je.

Les marches taillées dans la pierre étaient irrégulières et glissantes à cause de la pluie. J'avais toutes les peines du monde à conserver mon équilibre. Tout en progressant, je ne cessais de chercher un moyen de m'enfuir. Pourrais-je le semer à la course sur la plage ? Hélas, mes jambes étaient trop faibles pour que j'espère aller bien loin.

Dix minutes plus tard, je réalisai qu'il n'y avait pas de plage : la marée était haute. Nigel avait attaché le Topper à l'un des anneaux scellés à la falaise. Je lus le nom *Sandra* peint sur le flanc de la coque et ressentis les premières vrilles d'une peur bleue. Nous y étions.

Tout au bout de la plage, j'aperçus l'ouverture à demi submergée d'une grotte. Nigel avait mentionné s'être caché dans une grotte. N'y avait-il pas une sorte de rebord au-dessus du niveau de la mer ? J'allais le supplier de me laisser là-dedans. Oui… plutôt risquer la marée que de sortir en mer avec un tueur froid et calculateur.

— Abandonnez-moi dans la grotte, l'implorai-je donc. D'ici à ce que la marée redescende, vous serez loin.

Il me regarda d'un air amusé.

— Vraiment ? Vous voulez ?

Je hochai la tête.

— Vous aurez le temps de fuir. De commencer une nouvelle vie ailleurs. N'importe où.

Il hésita un moment.

— D'accord, finit-il par accepter. Mais d'abord, vous m'aidez à mettre mon embarcation à l'eau. Ensuite, je vous y conduis.

Je n'en croyais pas mes oreilles.

— Merci, merci !

Galamment, Nigel m'aida à monter dans la barque, qui s'inclina aussitôt sous mon poids. La coque était peu profonde et j'avais une telle impression d'instabilité que je me penchai pour m'accrocher au rebord en combattant une terreur indicible.

Ce bateau était minuscule. Les vagues secouaient le petit vaisseau tandis que Nigel s'installait à son tour. Agrippée au rebord, je fus submergée par le premier accès de nausée et dus m'allonger au fond de la coque.

Détachant la barque, Nigel nous repoussa du bord à l'aide de l'aviron. Quand il repassa la rame dans l'une des dames de nage, je remarquai qu'elle était tachée de rouge brun. Du sàng. Il s'en était servi sur Jago. Je le savais.

D'un mouvement habile, il monta le mât et les voiles, tandis que je restais immobile et misérable. Un claquement retentit quand le vent remplit le foc et nous prîmes aussitôt de la vitesse sous la houle, nous éloignant rapidement de Tregarrick Rock et, à mon grand désarroi, filant vers la haute mer.

Il n'avait jamais eu la moindre intention de m'emmener dans la grotte. Je lui avais facilité la tâche en grimpant sur le bateau de mon plein gré et point barre. Sans doute prévoyait-il de me jeter par-dessus bord. C'était sûr. Je devais agir aussi vite que possible tant que je voyais encore la terre ferme.

Nigel tenait le gouvernail, nous pilotant d'une main experte de droite et de gauche tandis que le Topper filait sur l'eau. Moi, je restais allongée à même les planches, les yeux fermés, les mains serrées autour des supports de métal qui soutenaient les bancs, de chaque côté.

Et puis, tout à coup, la houle sembla retomber.

— Pardon si c'était inconfortable, me dit Nigel. Il fallait juste que je nous fasse traverser ce passage un peu compliqué.

Je rouvris les yeux et découvris immédiatement mon échappatoire. Nigel était assis à la barre, le gouvernail dans une main et les jambes de part et d'autre des miennes afin de s'équilibrer. J'avais avisé un gilet de sauvetage, coincé sous le banc.

Je lançai une jambe vers le haut, avec toute l'énergie que je pus rassembler, et je l'atteignis pile poil où je visais.

— Et maintenant, qui est-ce qui a des couilles ? criai-je alors qu'il hurlait de douleur et lâchait la barre.

La dernière chose que je me rappelle, c'est le tête-à-queue du Topper, le gouvernail tournoyant et heurtant Nigel à la tête, puis… le froid engourdissant tandis que je tombais dans l'eau.

32

En remontant à la surface, tout ce que je vis, ce fut la coque renversée à une vingtaine de mètres de moi. Et j'entendais un drôle de halètement, dont je finis par comprendre qu'il émanait de moi. « Laisse-toi aller ! Laisse-toi porter par le courant. Laisse-toi aller ! Laisse-toi porter par le courant ! » hurlait le sauveteur en tâchant frénétiquement de pagayer vers moi sur sa planche.

J'avais à nouveau neuf ans, sur une plage des Cornouailles, prise dans un contre-courant et emportée loin de la plage. À me débattre pour respirer. Couler sous la surface. Hurler en silence. Battre des bras. Me noyer. Et puis, je me relâchai et je laissai la mer m'emporter. Une paire de bras forts me tira hors de l'eau et je sus que j'étais sauvée.

Sauf que cette fois, il n'y aurait pas de bras forts pour me sauver. Cette fois, je n'étais pas sur une plage bondée, avec des sauveteurs qui surveillaient les vagues à travers leurs jumelles. Cette fois, j'allais rejoindre les plus de quatre-vingts galions et les hommes qui avaient péri dans leur naufrage, car le courant m'emportait vers Windward Point et le phare s'élevait, menaçant, de plus en plus proche. Les vagues s'écrasaient à sa base, envoyant des jets d'eau vers le ciel.

Laisse-toi aller ! Laisse-toi porter par le courant. Laisse-toi aller ! Laisse-toi porter par le courant !

Alors, j'obéis. Et la vie redevint paisible. Je ne me rendais même pas compte de la vitesse à laquelle le courant sous-marin m'emportait vers le phare, jusqu'à ce qu'une douleur aussi soudaine que déchirante m'immobilise violemment. J'étais coincée entre les côtes de ce qui semblait être la carcasse d'un vieux bateau dépassant des remous. Sans doute l'épave de l'*Athena*, dont Cador m'avait parlé vendredi. L'impact brutal du choc me ramena d'un coup à mes sens. Je m'accrochai à une côte de bois comme à une bouée de sauvetage, le temps de réfléchir à ce que j'allais faire. Du lointain me parvenait la mélodie entêtante du sifflet de la balise.

Terrifiée, je balayai la surface de l'eau en cherchant à y distinguer Nigel, mais ne le vis nulle part.

Alors que j'étais agrippée là à scruter les vagues, je remarquai un motif récurrent dans leur succession. Je m'étais trompée, sur la plage : la marée était montante, pas descendante.

Après cinq énormes rouleaux venait une accalmie. J'observai la séquence une demi-douzaine de fois afin de m'en assurer. L'idée était folle mais, si je sautais pile au bon moment, je serais peut-être portée jusqu'aux rochers au pied du phare.

Alors je comptai… et puis, je me laissai aller.

Cette fois, j'étais préparée et je visai le phare de mes brasses maladroites, entravée par ma longue veste. Pourtant, je parvins quand même à attraper la vague et je me sentis soulevée. Et puis, avec une vitesse surprenante, la masse d'eau monta, s'enroula et me recracha. Je heurtai le mur de pierre si violemment que j'en perdis le souffle. Cependant, dans un geste désespéré, j'attrapai la roche déchiquetée et m'y accrochai de toutes mes forces contre le courant qui, en se retirant, essayait de me remporter avec lui.

Je ne sais comment, je parvins à me hisser sur la paroi rocheuse, contusionnée, les ongles en sang à force de ramper. Je m'affalai sur le rebord et dans une étroite cavité. À bout de forces.

J'étais en vie, mais à présent, je repensais à Nigel. Pouvait-il retourner le Topper et naviguer vers la liberté ? Alors que j'étais allongée là à reprendre mon souffle, l'idée me frappa soudain que personne n'était au courant de sa venue sur l'île. Personne ! À part moi. Il allait s'en tirer à bon compte. Même si Margot le soupçonnait, il n'y avait pas la moindre preuve qu'il se soit trouvé ici, encore moins qu'il ait tué Jago et Lily.

Je devais absolument survivre et l'empêcher de s'en tirer. Pour Robert.

Lentement, je rampai jusqu'en haut du tablier de béton et atteignis les marches qui menaient à la porte rouillée du phare.

Dennis ne plaisantait pas quand il affirmait que la passerelle de bois reliant l'île au phare avait été emportée par les eaux. À une époque, il avait dû y avoir une rampe, mais désormais, il ne restait plus que deux ou trois piliers visibles entre les vagues qui allaient et venaient. Il m'était impossible de traverser tant que la mer ne serait pas redescendue et, même là, ce serait incroyablement dangereux.

Ironie du sort, je voyais les lumières de l'hôtel scintiller, là-haut, au sommet de la falaise. Si proches et pourtant si lointaines.

Le niveau de l'eau montait plus vite que je m'y étais attendue. D'une façon ou d'une autre, il fallait que j'entre dans le phare. Je n'arrivais pas à cesser de frissonner. Je devais enlever mes vêtements mouillés. Mais je me rappelai ensuite que le phare était fermé à clé. Jago en avait demandé le trousseau. En regardant la marque de l'eau sur le bâtiment, je me rendis compte que la marée montait bien au-dessus de la porte actuelle.

J'allais me noyer si je n'entrais pas dans le phare.

Je me tournai vers la porte, pour constater, à mon grand désespoir, qu'elle se fermait à l'aide d'une serrure et d'une clé à l'ancienne. Impossible de crocheter la serrure. Prise d'une panique de plus en plus prégnante, j'attrapai la poignée et la secouai quand, contre toute attente, elle s'ouvrit. Je fonçai à l'intérieur et la refermai derrière moi. Toujours tremblante de tous mes membres.

Dans la salle d'entrée, je fus immédiatement frappée par la pénombre et l'atmosphère sinistre. Hormis le son étouffé des vagues cognant contre les murs couverts de carrelage turquoise, il régnait là un calme irréel. Ça sentait la mer, le moisi et l'abandon. L'endroit était complètement vide si l'on exceptait un mince puits de lumière qui filtrait par une petite fenêtre et attrapait les marches d'un escalier de fer forgé en colimaçon.

Au moment où j'entamai la montée, mes genoux cédèrent. J'avais les doigts si engourdis par le froid que je parvenais difficilement à m'accrocher à la rampe. Levant les yeux, je trouvai la vue en spirale à la fois déconcertante et étrangement belle. Comme une montée en spirale jusqu'au paradis.

Alex aurait apprécié.

J'arrivai dans la pièce de vie, où une autre petite fenêtre montrait une cuisine équipée de placards circulaires, d'une cuisinière rudimentaire, d'un frigo et d'un petit évier.

Soudain, je vis quelque chose qui me retourna l'estomac.

Sur la cuisinière, une bouilloire. Sur le plan de travail, une tasse, un pot de café instantané et une boîte ouverte de lait longue conservation.

Nigel avait donc menti à propos de la grotte. C'était forcément ici qu'il s'était caché.

Je levai les yeux vers l'étage supérieur, le cœur battant la chamade. Les chances qu'il soit ici étaient quasi nulles, non ? Le bateau avait chaviré. Le gouvernail, en se balançant, avait dû l'assommer, il s'était très probablement noyé. Ou bien – et cette option-là, je redoutais de l'envisager – il avait nagé jusqu'à n'importe lequel des minuscules îlots ou rochers éparpillés autour de Tregarrick.

Malgré ces considérations, j'éprouvais la sensation insistante de ne pas être seule et la peau me picotait.

J'aperçus un tournevis sur le comptoir. Ce qu'il faisait là, je ne pouvais le deviner. En tout cas, il ferait office d'arme. Je m'en saisis, surtout pour me donner du courage, et entamai lentement l'ascension de la volée de marches suivante, consciente de l'écho de chacun de mes pas sur les lamelles d'acier. Le niveau supérieur révéla deux lits superposés, calés contre les murs circulaires du phare, sur lesquels s'empilaient de nombreuses couvertures et des oreillers humides et moisis. Tout était couvert d'une couche de poussière et il flottait une odeur de pourri.

Mais ce qui m'immobilisa, ce fut la découverte d'un grand miroir en pied et d'une demi-douzaine, voire plus, d'énormes coussins délavés en satin à pampilles dorées, éparpillés sur le sol, ainsi que de fauteuils poires mangés par les mites. Des porte-bougies avaient été fixés aux miroirs, des chandelles entières attendaient d'y être allumées et des bouteilles de champagne vides étaient alignées sur le pourtour du plancher. Collée aux murs, une série de photos prises au Polaroïd : celles de deux adolescents éperdument amoureux. Qui riaient, faisaient les fous pour la caméra.

Tegan et Alex.

Pas étonnant qu'Alex ait voulu revenir voir le phare avant de mourir. Je me demandais si Tegan avait amené ses autres amants ici.

J'attrapai une couverture et m'en enveloppai les épaules, avant de me laisser tomber au sol. Je repliai les genoux contre ma poitrine pour tenter de me réchauffer. Par miracle, mon iPhone était encore dans ma poche. Seulement, il avait forcément été détruit par l'eau salée. J'avais si froid, j'étais si fatiguée. Cependant, je savais aussi que je ne pouvais m'autoriser à m'endormir.

Ce fut alors que je repérai une poignée tissée dépassant d'entre les coussins. C'était celle d'un sac à dos en toile qui m'était vaguement familier. En le renversant par terre, j'y trouvai un survêtement. Il contenait aussi un couteau de l'armée suisse, une barre chocolatée et un kit de survie en provenance d'un magasin d'articles de camping.

Je pris le vêtement, sachant qu'il serait bien trop grand pour moi mais, en le dépliant, je me rendis compte que c'était un modèle pour femme ! Non seulement ça, mais je trouvai, roulées avec le legging, les pages déchirées dans l'album de Lily.

Ce sac à dos appartenait à Vanessa ! Elle était donc ici. Je jetai un coup d'œil aux coupures de journaux qui avaient été scotchées aux pages. Et, de plus en plus stupéfaite, je lus :

Vanessa Parsons, la harceleuse, la femme soi-disant enceinte, qui ne supportait pas d'être quittée.

Une photo du tatouage de Vanessa : « Dave et moi jusqu'à la mort », ainsi qu'un autre cliché la montrant affublée d'un faux ventre en silicone « disponible sur Amazon » accompagnaient l'article des plus bizarres. D'où il ressortait que Vanessa – jeune chef cuisinier à l'avenir prometteur – était tellement déterminée à regagner les faveurs de son ex-petit ami qu'elle avait fait croire à une grossesse. L'article racontait aussi que les tentatives de harcèlement de Vanessa étaient allées de la commande de pizzas dont il ne voulait pas et l'utilisation des services de taxis, au piratage de l'ordinateur de son ex, manipulation grâce à laquelle elle avait réussi à annuler toutes ses cartes de crédit, dont un paiement pour des vacances aux Seychelles avec sa nouvelle conquête – vacances non remboursables. Elle s'était fait prendre quand elle avait eu recours à l'empoisonnement de sa rivale avec des gouttes pour les yeux de la marque Visine. On l'avait condamnée et enfermée deux ans et demi en prison, au motif de…

Je fus interrompue par un son venant du dessus.

— Vanessa ! criai-je. Je sais que vous êtes là-haut !

Sans surprise, aucune réponse ne me parvint.

— C'est Evie.

Silence, toujours.

— O.K., ajoutai-je en rejetant la couverture. Dans ce cas, c'est moi qui monte !

33

Quand mes yeux parvinrent au niveau de l'étage supérieur, je marquai un temps d'hésitation.

— Je sais que vous êtes là, Vanessa, répétai-je. S'il vous plaît. J'ai besoin de votre aide.

Je montai d'une marche supplémentaire et soudain, elle apparut, menaçante au-dessus de moi, une barre de fer à la main.

— Ne vous approchez pas de moi ! hurla-t-elle. Allez-vous-en !

Surprise, je reculai et réussis à me rattraper à la rampe de justesse pour m'empêcher de tomber.

— Oh là ! criai-je en jetant mon tournevis. Tout doux. Je ne suis pas là pour vous faire du mal.

— Je n'hésiterai pas à m'en servir ! lança-t-elle en brandissant son arme, les yeux écarquillés par la terreur. Je vous jure. Vous avez tué Lily et fait peser les soupçons sur moi…

— De quoi est-ce que vous parlez ? m'exclamai-je.

— Et monsieur Jago ! Vous l'avez poussé de la falaise. Je le sais ! Oncle Dennis l'a dit !

— Non, pas du tout. C'est un homme… un homme du nom de Nigel qui a fait ça. Et il a failli me tuer, moi aussi.

— Jamais entendu parler de lui ! Menteuse ! hurla-t-elle à nouveau. Je ne vous crois pas.

Je perdais vite patience.

— Vanessa, regardez-moi. Et arrêtez d'être stupide, nom d'une pipe ! Je suis trempée. Vous pensez que j'ai traversé à la nage pour mon plaisir ? J'ai failli me noyer.

Elle me contemplait, les yeux ronds. Je devais avoir une sacrée dégaine, avec mes cheveux et mes vêtements mouillés ainsi que mes mains ensanglantées, qui tremblaient violemment. Je n'arrivais pas à m'empêcher de claquer des dents.

— Je vais redescendre à la couchette et je vais me changer, enfiler des habits secs, annonçai-je. Je vais mettre vos vêtements.

— Ne touchez pas à mes affaires ! brailla-t-elle. Je vous l'interdis !

J'entamai lentement la descente à reculons, sans la quitter une seconde des yeux. Une fois hors de sa vue, j'ôtai ma veste, mon jean et mon sweat-shirt aussi vite que possible et enfilai le survêtement de Vanessa. Qui était un poil trop petit pour moi.

J'étais perplexe. Ça n'était pas ce à quoi je m'attendais, mais peu m'importait. Je devais savoir ce qu'il était advenu de Nigel. J'étais convaincue que si Vanessa avait réussi à atteindre le phare, nous pourrions toutes les deux en repartir. Il suffisait d'attendre que la marée redescende.

Je retournai au pied dc l'escalier.

— Pourquoi êtes-vous venue au phare ? lui demandai-je. Pourquoi vous être enfuie ?

— Je savais ce qu'on allait penser, répondit Vanessa. C'était moi qui allais porter le chapeau. Oncle Dennis m'a dit de me tenir à carreau en attendant que la situation retombe.

— Votre oncle sait que vous êtes ici ? m'enquis-je, soudain animée par un regain d'espoir. Au phare ?

— Oh non. Ça, c'était mon idée. Lily m'avait raconté son histoire, un jour. Quelques verres de gin et elle adorait parler. Elle m'a expliqué que madame Tegan était une grue et qu'elle amenait tous ses amants ici : Lily l'observait avec son télescope. Du moins jusqu'à ce que monsieur Jago ne détruise la passerelle à la hache.

Ainsi donc, la passerelle n'avait pas été emportée par une tempête.

— J'ai trouvé la clé dans le bureau de monsieur Jago hier soir et j'ai pris les cuissardes du photographe pour faire la traversée.

— Vous étiez déjà venue ici ?

— Oui. Souvent, admit-elle. J'aime bien venir au phare pour réfléchir. Madame Tegan était tellement jolie quand elle était jeune. Vous devriez voir ses photos.

— Vanessa, j'ai vu les pages de l'album de Lily vous concernant, vous et… votre petit ami, Dave.

Je m'efforçai de trouver les mots justes et ajoutai avec précaution :

— Celui qui vous a trahie…

Vanessa hésita, puis :

— Il m'avait dit qu'il m'aimait. Qu'il allait m'emmener à Paris en week-end. Il avait promis.

Elle était si jeune. Je n'eus pas le cœur de lui expliquer qu'il s'agissait probablement d'une ruse destinée à lui faire faire ce qu'il voulait. Alors je répondis :

— Je comprends ce que vous avez dû ressentir. Mon mari m'a trahie, moi aussi.

Je perçus une lueur de curiosité.

— Comment ça ?

Je lui racontai tout, sans rien omettre, jusqu'à la raison pour laquelle Margot et moi avions décidé de venir à Tregarrick. Je lui racontai mon veuvage, les malversations de Nigel et comment il avait poussé Jago du sommet de la falaise et tué Lily parce qu'elle l'avait vu sur le balcon alors qu'il allait déposer le fameux mot dans ma chambre.

— Je suis contente que Lily soit morte, lâcha Vanessa tout à trac. Elle connaissait toute la boue sur tout le monde. À votre avis, pourquoi est-ce qu'elle vivait dans la plus belle suite de l'hôtel gratuitement ?

— Aucune idée.

— Monsieur Jago ne m'a jamais appréciée, poursuivait-elle. Mais finalement, rira bien qui rira le dernier. Vu qu'il est mort, Cador et moi, on peut être ensemble. Et vous savez quoi ? Il n'était même pas le vrai père de Cador ! J'ai vu le livre noir de Lily un jour, en nettoyant sa chambre. Elle avait oublié de le mettre sous clé.

— Ah oui. J'ai entendu parler de ce livre noir.

— C'est pour ça qu'elle avait fait installer des caméras.

— Des caméras ?! répétai-je vivement.

— Elle avait téléchargé une appli sur son téléphone, confirma Vanessa. De toutes petites caméras cachées un peu partout dans sa chambre pour pouvoir m'espionner, histoire de vérifier que je ne fouillais pas dans ses affaires.

— La caméra-chat ! m'exclamai-je. Non, Vanessa, elle surveillait M. Tig.

Vanessa eut l'air incrédule.

— Pourquoi faire ?

— Pour son compte Instagram, je suppose.

L'idée semblait ridicule, mais Lily était obsédée par ce chat et m'avait montré de nombreuses vidéos rigolotes qui avaient dû être enregistrées sur l'appli en question.

Je me demandai qui d'autre était au courant pour ces caméras cachées. Bill le pasteur, à qui soi-disant les animaux se confiaient ? Je me le rappelai très bien demandant le téléphone de Lily, la nuit où elle était morte. Sa prestation avait été fort convaincante dans le Salon des résidents. En fait, il m'avait terrifiée, alors que, pendant tout ce temps, il ne faisait qu'amuser la galerie. Patty le savait-elle aussi ? Nous nous étions tous fait berner.

— C'est pour ça que Lily avait la suite Agatha Christie, continua Vanessa. Moi, j'entendais tout le temps madame Tegan et monsieur Jago se disputer à son sujet. Ils la détestaient l'un comme l'autre et pourtant, je n'ai jamais réussi à comprendre pourquoi elle continuait à vivre là sans payer.

Tout prenait son sens à présent. Lily les tenait tous les deux et leur faisait payer une sorte de rançon pour ne pas divulguer les secrets qu'elle détenait : lui, elle le coinçait avec l'emprunt qu'il entendait cacher à Tegan, pour le cas où elle le quitterait, et elle, Lily la tenait par la vérité sur la paternité de Cador.

— Ben, elle est morte, à présent, conclus-je. Donc vous n'avez plus à vous inquiéter.

Vanessa descendit les marches et nous nous assîmes ensemble sur les coussins. Je fus soulagée de la voir poser sa barre de fer.

— Donc vous n'avez jamais eu des vues sur Cador ? me demanda-t-elle.

— Euh… non, répondis-je en gardant bien en tête que j'avais affaire à une femme quand même sacrément déséquilibrée. J'en suis encore à essayer de digérer ce que Robert a fait. Croyez-moi, une relation, c'est la dernière chose que j'aie en tête.

— J'aurais versé tout un flacon de Visine dans ses céréales du petit déjeuner, commenta-t-elle gaiement. J'en avais mis dans votre tourte, vous savez.

— Je l'avais compris, oui.

C'était donc ça qu'Owen avait trouvé dans la chambre de Vanessa : des gouttes pour les yeux Visine. Je me souvins que le même médicament avait aussi été mentionné dans l'article de journal.

— Sauf que c'est Margot qui l'a mangée et pas moi.

Vanessa parut réfléchir un moment, puis elle baissa les yeux vers ses tatouages.

— Je voulais que Dave meure… Vous direz à Cador que je n'ai rien fait de mal ?

— Je suis certaine qu'il le sait déjà, mentis-je.

— Ah bon ?! *(Son visage, d'abord rayonnant de bonheur, ne tarda pas à retomber.)* Sauf que Lily a dû lui raconter des choses horribles ?

Je posai sur elle un regard inquiet.

— Comment ça ?

— Pourquoi sinon pensez-vous qu'il ne veuille plus sortir avec moi ? répliqua-t-elle, l'air médusée que je ne sois pas au courant. Lily lui a parlé de mon tatouage. J'ai décidé de le faire enlever dès que j'aurai réussi à économiser assez d'argent. Quelle vieille garce détestable c'était !

— Je comprends en effet que ça ait pu être un peu rebutant, admis-je prudemment.

Elle fronça les sourcils.

— Mais la police va quand même croire que c'est moi qui l'ai fait, pas vrai ?

— Ils sont déjà au courant de votre passé.

Elle se requinqua.

— Bien. Et si on mangeait le chocolat ? proposa-t-elle, avant de bondir pour aller chercher la tablette. On pourra retourner sur l'île dès que la marée sera basse. C'est un peu difficile, mais je peux vous montrer quels piliers sont stables et comment marcher le long de la structure de la passerelle. Ça tient, malgré les planches découpées en morceaux.

— Ça ne sera pas avant plusieurs heures, commentai-je en jetant un coup d'œil par la fenêtre.

La lumière tombait, mais il restait encore un bon moment avant la marée basse.

— Qu'y a-t-il dans la salle de la lanterne ? demandai-je.

— Rien, répondit-elle. C'est juste une pièce vide. Abandonnée. Rien que des fenêtres.

— Pas de signal lumineux ? De lampe à piles ?

Vanessa secoua la tête.

— Il y a des cordes.

Je regardai les bouteilles de vin vides, certaines bouchées par un morceau de bougie, d'autres non.

— Vous pensez qu'il y a des bougies dans la cuisine ?

— Oh oui, opina-t-elle. J'en ai vu une boîte. Je vais les chercher.

Un instant plus tard, elle revenait avec une boîte pleine de bougies en cire.

— Et il y a aussi des allumettes !

— Bien. Montons les bouteilles et les bougies dans la salle de la lanterne. On va les disposer tout autour et les allumer. Il fera bientôt nuit.

— Notre propre petit phare ! s'exclama Vanessa gaiement.

Au-dessus de la salle dortoir, nous entrâmes dans la pièce où j'avais trouvé Vanessa au début. Elle donnait sur une terrasse ouverte. Je n'y connaissais rien en phares, mais je supposais que tout ce qui servait à assurer le bon fonctionnement de la balise, à l'étage juste au-dessus, devait se trouver là.

Nous grimpâmes les dernières marches de l'étroit escalier jusqu'à la salle de la lanterne. Les carreaux étaient piqués de sel. Au centre se dressait la lanterne à lentille, fendue et cassée. Il y avait quelque chose de très triste dans cette pièce jadis emplie de lumière, mais une fois que nous eûmes arrangé les bouteilles vides, enfoncé une bougie dans chacune et allumé leur flamme, une vive lueur illumina et réchauffa la pièce. Je sus que nous serions bientôt secourues.

J'avais indiqué précisément à Dennis où j'avais cru voir Vanessa, j'avais laissé mon appareil photo près du banc de William. Or de là, n'importe qui pourrait remarquer la lumière.

Un claquement retentit, suivi du sifflement provoqué par un afflux d'air froid, qui remonta d'en dessous. Vanessa inclina la tête.

— C'est Cador ! Il est venu nous secourir !

— Chut, lui intimai-je. C'est trop tôt. Attendez.

— Mais c'est Cad… Quoi ? Vous pensez… que ça pourrait être… *l'autre* ?

Il ne s'était pas écoulé assez d'heures pour que la marée ait déjà suffisamment baissé. Mon cœur se mit à cogner dans ma poitrine. Nigel avait donc survécu ? Il s'en était tiré et avait atteint le phare ? Tout au fond de moi, je l'avais toujours su. Et moi qui m'étais crue maligne d'allumer toutes ces bougies. Autant écrire en gros : « Evie est là ! »

Quand je lui chuchotai ma crainte, Vanessa écarquilla les yeux de peur. Sauf que si Nigel avait deviné ma présence sur les lieux, il ne s'attendait pas à y trouver Vanessa aussi.

J'avais un plan.

Sans bruit, nous rampâmes jusqu'à la zone de couchage. Là, la cage d'escalier était plus large et Vanessa pourrait se cacher sous le colimaçon. Elle reprit la barre de fer qu'elle avait laissée sur les coussins et se faufila dans l'espace en question pour y attendre mon signal. Je poussai plusieurs coussins devant elle pour la cacher.

Pendant un temps, je crus qu'il était blessé. Il avait peut-être réussi à arriver au phare, mais j'entendis ensuite des pas lents et lourds sur les marches, sans aucune tentative pour masquer le bruit.

Puis de nouveau le silence. Nigel avait dû s'arrêter au niveau de la cuisine. Ce silence était insupportable. Je tournai les yeux vers Vanessa, accroupie sous les marches : je ne voyais que le blanc de ses yeux ronds. Je lui adressai un pouce levé, en espérant avoir l'air plus assurée que je ne l'étais en réalité. Tous mes sens étaient en alerte rouge.

Je tendis l'oreille, à l'affût du moindre mouvement. Mais rien.

Rien du tout, jusqu'à ce que…

— Evie, je sais que vous êtes là-haut.

34

Je tournai les yeux vers Vanessa et lui adressai le hochement de tête convenu.

— Quelle idiote vous faites ! reprit Nigel. Je ne vous aurais jamais fait de mal. La mer était trop agitée pour vous poser à l'embouchure de la grotte. Je comptais vous emmener jusqu'au quai d'eaux profondes, de l'autre côté de l'île. *(Je ne répondis pas.)* Allons. Il n'y a que vous et moi, Evie, insista-t-il. Nous pouvons discuter de tout ça.

— D'accord. Montez alors.

Un coup d'œil entre les marches me montra Nigel en train d'ôter un gilet de sauvetage orange. Il portait une combinaison de plongée et avait dû se débarrasser de la cape imperméable en tombant par-dessus bord. Sans doute avait-il refait surface sous le Topper, dans la poche d'air constituée par la coque renversée. Bref, ce petit plongeon dans l'océan n'avait été qu'un désagrément pour lui, rien de plus.

— Vous n'allez pas faire quelque chose de stupide, hein ? me taquina-t-il. Je ne monte pas tant que je ne vous ai pas en ligne de mire.

Je donnai le premier signal à Vanessa, avant de me positionner au sommet de l'escalier… et de pousser un cri effaré.

Nigel tenait un petit pistolet, qu'il pointait droit sur moi.

— Pourquoi ne descendriez-vous pas plutôt ici ?

Ce pistolet, je ne l'avais pas prévu dans mon plan.

— Non, c'est mieux ici, répliquai-je. On pourra s'asseoir. Je ne me sens pas très bien.

— Pas étonnant. Vous avez dû avaler des litres d'eau de mer. Il faut vraiment que vous travailliez votre crawl, Evie.

À mon grand soulagement, cependant, il avança.

Mon cœur cognait comme un fou contre ma cage thoracique. En fait, il battait si fort que Nigel devait l'entendre, j'en étais sûre.

Je faisais ma part. Restait à Vanessa à faire la sienne.

Lentement, Nigel parvint au niveau de mes yeux. Avec satisfaction, je remarquai une vilaine entaille à son front.

— Juste une égratignure, commenta-t-il en me voyant la regarder, mais ensuite son expression changea pour se faire suspicieuse. Sympa, la tenue. Bien qu'un peu serrée et courte au niveau des jambes pour vous.

Quelle idiote de ne pas avoir songé qu'il s'en rendrait compte ! Je priai qu'il ne lise pas la panique dans mes yeux.

— J'ai trouvé ces vêtements ici, me hâtai-je de répondre. C'était le petit nid d'amour de Tegan. Elle y a laissé des habits…

Il plissa les paupières pour examiner le logo sur mon sweat-shirt. Je n'avais pas pensé à le regarder, je ne savais même pas ce qu'il représentait.

Je me rappelai le sac à dos de Vanessa. Nigel allait-il le remarquer aussi ? Mais je n'osais pas bouger. Pas maintenant.

Tout à coup, il était là. Je fis un pas de côté et m'écartai de la cage d'escalier, afin qu'il me suive. C'était le seul moyen pour que Vanessa puisse garder la main et l'effet de surprise. Nigel s'avança vers moi, balayant attentivement la pièce du regard.

— C'est douillet, ici. Ah, je comprends ce que vous disiez au sujet du nid d'amour de Tegan. Ça fait un peu *Mille et Une Nuits* avec tous ces coussins.

— Oui, acquiesçai-je, en lançant un coup d'œil vers Vanessa.

Les coussins n'avaient pas bougé.

— O.K. Bon, continuons à monter.

— Quoi ? m'étonnai-je.

— Là-haut. Continuons à monter, dit-il en agitant le pistolet devant mon visage. Les dames d'abord.

Il me poussa de nouveau vers l'escalier.

Et Vanessa qui ne bougeait pas ! Je n'en revenais pas. Elle était censée l'assommer, afin que nous puissions le ligoter à la colonne centrale en attendant l'arrivée des secours. Pourquoi diable n'agissait-elle pas ? Quoi qu'il en soit, je n'avais pas d'autre choix que d'obéir aux ordres de Nigel. J'obtempérai donc et montai dans la salle vide.

— Encore, commanda-t-il. On va souffler quelques bougies, vous ne croyez pas ?

— Oui, oui, bien sûr, chuchotai-je.

Peu importe. Les secours arrivent.

Nous entrâmes dans la salle de la lanterne.

— Jolie déco, avec les bouteilles de vin et les chandelles… très malin. C'est amusant, mais si vous ne les aviez pas allumées, je n'aurais pas su que vous vous en étiez sortie.

— Eh bien, si, vous voyez.

— Mais vous croyiez que moi, non. Vous n'êtes pas si maligne que ça, au fond.

— Vous êtes coincé ici autant que moi, lui fis-je remarquer.

— Éteignez-les, ordonna-t-il. Toutes.

Ce que je fis.

— Qu'est-il arrivé à votre bateau ? m'enquis-je.

— Je n'ai guère eu de mal à le retourner dans le bon sens, répondit-il. *Sandra* est attachée à la balise sifflante. Ça ne fait pas un trajet trop compliqué à la nage, pour une personne comme moi.

Conclusion : il avait forcément un plan de fuite.

J'avais la nausée.

Nigel ne comptait pas me laisser m'en tirer. Il me collait au train, s'approchait de plus en plus de moi… jusqu'à ce que je me retrouve le dos plaqué contre la fenêtre. Mais je réalisai qu'il s'agissait en fait d'une porte vitrée ouvrant sur un belvédère, dehors.

— Et voilà le belvédère, ou marche de la veuve, annonça-t-il. Ça tombe bien, non ?

— Je ne comprends pas.

— L'expression tire son nom des femmes des marins qui sortaient se poster là dans l'espoir d'apercevoir le bateau de leur époux du sommet de leur maison.

Il inclina la tête.

— Non ? Vous ne comprenez toujours pas ? On appelle ça la marche de la veuve et vous, vous êtes veuve.

Enfin, je compris.

— Ouvrez la porte, siffla-t-il d'une voix dure.

— S'il vous plaît…

— Bon, je vais le faire.

Il cassa le carreau et envoya un coup de pied dans le cadre. Une bourrasque de vent entra avec un tourbillon qui renversa plusieurs bouteilles dans un bruit de verre. Je portai le regard à l'extérieur. La rampe était très basse, à peine trente centimètres, et la plate-forme si étroite que…

— Nigel…

— Il est haut comment, ce phare ? réfléchit-il. Une trentaine de mètres, peut-être ? Ne vous tracassez pas, ça sera rapide.

Soudain, Vanessa apparut par-dessus l'épaule de Nigel, menaçante avec sa barre de fer levée. Elle avait monté les marches à ce point silencieusement que je ne l'avais pas entendue approcher. Son visage était figé sur une expression de détermination féroce et ses prunelles noires comme le charbon. Un bref hochement de tête et je sus ce qu'elle avait prévu.

Nigel posa sur moi un regard curieux.

— Quoi, Evie ? Qu'est-ce qui se passe dans ce petit cerveau…

— Baisse-toi ! hurla Vanessa.

Je me laissai tomber au sol juste au moment où Nigel pivotait et où la barre de fer entrait en contact avec sa mâchoire. Un craquement sinistre retentit, du métal contre l'os, suivi par la poussée que Vanessa lui infligea de toutes ses forces… par l'encadrement de la porte et par-dessus la rampe. Et il plongea vers les rochers en contrebas.

Horrifiée, je courus vers le bord, juste à temps pour voir le corps brisé de Nigel emporté par la mer. Je restai interdite.

— J'ai trouvé que mon plan à moi était meilleur, dit doucement Vanessa. On rallume les bougies ?

35

Deux heures plus tard, Vanessa et moi étions enveloppées de couvertures, à siroter un grog dans le Salon des résidents. Patty termina un coup de fil et s'approcha, un sourire aux lèvres.

— On est en train d'arrêter Cherie au moment où je vous parle, annonça-t-elle. Apparemment, elle ne sait pas se taire. Nigel avait un compte offshore dans les îles Caïman.

— Incroyable ! m'exclamai-je.

— Et n'oublions pas *Sandra*, qui était le bateau de son mari. Elle est ravie qu'il le récupère enfin.

Margot, qui ne m'avait pas lâché la main une seule fois, commenta :

— Il s'en est passé, des choses, depuis qu'on t'a trouvée à te prélasser à la pointe de ce phare.

— Me prélasser, tu parles, fis-je en prenant une longue gorgée du grog.

— Patty a trouvé le livre noir qui confirme qu'Alex est bel et bien le père biologique de Cador…

— Et les lettres d'amour entre Tegan et Alex, ajouta Patty. Grâce à M. Tig, qui nous a indiqué exactement où chercher.

— Dans la boîte en cuir de la salle de toilette ? suggérai-je.

— Oui. Il faut que je vous parle des talents d'observation de M. Tig, reprit Patty, en me regardant droit dans les yeux.

— Je ne vois pas du tout de quoi vous voulez parler.

— On s'en fiche, du chat ! s'exclama Margot, les yeux écarquillés. Cador était déjà au courant !

Je me tournai vers Patty, qui opina du chef.

— Il s'avère que, quand Cador a eu sept ans, Jago lui a annoncé qu'il n'était pas son père biologique, mais qu'il l'aimerait toujours comme son propre fils. Il faut être un sacré bonhomme pour confier ça.

— Jago avait fait promettre à Cador de ne rien dire, ajouta Margot. Il nous a expliqué que Jago ne voulait pas que quiconque soit au courant. Lily tenait ça au-dessus de sa tête comme une épée de Damoclès. C'était vraiment une sale bonne femme.

— Même pas Tegan ? demandai-je.

— Surtout pas Tegan, précisa Margot. Jago pensait qu'elle ne restait avec lui que pour Cador.

— C'est tellement triste. Pas étonnant qu'il ait eu peur quand Alex s'est pointé. Il a su immédiatement qui il était. Sa peur de perdre Tegan était bien réelle. Et Alex ? Qu'est-ce que Cador pensait de lui ? Et lui de Cador ?

— Vous savez… c'était comme un film hollywoodien en vrai, commenta Patty avec un soupir exagéré. Joli comme tout. Il ne manquait que la musique.

Dennis approcha.

— Est-ce que Vanessa peut aller dans sa chambre, maintenant ?

— Pas de problème, lui répondit Patty. Mais garde un œil sur elle.

— Que va-t-il lui arriver ?

Au départ, j'avais voulu omettre le fait que Vanessa avait poussé Nigel par-dessus la rambarde mais, étant donné son état psychique, j'avais changé d'avis.

— Elle ne sera pas accusée de meurtre. En revanche, je crains qu'elle ne doive répondre de la charge d'homicide involontaire…

— Mais elle nous protégeait. C'était de la légitime défense ! protestai-je. Nigel était armé d'un pistolet !

— Ce sera au juge de décider. Comme vous le savez, son casier n'est pas très blanc-bleu et elle a déjà donné son numéro de téléphone à notre cher Kip, ici, en lui demandant s'il avait une petite amie… ce qui ne présage rien de bon pour lui, car il en a une. *(Patty secoua la tête.)* Non, Vanessa a besoin de se faire aider et Dennis le comprend. Elle sera emmenée dans une institution psychiatrique dès demain matin.

Je devais admettre que j'en étais soulagée.

— Pour ce qui est de vous deux… Je savais bien que vous nous racontiez des bobards – veuillez excuser mon langage – quand vous êtes arrivées. Même si je dois avouer qu'étant donné les liens de Margot avec

Hollywood, j'ai failli croire à son histoire de *Pirates des Caraïbes*.

— Alors, on ne va pas avoir de problèmes ? osai-je.

Patty m'adressa un large sourire.

— Pas pour l'instant. À présent, si vous voulez bien m'excuser, j'ai un rendez-vous galant ce soir.

36

La lettre de Tregarrick Rock arriva un vendredi matin, alors que Margot et moi finissions de remplir les derniers cartons à Forster's Oast. La banque avait pris possession de la maison. Tout allait en box de stockage jusqu'à ce que la succession de Robert soit réglée, ce qui pouvait prendre des mois, si ce n'était des années. En attendant, Margot et moi emménagions dans un meublé tristounet de Tonbridge. Nous n'avions pas les moyens de mieux.

— Ouvre-la ! s'exclama ma sœur.

Elle était rédigée sur le papier à lettres familier de l'hôtel, avec le logo du phare de Windward Point. J'en lus le contenu avec une surprise grandissante.

— Quoi ? voulut savoir Margot. Ça fait deux minutes que tu as la mâchoire qui se décroche… Pas très esthétique, soit dit en passant.

— C'est une lettre de Tegan, répondis-je. Apparemment, Alex fait un bon candidat pour tester un nouveau traitement révolutionnaire dans une clinique oncologique privée en Allemagne.

— Waouh ! Bonne nouvelle pour eux.

— Elle demande donc si cela nous intéresserait de louer le Tregarrick Rock à la fiducie familiale des Ferris… Regarde.

Je lui tendis la lettre et elle aussi ouvrit une bouche toute ronde.

— Tu ne retourneras pas en Californie, repris-je. Nous sommes toutes les deux sans domicile et fauchées. Il va falloir longtemps avant que l'argent qui m'est dû après les magouilles de Nigel me soit versé, quelle qu'en soit la somme…

— Mais un bail, c'est temporaire, souligna Margot. Je veux dire… pour combien de temps ?

— Ça, c'est à nous de l'établir. Et puis, n'est-ce pas le cas pour tout dans la vie ? Tout n'est-il pas temporaire ?

— Tu as oublié la météo qu'il fait là-bas ? marmonna-t-elle. Atroce.

— On y est allées en novembre et, apparemment, ça n'est même pas toujours comme ça. Maintenant, on est au printemps. Les jonquilles auront fleuri.

— J'ai toujours adoré les jonquilles, admit-elle avec une pointe de mélancolie. O.K. Oui, allons-y ! Appelle-la !

Une fois quelques détails réglés et quand j'eus fait la promesse que je garderais Dennis et prendrais soin de M. Tig, je raccrochai le téléphone, étourdie.

— C'est de la folie.

— Et Cador ? Il n'en veut vraiment pas ? demanda Margot, interrompant mes pensées.

— Apparemment, non. Il préfère se focaliser sur son entreprise de sauvetage marin.

— Alors il reste à Tregarrick ?

— Oui, pourquoi ? *(Je remarquai une lueur dans le regard de ma sœur.)* Tu es intéressée par lui, c'est ça ?

Elle haussa les épaules.

— Peut-être. Figure-toi que je ne suis pas complètement morte en dessous de la ceinture, contrairement à toi.

Je lui fis la grimace.

— Tu as vraiment le don de tourner les phrases.

— Il se peut que j'écrive un scénario, pendant qu'on sera là-bas, poursuivit-elle. Deux filles coincées sur une île au milieu de l'hiver avec un *serial killer* en cavale. Tu sais, j'ai toujours mon réseau à Hollywood.

— Pas les *Pirates des Scilly*, alors, mais les *Sœurs des Scilly*, commentai-je sèchement. Il y a un hic, cela dit : on sera responsables de tout là-bas, de la maintenance à l'entretien, en passant par les réparations…

— Super ! opina-t-elle, tout excitée. On va pouvoir commencer par se débarrasser de tous ces trucs des années 1970, les vendre sur eBay ou quelque chose du genre. Je sais qu'on peut remettre l'hôtel au goût du jour. On va faire installer un spa de luxe, un héliport…

— On n'aura pas les moyens de construire un héliport…

— Je sais de quoi je parle. Si on veut attirer Johnny…

— Oh non, s'il te plaît ! Ne recommence pas avec Johnny Depp !

Une semaine plus tard, Margot et moi étions de retour à Tregarrick, par une journée merveilleuse, sous un ciel bleu cobalt et sans presque le moindre souffle de vent. J'avais apprécié le bref saut de puce en hélicoptère depuis l'aéroport de Land's End[1] jusqu'à celui de St Mary's. Et je devais bien admettre que je me réchauffais à l'idée d'héliport de Margot.

Patty nous accueillit dans le hall des arrivées. Nous lui adressâmes des signes de la main, mais elle avait la mine grave et nous demanda de la suivre dans une petite pièce. Peint dans un gris métallique, l'endroit ne contenait que quatre chaises autour d'une table en Formica.

— J'espère que vous n'avez pas l'intention d'effectuer une fouille au corps, plaisanta Margot. Mes sous-vêtements ne sont pas assortis.

— Non, ironisai-je à mon tour. Nous n'essayons pas de faire entrer quoi que ce soit en douce.

Mais Patty ne souriait toujours pas.

— J'ai bien peur que vous ne deviez remonter dans cet hélicoptère, dit-elle. Il y a eu une terrible erreur.

Margot et moi échangeâmes un regard désemparé.

— Mais… j'ai résilié notre bail, soufflai-je. Nous allons nous retrouver sans domicile.

— Je plaisante ! lança Patty, qui se fendit enfin d'un large sourire. En revanche, je vous avertis… Si vous vous tenez mal, je le saurai.

Nous étions complètement perdues, cette fois.

— Comment ? demandâmes-nous en chœur.

Patty se tapota l'aile du nez et cligna de l'œil.

— Eh bien… le chat me le dira.

1 Situé non loin de Penzance, à la pointe sud-ouest de la Grande-Bretagne.

Remerciements

Quand la meilleure amie de ma sœur, Gill Knight, m'a raconté qu'elle avait vécu et travaillé sur Tresco, l'une des cinq îles habitées des Scilly, j'ai su que je devais écrire une série de romans à suspense qui s'y déroulerait. Situés à environ quarante-cinq kilomètres au large de la côte sud-ouest des Cornouailles, ces 142 îlots m'ont toujours fascinée. Ils sont décrits comme « l'archipel enchanté » de l'Angleterre et chaque île possède sa beauté propre, mais c'était Tresco qui enchantait mon imagination : avec ses trois kilomètres de long sur un et demi de large, elle offre des reliefs d'une diversité stupéfiante. D'un côté, des plages sablonneuses, des eaux azur, les sublimes Jardins de l'abbaye et leur merveilleux panel de plantes subtropicales. Et de l'autre, les falaises sauvages et découpées, au sommet couvert de bruyère et des ruines d'un vieux château. Les fonds marins, tout autour, accueillent des dizaines de carcasses de navires échoués au XIVe siècle. Mais ce que j'adore le plus, là-bas, c'est qu'il n'y a pas de voitures, pas d'hôpital, pas de lampadaires et, encore mieux, pas de police ! Je n'imaginais pas meilleur endroit pour situer une série à suspense.

À ce stade, je dois préciser que mon île est fictive. Tregarrick est un mélange topographique entre les îles de Tresco et de Burgh, près de Bigbury-on-Sea dans le Devon. L'idée me plaisait énormément d'y placer un hôtel, à portée de la civilisation mais seulement accessible par une chaussée surélevée en fonction des marées. C'est ça qui est magnifique quand on est écrivain, on a la liberté de créer nos propres mondes imaginaires.

Alors un énorme merci à Gill d'avoir si gentiment partagé ses expériences et d'avoir inspiré celle-ci.

Comme toujours, il y a des gens sans l'aide de qui ce livre n'aurait pas été publié. J'aimerais remercier mon incroyable éditrice, Hannah O'Grady, pour ses commentaires utiles et son œil avisé.

À la décoratrice d'intérieur Michelle McMillian.

À Rhys Davies, qui a transformé ma carte illisible dessinée à la main en œuvre d'art. Et à Mary-Ann Lasher et David Rotstein, pour l'exquise couverture du livre. Je suis reconnaissante à mes merveilleux agents, Dominick Abel et David Grossman, avec un merci spécial à Dominick, pour son amitié, ses conseils et sa sincérité. Ma sincère gratitude à Claire Carmichael, enseignante et amie géniale, du UCLA Writers' Extension Program, où j'ai commencé mon voyage dans la publication. Merci aussi à mon patron de vingt ans et autant d'années de souffrance, Mark Davis de Davis Elen

Advertising, pour son soutien enthousiaste à mon « hobby » de l'écriture.

Enfin, aucune série de remerciements ne serait complète sans la mention de mes pairs dans le bateau de la communauté des auteurs : Rhys Bowen, Kate Carlisle, Elizabeth Duncan, Mark Durel, Carolyn Hart, Jenn McKinlay, Clare Langley-Hawthorne, Andra St. Ivanyi, Daryl Wood Gerber et Julian Unthank, qui adore les Scilly autant que moi. Merci à Linda Sterry D.O., qui m'a aidée à trouver un moyen créatif du point de vue médical pour commettre un meurtre.

Et pour terminer, à toute ma famille qui m'a toujours encouragée à suivre mes rêves, avec un merci tout spécial à mon père qui me manque tant, pour m'avoir transmis son sens de l'humour, à ma fille, Sarah, qui m'aide à rester organisée, et aux dieux canins pour m'avoir envoyé mes muses, les braques hongrois Draco et Athena.

HANNAH DENNISON
PETITS MEURTRES EN HÉRITAGE
Les mystères de Honeychurch
"Génial et parfait pour chasser le blues !"
M.C. BEATON
City
ROMAN

HANNAH DENNISON
UN MEURTRE PEUT EN CACHER UN AUTRE
Les mystères de Honeychurch
STOP TGV
"Génial et parfait pour chasser le blues !"
M.C. BEATON
City

HANNAH DENNISON
BAL MORTEL À HONEYCHURCH
Les mystères de Honeychurch
"Génial et parfait pour chasser le blues !"
M.C. BEATON
City

HANNAH DENNISON
ARNAQUES ET PETITS MEURTRES
Les mystères de Honeychurch
"Génial et parfait pour chasser le blues !"
M.C. BEATON
City

HANNAH DENNISON
LES MORTS ONT DU SOUCI À SE FAIRE
Les mystères de Honeychurch
"Génial et parfait pour chasser le blues !"
M.C. BEATON
City

HANNAH DENNISON
LE CHANT DU CYGNE
Les mystères de Honeychurch
"Génial et parfait pour chasser le blues !"
M.C. BEATON
City

HANNAH DENNISON
MEURTRES EN MINIATURE
Les mystères de Honeychurch
"Génial et parfait pour chasser le blues !"
M.C. BEATON
City

HANNAH DENNISON

SÉRIE *LES MYSTÈRES DE HONEYCHURCH*

PETITS MEURTRES EN HÉRITAGE

UN MEURTRE PEUT EN CACHER UN AUTRE

BAL MORTEL À HONEYCHURCH

LES MORTS ONT DU SOUCI À SE FAIRE

ARNAQUES ET PETITS MEURTRES

LE CHANT DU CYGNE

MEURTRES EN MINIATURE

HANNAH
DENNISON
MEURTRES
À LA
CRIQUE
LES MYSTÈRES DE TREGARRICK
LA NOUVELLE SÉRIE DE L'AUTEUR DES
Mystères de Honeychurch
City

HANNAH DENNISON

Série *Les mystères de Tregarrick*

Meurtres à la crique

city-editions.com

Achevé d'imprimer en août 2022
sur les presses de la Nouvelle Imprimerie Laballery
58500 Clamecy
Numéro d'impression : 207505

Imprimé en France

La Nouvelle Imprimerie Laballery est titulaire de la marque Imprim'Vert®